Coleção MELHORES CRÔNICAS

Sérgio Milliet

Direção Edla van Steen

Coleção MELHORES CRÔNICAS

Sérgio Milliet

Seleção e Prefácio Regina Salgado Campos

São Paulo
2006

© Global Editora, 2006

Diretor Editorial
JEFFERSON L. ALVES

Gerente de Produção
FLÁVIO SAMUEL

Assistente Editorial
ANA CRISTINA TEIXEIRA

Revisão
SAULO KRIEGER
SOLANGE GUERRA MARTINS

Projeto de Capa
VICTOR BURTON

Editoração Eletrônica
LÚCIA HELENA S. LIMA

Dados Internacionais de Catalogação na Publicação (CIP)
(Câmara Brasileira do Livro, SP, Brasil)

Sérgio Milliet, 1898-1966.
  Sérgio Milliet/seleção e prefácio Regina Salgado Campos
– São Paulo : Global, 2006. – (Coleção melhores crônicas /
direção Edla van Steen).

  Bibliografia.
  ISBN 85-260-1062-X

  1. Crônicas brasileiras. I. Campos, Regina. II. Steen,
Edla van. III. Título. IV. Série.

06-1357   CDD-869-93

Índices para catálogo sistemático:
1. Crônicas : Literatura brasileira   869.93

Direitos Reservados

GLOBAL EDITORA E
DISTRIBUIDORA LTDA.

Rua Pirapitingüi, 111 – Liberdade
CEP 01508-020 – São Paulo – SP
Tel.: 11 3277-7999 – Fax: 11 3277-8141
e-mail: global@globaleditora.com.br
www.globaleditora.com.br

Colabore com a produção científica e cultural.
Proibida a reprodução total ou parcial desta obra
sem a autorização do editor.

Nº DE CATÁLOGO: 2504

MELHORES CRÔNICAS

Sérgio Milliet

PREFÁCIO

"A necessidade da opção sempre foi intolerável;
escolher não me parecia eleger, mas sim
rechaçar o que não elegia."

André Gide, *Os frutos da terra*.

A frase de Gide, na tradução de Sérgio Milliet, coloca a questão para quem se arvora a fazer uma seleção das *Melhores crônicas* deste autor tão avesso às classificações e às definições dogmáticas. Mas foi preciso fazer a seleção e espero não ter deixado de lado textos por demais interessantes.

Quanto mais leio a produção de Milliet, mais me deixo encantar por sua erudição, por sua preocupação em abordar questões literárias e artísticas que o preocupam e que, segundo ele, podem levar o leitor a procurar se interessar por assuntos relevantes e discuti-los.

A elaboração desses textos traz em geral a marca de uma educação européia que foi capaz de lhe oferecer os instrumentos que lhe permitiram abordar temas sérios, ou menos sérios, sempre com a coerência que constituem, até hoje, as marcas de um texto bem escrito. O adolescente estrangeiro que obtinha notas excelentes em composição francesa manteve essa qualidade quando se dispôs a escrever em português.

Além disso, temos convicção de que sua atividade jornalística obedeceu a projetos de estímulo e ilustração de seu público, ainda que inúmeras obras estrangeiras comentadas, inúmeras alusões a autores, em especial franceses, não tivessem a tradução em português que permitiria ao leitor, a partir dos anos 1940, ter acesso aos textos mencionados. Mas o estímulo à leitura ali estava também nas ocasiões em que comentou obras nacionais, abordando-as com sensibilidade e de forma aberta, permitindo assim a conversa com o leitor, autorizado até mesmo a discordar de suas posições. É a condição para que se estabeleça um real diálogo.

No "Prefácio em tom de polêmica", publicado em *Fora de forma*, em 1942, temos um espécie de declaração de princípios de Sérgio Milliet, respondendo às restrições que lhe foram feitas por críticos que falaram de suas publicações anteriores. Diz ele: "... não me acredito dono de nenhuma verdade assaz verdadeira para que em seu nome se assassine o resto da humanidade. Tenho fé em alguns fatos, acredito em muitas teorias, não aceito nenhuma doutrina inteira, porque tudo, e principalmente a razão, me leva à certeza da relatividade das coisas, à convicção de sua complexidade e à idéia de que somente em campos muito restritos nos é dado pretender a uma conclusão definitiva". (p. 8-9)

Redigidas em primeira pessoa, essas crônicas, portanto, procuram dialogar com o leitor, apresentando-lhe seu ponto de vista. Milliet coloca-se contra a retórica daqueles que tudo sabem e pretende apresentar um exemplo de discurso não dogmático, aberto ao diálogo, mesmo com as opiniões contrárias à sua. Assim sendo, as obras comentadas, as citações que destaca, servem de pretexto para que se estabeleça essa conversa com o leitor.

Nesta seleção foi necessária uma primeira opção: partimos dos textos publicados depois de 1940, que compõem os dez volumes do *Diário crítico* (1940-1956), bem como dos dois volumes *De ontem, de hoje, de sempre* (textos de 1957 a 1959, para o primeiro, sendo o segundo não datado) e *De cães, de gatos, de gente* (também não datado).

A segunda dificuldade apareceu diante do conceito muito elástico de crônica, que, em princípio, se distingue da crítica e do ensaio. Mas o crítico de literatura e de artes, em seus textos publicados em jornal, não deixa de se referir pontualmente às publicações recém-lançadas. Portanto, foram considerados crônicas, por exemplo, os textos que no jornal aparecem na rubrica "Últimos livros". Milliet refere-se também a questões estéticas e artísticas datadas, bem como a suas impressões de viagem. Observe-se que o título *Diário crítico* já contém essa alusão ao tempo. Vale lembrar ainda que, para publicação em livro, os artigos foram selecionados pelo autor. Trata-se agora, portanto, de uma seleção feita a partir de outra seleção. É curioso observar, no entanto, que Milliet não considera crônicas os referidos textos, pois faz referência aos autores que, para ele, são cronistas, ou seja, Rubem Braga, Paulo Mendes Campos, Fernando Sabino.

Parodiando Mário de Andrade que, segundo Milliet, afirma que: "conto é o que o autor chama de conto" (*De ontem II*..., p. 98), neste caso, diríamos então que crônica não é exatamente o que o autor chama de crônica, mas o que vamos chamar de crônica, nos textos que compõem os dez volumes do *Diário crítico*.

Quanto aos três últimos livros, vejamos o que diz Milliet, ao falar de sua convivência com Flávio de Carvalho, em *De cães...*: "Não desejava e não desejo que estas crônicas assumam ares de crítica, nem mesmo de contribuição para a reconstituição de um passado". (p. 103) Talvez sejam esses os textos que realmente mais se aproximem de uma definição clássica de crônica.

A partir de 1957, portanto, encontramos outro tipo de escrito, estando agora o autor liberado de suas obrigações profissionais. São memórias de bairros, de pessoas, e rememorar parece ser o objetivo a que se propõe, ao sabor das associações e dos pretextos fornecidos pelo momento vivido. Escrever memórias, para ele, tem um sentido perigoso, pois são os velhos que recordam e, quando o fazem, consultam um arquivo mental com datas e pormenores que, ao quererem restituir o passado, tornam-se chatos. Em vários momentos o ditado "recordar é viver" é contestado.

Reminiscências, para ele, são o que compõem sua história e a de seus contemporâneos, é claro, mas o que predomina é o tom de conversa, tom esse que sempre foi buscado por Milliet. Às vezes, o interlocutor aparece sob a forma de Elissée, personagem feminina que surge num episódio às margens do lago Leman: Elissée, "a de nome grego e pele morena, brusca e graciosa a um tempo, arisca e agressiva, com um riso de 32 dentes capaz de enfeitiçar um santo". (*De ontem...I*, p. 237) A leveza do tom dessas reminiscências deve-se, portanto, a essa conversa animada entre pessoas que se conhecem, que reconhecem as alusões empregadas, os autores invocados, os pontos de vista defendidos. Quanto a nós, leitores, cabemos integrarmo-nos na conversa, concordar ou discordar do que nos vai sendo apresentado, mas buscando sempre estabelecer esse diálogo proposto pelo autor. Os locais da geografia afetiva desse brasileiro meio franco-suíço são-nos familiares, sobretudo se conhecemos as peripécias e as opções desse poeta que muitas vezes, principalmente em seus primeiros livros de poemas, pretende retratar espaços europeus e brasileiros. Se nomes próprios os há, são os dos contemporâneos famosos ou menos famosos, mas que não deixam de compor um mosaico das figuras proeminentes dessa época.

Muito lidas e comentadas no momento de sua publicação, essas obras ficaram um pouco esquecidas e apenas o *Diário crítico* mereceu uma segunda edição, em 1980-81. Por isso, privilegiamos as três últimas, retirando delas praticamente a metade das crônicas agora selecionadas.

Sérgio Milliet poderia ter optado por permanecer na Europa, uma vez que sua carreira literária já se iniciara com as publicações de poemas em francês. Mas, atraído pelo projeto do grupo paulista organizador da Semana de Arte Moderna, acabou por se estabelecer no Brasil, desempenhando por aqui tarefas que o caracterizam como um intelectual empenhado em estudar a realidade brasileira, divulgar e estimular a leitura e a participação de seus leitores. Sua "noção de responsabilidade", de que fala Mário de Andrade, se pode impedi-lo de expressar-se de forma "marcante", pode, no entanto, caracterizá-lo perfeitamente. Opondo-se ao brilhantismo professoral e à retórica vazia dos donos da verdade, dos dogmáticos, manifesta sua simpatia pelos mais jovens e busca estimular a curiosidade de seus leitores. Esperamos que essas qualidades continuem a exercer sua influência sobre os leitores atuais.

Regina Salgado Campos

DIÁRIO CRÍTICO I
1940-1943

30 de janeiro de 1942 – Para quem, como eu, embora crítico, tanto descrê de crítica e críticos, principalmente de crítica e críticos de jornal, reconforta a companhia de um Álvaro Lins. Raramente, no Brasil, temos tido uma inteligência tão lúcida dos problemas do espírito, um juízo tão sereno dos homens e das coisas da literatura. Venho acompanhando com extremo interesse a atividade crítica de Álvaro Lins; jamais me pareceu que poderia ser mais bem empregado o tempo gasto na leitura de seus rodapés do *Correio da Manhã*. Isso não implica aplauso irrestrito às suas idéias. De muitas discordo, por temperamento ou educação. Mas confesso que ao lê-lo sempre sinto esse prazer da conversa do homem inteligente e culto, dia a dia menos comum. E em nossa terra, quase excepcional. Lembro-me, a propósito, de que Alcântara Machado (o velho), analisando o ambiente da Constituinte de 34, afirmava: "Não há dez deputados com quem se possa, já não digo discutir, mas conversar". Pois Álvaro Lins é desses com quem se pode discutir. *Jornal de Crítica*, ora editado por José Olímpio, reúne alguns desses rodapés, muitos dos quais de importância para a compreensão de nossa vida intelectual, para a história da literatura brasileira contemporânea. Não os quero passar em revista, mas apenas comentar algumas idéias gerais que deles se desprendem. E o farei com tanto maior carinho quanto, em sua maioria, se situam na mesma linha de minhas opiniões pessoais, de meus sentimentos e... ia dizer de minha fé, quando verifiquei que não sou católico militante. E essa vontade de acrescentar a fé é significativa. Com efeito a fé de Álvaro Lins pode-se sintetizar nesta frase corajosa que eu subscreveria de bom grado: "O que importa é a aceitação daquilo que o Destino nos marcou; é a aceitação da vida, em qualquer plano, com lucidez e decisão". Isso é a crença no homem antes de mais nada e constitui uma atitude viril digna de ser seguida nesta época de submissões. Vigny também foi assim:

> *Fais... ta noble et rude tâche*
> *Dans la voie où le sort a voulu t'appeler.*

E Vigny é quem mais nos seduz no romantismo francês. Isso se chama, em última análise, caráter.

Defendendo a obra do crítico, mostra-se Álvaro Lins contrário às sínteses "definitivas e inapeláveis" a que "o espírito de totalidade" conduz. Nada mais do meu gosto; e ainda uma vez subscreveria o que diz, como também o faria em relação às suas observações acerca dos erros de Sainte-Beuve, "nascidos não do crítico, mas do homem". Erros que podem ser retificados "porque são erros morais", quando os de Brunetière ou Taine não o serão jamais, porque se trata de "erros intelectuais".

Esse amor do Sr. Álvaro Lins à inteligência é o que de mais admirável se revela em sua personalidade. Não conheço a formação desse moço; mas parece terrivelmente francesa. Só na França (e um pouco na Inglaterra) se encontra essa concepção da primazia absoluta do intelectual, como só na França floresce o senso do relativismo da moral (deparável até nos grandes católicos, como Pascal), esse relativismo que os sociólogos americanos "acabam de descobrir" através da pesquisa alentada de Sumner entre os povos primitivos.

Um bom crítico é, em virtude mesmo da sua capacidade de penetração, e de entendimento, em virtude de sua inteligência, um cético. Parte à procura da Verdade, na melhor das hipóteses, mas o encontro de mil verdades diferentes e a compreensão delas o levam a tentar apenas a descoberta de sua verdade própria. Daí o fato de os melhores críticos serem aqueles que se contam e se exploram a si mesmos através das obras alheias. Que usam essas como trampolins para saltar aos pântanos de suas próprias almas e trazer do fundo as riquezas que de outro modo ficariam perdidas.

Álvaro Lins é católico e é cético. Não há contradição nisso, como já frisei mais de uma vez. A fé não exclui a dúvida; implica tão-somente uma solução para a dúvida, mas para a dúvida perante o sobrenatural, não perante o humano. A fé é uma solução dentro do mundo metafísico; podemos crer sem discussão em qualquer dogma por mais absurdo que pareça, desde que aceitemos a premissa da existência de Deus. Perante Deus, somos espíritos impuros e imperfeitos e não nos cabe julgar-lhe as ações. Dentro do mundo físico a coisa é bem diversa. Podemos julgar as ações de nosso semelhante e temos o direito e o dever de duvidar de seu acerto. Para que assim pensemos, basta-nos olhar as nossas próprias ações; a percepção de nossas falhas nos permitirá pressupô-las nos outros.

O ceticismo, porém, não exclui tampouco a paixão. Duvidar não quer dizer incapacidade de amar. Antes o contrário; não raro quanto maior o amor maior a dúvida. O ceticismo é apenas a desconfiança diante das aparências, a hostilidade às explicações fáceis e simplistas, o sentido permanente da relatividade das verdades humanas; é quase um método de trabalho, mais do que uma filosofia. Não é, em todo caso, um negativismo pobre e estéril. E a prova de que não exclui a paixão, temo-la nestes estudos de Álvaro Lins, nos quais amiúde se entusiasma e chega a cometer injustiças de superestimação de obras que lhe são simpáticas por motivos de ordem pessoal. Mas também com justiça se exalta. Assim nas suas excelentes análises da situação francesa e de alguns grandes romances da ante-guerra. A propósito de *Jean Barois*, esse livro de primeira categoria que li quando estudava na Universidade de Genebra, tem Álvaro

Lins, para Massis, uma frase terrível: "como são mais infames do que quaisquer outros os homens infames da direita". São infames, com efeito, principalmente os "do dinheiro" a que se refere Hériat, os dessa nova "aristocracia", capaz de vender Deus, pátria e família.

Com esses comentários amargos e apaixonados, com essas opiniões desabridas confirma Álvaro Lins sua melhor qualidade, a da sinceridade para consigo mesmo, tão perigosa como ele próprio reconhece, mas também tão admirável, e tão rara nos tempos de acovardamento em que vivemos. Só ela bastaria, se outras muitas não tivesse, para tornar sua palavra respeitável.

Nem tudo, porém, são pedras preciosas nesta primeira série do *Jornal de Crítica*. O livro teria ganho com uma seleção mais severa. O peneiramento necessário em obras dessa natureza não se fez com rigor. Certos estudos não passam de crônicas ligeiras, compreensíveis dentro da profissão jornalística, mas que mascaram as melhores páginas de reflexão e de crítica séria. Não quero citar exemplos; direi apenas que inúmeros livros criticados não mereciam a honra de figurar em obras definitivas. Talvez nem sequer merecessem a do comentário, jornalístico embora, de quem já tem o direito de orgulhar-se de seu nome.

Uma característica de estilo, peculiar, como me dizia há pouco um intelectual amigo, a uns tantos escritores da geração dos 40, a característica da escrita concisa e precisa, limpa e direta, própria sem preciosismos, certa sem gramatiquismo, brasileira, sem modismo nem regionalismo, também se observa em Álvaro Lins, moço que amadureceu depressa e já batalha na literatura como um velho e experimentado guerreiro. Para ser moderno é preciso muitas vezes ter a coragem de ser antimoderno, diz o autor, apoiando Maritain. Não iria eu tão longe, mas diria simplesmente que para ser moderno, em qualquer época, é necessário não se preocupar com a questão; e escrever o que se tem e dizer da melhor maneira possível. Não com a idéia de fazer bonito, agradável, elegante ou original, porém com o fito de alcançar a expressão mais adequada.

Não estamos longe de aplaudir em Álvaro Lins essa vitória a que devemos todos aspirar.

1º de dezembro de 1942 – Releio de quando em vez minhas próprias obras de ficção. Não só para observar melhor, com o recuo necessário, os deslizes e os erros, mas também para reviver emoções, apreciar mesmo a maneira pela qual as pude exprimir. A volúpia amarga de recordar, eu a considero como uma espécie de entorpecente, cocaína, ópio, algo que aveluda a alma e ao mesmo tempo repugna ao estômago. É um prazer de fracos que me irrita porque não posso evitá-lo e sinto que aos poucos vai tomando maior espaço no meu cérebro. Creio que a idade de um indivíduo poderia ser medida muito objetivamente pela sua taxa de lembranças. Na meninice essa taxa é nula. Até os 20 anos ela mal aparece. Dos 20 aos 30 sua importância ainda é diminuta. Dos 30 aos 40 principia a crescer, tornando-se, já nos últimos anos do oitavo lustro, assaz inquietante. Daí para a frente vai em progressão geométrica até um ponto de equilíbrio que chega a agradar e comover os outros. Conheci sexagenários que balançavam nesse ponto crucial com uma elegância discreta realmente deliciosa. Assim permaneciam muito tempo num malabarismo intelectual espantoso. E de repente, zás... afogavam-se definitivamente no caudal das recordações e se tornavam por completo aborrecidos. Na minha idade e na minha profissão, esse espantalho das lembranças apavora bem mais que a aproximação da morte.

Há, portanto, muitas maneiras de recordar e nem todas são igualmente estéreis. O que ocorre para assim as considerarmos é o cronologismo irritante de que se acompanham quase sempre. Parece que a precisão das datas aumenta na proporção exata em que diminui a riqueza das reflexões. Para o homem maduro o acontecimento em si pouca importância oferece; ele vale apenas pelo mundo de sugestões e induções que nos apresenta. Para o velho o interesse do fato está no próprio fato, e no calor de vida que ele projeta sobre o vácuo do presente, calor somente desprendível quando situado o fato em seu exato lugar, entre as circunstâncias concretas de suas ocorrências. Daí a minúcia fastidiosa com que os velhos recordam. "Foi em 1885, em 10 de novembro, engano-me, 12, às 5 horas da tarde; meu primo, cunhado, por sinal... isto é... concunhado... etc.".

Outro aspecto constrangedor das recordações: o anedotismo. Nada mais preso ao presente do que o humor. Humorismo envelhecido é como gíria recolhida; incomoda apenas. Cada geração tem seu estilo, representativo na realidade de um momento social. O imediatamente anterior ao nosso é-nos sempre ridículo, tal qual um chapéu fora de moda. E é esse o estilo dos velhos. Já o dos nossos antepassados nos interessa mais, não só por ter adquirido a pátina pitoresca com que o tempo o cobriu, mas ainda por ter passado pelo crivo selecionador de uma longa posteridade, e conservado assim exclusivamente o miolo substancial humano.

Recordar, entretanto, não é estéril nem aborrece, quando se alia a uma penetração inteligente dos fatos e a uma capacidade de ligá-los aos acontecimentos posteriores, por conseguinte contemporâneos dos ouvintes ou leitores. Em outras palavras: a recordação é útil e agradável se traduzida na conversa em apoio de reflexões filosóficas ou sociológicas, de ordem literária ou histórica, se exposta, a título de esclarecimento, a um problema do presente.

Mas, de repente, em meio a esse devaneio envolvente, ponho-me a pensar que estou argumentando em benefício próprio, como que justificando o pendor nascente pela prospecção no passado. Refletindo sobre a lembrança e descobrindo-lhe a utilidade no enriquecimento interior, eu procuro desculpar-me perante mim mesmo e perante os outros... Agrada-me abandonar o pensamento ao sabor dos acasos. Qualquer pretexto lhe serve para esse divertimento repousante de que a vida moderna se mostra dia a dia mais avara.

Há poucos anos ainda, nos círculos de intelectuais, era de praxe lançar-se à discussão um desses temas mais ou menos abstratos de psicologia ou de estética. E a gente então se desmandava em paradoxos, num lero-lero excitante que constituía, no fundo, excelente treino para o raciocínio. Mas a ação empolgou o mundo; isso passou a ser considerado desprezível academismo. E só ficou, para válvula, o diálogo interior. Não me queixo, nem censuro o que quer que seja a quem quer que seja. Creio mesmo estar a razão com os homens ativos que realizam alguma coisa. Mas talvez se tenha ido longe demais nessa direção. Sinto na geração que vem depois da minha (a nova já mudou de rumo) certa leviandade, certa inconsistência, fora de um dado gênero de ficção, evidentemente explicáveis pela pequena intimidade com a cultura geral. Falam pouco e mal, esses homens, quando não contam histórias. E os raros problemas que os comovem são analisados de um ponto de vista estreito, unilateral, algo simplista. Há exceções brilhantes, sem dúvida: homens não só capazes de não falar exclusivamente de futebol ou cinema, mas ainda de, com sua curiosidade e sua argúcia, colocar novos problemas ou penetrar melhor os já existentes.

As vantagens do lero-lero intelectual, em que pesem as tendências cientificamente frias de nossa época, estão na desobstrução do cérebro para os que o atulharam de conhecimentos especializados; e, ao contrário, na decantação de alguma coisa aproveitável na cabeça dos que somente viram o mundo em sonhos. O debate humaniza, enriquece, desenvolve a agilidade de espírito. Embora reconhecendo tudo o que devemos aos americanos, principalmente no campo das ciências, não posso aceitar o seu horror à discussão gratuita, à disponibilidade intelectual. Há em sua atitude algo puritano que incomoda.

***

Por este caminho, arrisco-me, porém, a cair em cheio num assunto perigoso. E deixará no ar aquilo que realmente me preocupa no momento: a tendência para recordar o passado. De uma feita um senhor qualquer, entrevado por certo, desgraçado sem dúvida, afirmou: "recordar é viver". Quanto esforço para iludir-se. O que é verdade é que "recordar é reviver". Ora, viver consiste em descobrir principalmente; em aventurar-se, experimentar, provar, conhecer. Reviver é apenas repetir; é partir de novo à procura da sensação já descoberta e cujo gosto nos ficou na carne e na alma. A primeira operação é alegre e sadia; a segunda é melancólica e falaz. É como o indivíduo que toma uma xícara de café perfumado e dosado ao ponto certo e em seguida repete a dose... porém, se decepciona sempre, porque não é mais "a mesma coisa". Tampouco começa a vida aos 40, embora possivelmente o que então se conheça, ainda inédito porventura, tenha um sabor mais profundo e seja mais bem apreciado...

4 de setembro de 1943 – Quando, cansado das leituras profissionais, volto aos antigos, ocorre sentir-me profundamente desanimado ante a forçosa repetição de tudo o que já foi dito. Ao mesmo tempo, entretanto, certa confiança na própria crítica se reaviva diante dos erros, das mancadas dos críticos do passado. Um Montaigne me achata pela intuição realmente espantosa que teve de todos os problemas da atualidade, mas um Sainte-Beuve, encasacado e professoral, apontando gênios de vida curta ou demolindo talentos que vingaram, me delicia. Não quero dizer com isso ter sido Sainte-Beuve um escritor secundário; foi dos mais perspicazes da época, embora errasse como todos os que se arrogam o direito de julgar. Sua grandeza não está na justeza do julgamento, porém na maneira por que julgou e nas coisas que disse a pretexto de julgar. Ainda há dias folheando sua *Galérie des portraits littéraires*, encontrei no perfil de um desconhecido, *monsieur* Joubert, reflexões das mais felizes sobre o público ledor. Esse Joubert, amigo íntimo de Chateaubriand, o primeiro dos românticos, e de *monsieur* de Fontanes, o derradeiro clássico, foi um desses "homens-pontes" que se dinamitam depois de passar o último trem. O que escreveu (um volume de pensamentos editado 14 anos após a morte) não era nem bom nem ruim. Antes bom do que ruim; compreensivo, frio, equilibrado, nem tanto ao mar nem tanto à terra. Tão melhor do que ruim, que chegou a impressionar Sainte-Beuve, Chateaubriand e Fontanes. Queixa-se Sainte-Beuve de que não havia mais público, no seu tempo, porque a praga literária invadira a elite toda e "tout le monde écrit et a la prétention d'écrire autant et mieux que personne". A elite dos "conhecedores" transformara-se, em meados do século XIX, na elite dos "amadores". Resultado, sem dúvida, da alfabetização universal que pôs ao alcance de qualquer um os poucos segredos elementares da expressão literária. E que, ampliando desmedidamente o mercado, tornou imprescindível o aumento também exagerado da produção. De modo que o problema já intrincado, no tempo de Sainte-Beuve, foi se fazendo dia a dia mais complexo, e, hoje, boa parte dos amadores passou a profissional. No entanto, talvez nem sequer devesse figurar entre os simples leitores. Que diria Sainte-Beuve se vivesse conosco nesta feira pouco divertida do jornalismo e da radiodifusão? E do cinema? E das crônicas sociais? E dos comentários esportivos? As elites ledoras passando a elites produtoras criaram públicos não de "écoutants écoutés" mas de "écoutants dégoutants", com o perdão do trocadilho.

Em boa proporção a culpa do abastardamento do gosto cabe ao cinema. A própria evolução dos meios técnicos do cinema foi a causa principal da tragédia da inteligência e da sensibilidade artística. Processou-se num ritmo tão rápido que mal deu tempo à crítica e ao público selecionador para analisarem cuidadosamente o que se lhes oferecia. Tiro de *Ensaios* (publicado por mim em 1938) as seguintes observações: "O fogo de artifício dos truques fotográficos espantava e entusiasmava o suficiente para neutralizar a substância. O espectador embasbacado diante da imagem expressiva e gesticulante esquecia o enredo imbecil, o absurdo das situações psicológicas, o vazio das teses defendidas. Quando, afinal, se habituou ao milagre e principiou a matutar sobre a essência da produção cinematográfica, surgiu a maravilha do desenho animado (...) logo após a sua invenção começaram a ser exibidos os primeiros filmes sincronizados. E foi a sincronização o segundo fator da estagnação do cinema. Com efeito, no momento em que a arte muda, tendo já esgotado todo o repertório das novelas policiais e explorado até o cerne as pieguices amorosas, com beijos demorados, mulheres redimidas e milionários sentimentais, no momento em que apenas a fita cômica ainda lhe dá algum alento, a sincronização traz ao cinema um sopro de vida artificial. Mas as tempestades de neve com ventanias barulhentas como as sereias da assistência, as imutáveis cenas de revistas com bailados ricamente lamentáveis, as piadas em 'slang' mal traduzidas nos letreiros, já enfastiam (...) E não nos surpreendendo mais, volta à tona, em toda a sua evidência, a grande pobreza do cinema atual (...) Infelizmente o desenho também enveredou pelo mesmo caminho. Caiu na opereta, e na preocupação da longa metragem (de efeito popular e fácil) dilui-se o espírito inventivo. *Branca de Neve* é um exemplo típico. Cenários de Dulac para bonecos de Belmonte, sem o espírito deste e com a vulgaridade daquele".

Mas, dirão, que tem a ver esse devaneio com os últimos livros publicados? Tudo e nada. Tudo porque os últimos livros publicados são, em sua maioria, destinados ao público cinemaníaco. Romances que se escreveram para a tela, com toda a mediocridade exigida pelo público medíocre, ávido de emoções baratíssimas; romances que pesarão no bolso dos editores com a renda que lhes derem, e nas suas consciências com a estupidez dos entrechos e a primariedade da psicologia; romances que não serviriam sequer para os folhetins dos jornais e ocupam nas vitrinas o lugar das produções mais dignas; romances que embotam o gosto, a sensibilidade e a inteligência e que esmagam com sua avalanche não apenas as obras estrangeiras de mérito, mas ainda, e principalmente, os livros nacionais de aspecto menos comercial. O conluio do cinema com a falsa literatura, tão perigoso quanto o conchavo do rádio com o mau teatro, está atraindo a cólera dos deuses... Por isso mesmo, o papel de crítica honesta se torna cada vez mais difícil e urgente. Arrancar do dilúvio de podridão literária as poucas obras merecedoras de sobrevivência, discutindo-as e analisando-as em meio à fanfarra subversiva de publicidade, eis uma terrível e ingrata tarefa. E ainda mais árdua ante o suborno bibliográfico de que lançam mão inúmeros editores.

O público faz pouca diferença entre a obra literária e a obra cinematográfica. Se esta lhe agrada, compra a outra e dela se encanta. Ora, não há entre ambas nenhuma conexão. Um romance excelente pela fatura e pela essência humana, literária, artística, pode dar péssima fita; e vice-versa. Como também ocorre, ainda que raramente, a coincidência de romance e fita serem bons ou romance e fita serem ruins (caso mais comum). Os filmes tirados das obras de Vicky Baum, de Pearl Buck ou de Steinbeck justificam a leitura dos originais. Em contrapartida, nem mesmo as fitas desculpam a fragilidade dos livros de Bromfield, de James Hilton e outros. Tudo portanto. E nada, porque a literatura é outra coisa...

E com isso se encerra a primeira parte destas reflexões inspiradas na publicação dos últimos romances filmados e cujas fitas tiveram ou terão grande êxito.

Quanto à intromissão de Montaigne, deve-se ao fato de ter eu andado às voltas com alguns trechos dos *Essais*. A convivência com o "perigourdin", de que não me farto jamais, incute em meu espírito uma salutar modéstia. Com efeito, muito antes de se jogarem os sábios às pesquisas etnográficas para tirar delas uma lição de medida e relatividade, já Montaigne escrevia páginas penetrantes acerca do etnocentrismo e da força coerciva dos costumes. "As leis da consciência, que dizemos nascerem da natureza, nascem do costume", escreve no cap. 22 do Livro I; e logo adiante esclarece seu pensamento com uma precisão e uma elegância que deixam longe todos os pretensiosos esquematizadores da atualidade: "Em verdade, porque os recebemos com o leite materno e porque o mundo já se apresenta com o seu aspecto a nosso primeiro olhar, parece-nos que nascemos para seguir-lhes a trilha". Disse propositalmente "esquematizadores" em lugar de "sistematizadores", porque de lógica entendiam tanto quanto nós os antigos, sem se prender, como nós, a pequenos e didáticos diagramas. Iam mais fundo e com menos pretensão. "Os povos nutridos de liberdade e habituados a se dirigir por si consideram qualquer outra forma de governo monstruosa e antinatural... É pelo costume que cada qual se acha satisfeito com o lugar em que a natureza o fez nascer. Nem aos selvagens apetece a Turena, nem aos citas a Tessália"...

Mas não é apenas no campo da sociologia, ora redescoberta com tanto alarde, entusiasmo de uns e desprezo de outros, que Montaigne nos dá lições. Também na psicologia. "Preocupamo-nos menos com conhecer os outros do que com nos mostrar a nós mesmos, e mais nos esforçarmos por vender a nossa mercadoria do que por comprar coisa nova". Donde a atenção que dava aos depoimentos dos simples que não tinham nada para vender. Dos cultos desconfiava: "Nunca apresentam as coisas em toda a sua pureza, mas as deturpam e mascaram de conformidade com seu ponto de vista. E para dar crédito a seu julgamento e convencer os demais, de bom grado exageram, deformam e ampliam". Tanta prudência, entretanto, não o impedia de valorizar a poesia que se coloca "acima das regras e da razão". E por aí, por esse lado humilde e agudo a um tempo, é que se diferencia dos pensadores modernos. Prende-se ao chão sem largar as asas, pronto a alçar vôo a todo instante, o que não está nas possibilidades dos mais compenetrados cientistas de nossa época.

Precursor em todos os atalhos do pensamento humano, ei-lo a advertir de que se "outros educam o homem, eu o descrevo".

Não seria diversa a intenção objetiva das ciências sociais quatro séculos mais tarde. Mas a realização ficaria muito aquém do objetivo, porque faltaria aos homens a coragem de se postar diante do espelho. Iriam buscar ao estudo dos primitivos aquilo que Montaigne buscava em si próprio. E haverá em qualquer psicólogo precavido da atualidade sentença mais feliz do que esta: "Não pinto o ser, pinto-lhe a passagem... a passagem cotidiana de minuto a minuto". Diante dos brilhos fictícios dos escritores, Montaigne sabe defender-se. Por precaução enfia sempre uma agulha acerada nos balões das frases, certo de que só é grande realmente quem dá mais peso e significação mais profunda ao que diz e não apenas mais cor e atrativos ao que escreve. Não encontro alhures crítica mais adequada aos originalismos excessivos: "na ânsia de uma palavra nova, abandonam a vulgar, não raro mais forte e nervosa; conquanto chafurdem na novidade, pouco se lhes dá a eficiência".

Onde, porém, Montaigne, pulando por cima dos anos de pesquisa e pretensões, vem encontrar-se com os cientistas mais atuais, é no valor emprestado ao instinto. Ainda há pouco, caindo-me nas mãos a curiosa obra de Silva Melo

(*Alimentação, instinto e cultura*), recordei-me de que já lera nos *Essais* algo semelhante. Estava lá no Livro III, no capítulo intitulado "Da experiência". Explica aí o nosso mestre que, são ou doente, sempre se deixou levar pelos apetites, dando grande autoridade a seus desejos e inclinações. Ao mesmo tempo, entretanto, que estabelece a importância do instinto nas soluções dos problemas impostos pela vida de todos os dias, Montaigne, com um espírito digno dos mais céticos humoristas, afirma: "detesto os remédios que importunam mais que a doença. Estar sujeito a cólicas e se abster de comer ostras são dois males em vez de um; a enfermidade nos belisca de um lado, a regra nos apoquenta de outro. Desde que corremos o risco de errar, erremos de preferência após o prazer". E mais esta frase que faria as delícias de Oswald de Andrade: "O mundo é malfeito e só imagina útil as coisas complicadas; é-lhe suspeita a facilidade".

Nada menos burguês do que esse fidalgote da velha província francesa. Nada mais atual, portanto, nestes tempos que se caracterizam pela revolta contra aquilo que Mário de Andrade apelidou num poema célebre "o prudente pouco a pouco, a digestão bem-feita da cidade". E nada mais eficaz como breviário de vida. De um contista piracicabano sei eu que, após a leitura desta página sobre a saúde, ingeriu várias caracus apesar da dispepsia crônica. E passou otimamente o dia... A atitude amável diante da vida, que foi a de Montaigne e que constituía a mais sábia lição de liberalismo, na opinião de Gide, é o de que carece o mundo atual amarrado a missionarismos ferozes. A própria civilização anglo-saxã, defensora moderna dos últimos vestígios vivos da velha liberdade, ressente-se da ignorância de Montaigne. Não há mais público para ele, o famoso público dos "ouvintes ouvidos" cuja ausência sem muita razão já lamentava Sainte-Beuve. Substituíram-lhe a leitura pela dos tratados de estatística, e à volúpia aconchegante, envolvente e revigorante de seus aforismas, perfeitamente nominalistas, opuseram as terminologias bárbaras. Não era de esperar mesmo outra de um mundo que trocou o vinho pelas vitaminas e a poesia pelo behaviorismo... O romance, média e pão quente (sem manteiga!) invadiu tudo. Com a ajuda trêfega do cinema e do rádio criou-se o clima ideal para a subliteratura que hoje domina, enriquece e enxovalha. Só nos faltam, para que alcancemos a bem-aventurança definitiva, os comprimidos alimentícios e a fecundação artificial.

No pé em que estamos, quando surgem livros como *Eis a noite*, de João Alfonsus, ou *Águas mortas*, de Eduardo Campos, um cearense que estréia lá na província, cheio de seiva e sarcasmo, de humanidade e penetração, precisamos antes de mais nada desintoxicar-nos com uma boa dose de magnésia fluida.

DIÁRIO CRÍTICO II
1944

15 de janeiro de 1944 - Raramente tem o crítico a alegria da descoberta. Os livros que recebe dos conhecidos consagrados não lhe trazem mais emoções. Já sabe o que contêm, seria capaz de sobre eles escrever sem sequer folheá-los. Quando, porém, o autor é novo, há sempre um minuto de curiosidade intensa: o crítico abre o livro com vontade de achar bom, lê uma página, lê outra, desanima, faz nova tentativa, mas qual! As descobertas são raras mesmo. Pois desta feita fiz uma que me enche de satisfação.

Diante daquele nome estranho, e até desagradável, pseudônimo sem dúvida, eu pensei: mais uma dessas mocinhas que principiam "cheias de qualidades", que a gente pode até elogiar de viva voz, mas que morreriam de ataque diante de uma crítica séria. E ia enterrar o volume na estante quando a consciência profissional acordou. Uma espiada não custa. Em verdade custa, irrita, põe a gente de mau humor, predispõe a achar ruim. Ler isso, quando há tanta coisa gostosa! Deveria haver uma parada. Dez anos de sossego sem novos livros, sem editores, sem rodapés. Dez anos de releitura, de reclassificação, de limpeza, de queima. Depois recomeçaria tudo, mesmo porque já haveria espaço nas estantes, para os novos, e um clima de primavera para a nossa boa vontade crítica. Mas qual! Um fim de ano tão cheio e outro livro ainda... Vai daí abro na página 160 à toa, por acaso, porque o algarismo me agradava e a disposição tipográfica era simpática. E leio: "Falava de amor com tanta simplicidade e clareza porque certamente nada ainda lhe tinha sido revelado através dele. Ela não caíra nas suas sombras, ainda não sentira suas transformações profundas e secretas. Senão teria, como ela própria, quase vergonha de tanta felicidade, manter-se-ia vigilante à sua porta, protegendo da luz fria aquilo que não deveria crestar-se para continuar a viver". Mas isso é excelente! Que sobriedade, que penetração, e, ao mesmo tempo, apesar do estilo nu, que riqueza psicológica! Leio ainda alguns trechos numa espécie de teste desconfiado e resolvo começar. O primeiro capítulo confirma as impressões anteriores, e sigo lendo, sem parar mais, tomado de um interesse que não decai, que encontra novas vitaminas nas constantes observações profundas, "cristalinas e duras" de Joana, na sua capacidade introspectiva, na coragem simples com que compreende e expõe a trágica e rica aventura da solidão humana.

Desde pequena essa menina "natural" e forte, de uma densa seiva interior, vê crescerem lado a lado dentro de si a invenção, a clarividência e a curiosidade. Pouco sensual, é certo, mas ainda assim instintiva; direta, é verdade, e até certo ponto sadia, mas arisca também, amedrontada com a morte. De uma sensibilidade complexa e um poder expressivo inato que frisa a magia incantatória. Poeta, as coisas vivem para ela logo que recebem nomes ou rótulos, e muitas vezes diferentemente de realidade comum. Porque para essa heroína de olhos fixos nos menores, nos mais tênues movimentos da vida não há uma realidade, mas várias; e todo o seu drama nasce mesmo da contradição, do antagonismo de seu mundo próprio, cheio de significados específicos, com os mundos alheios, ou mais vulgares ou impenetráveis. Se à maioria das pessoas a vida permite, em dadas circunstâncias, um instante de fusão, o que me levou a escrever de uma feita este verso que me comove sempre:

Jamais seremos um mais de um minuto,

a Joana não é dada nunca essa possibilidade de diluição, de comunhão integral. Ela é irredutível na sua personalidade "cristalina e dura" de diamante. Donde também, no romance, a desimportância relativa dos demais personagens apenas esboçados, com uma displicência, um quase alheamento que só não chegam a chocar em virtude da admirável análise de Joana.

O livro de Clarice Lispector é todo ele um diálogo interior. Enquanto o pai escreve à maquina e a casa vegeta toda numa modorra de viuvez, já a menina Joana "encostando a cabeça na vidraça brilhante e fria olhava para o quintal do vizinho, para o grande mundo das galinhas-que-não-sabiam-que-iam-morrer. E podia sentir como se estivesse bem próxima de seu nariz a terra quente, socada, tão cheirosa e seca, onde bem sabia, bem sabia que uma ou outra minhoca se espreguiçava antes de ser comida pela galinha que as pessoas iam comer".

Esse diálogo interior já começa no isolamento da menina sozinha no mundo irreal dos adultos. Começa nos brinquedos imaginados em que os sortilégios das palavras assumem importância desmedida. "Inventou um homenzinho do tamanho do fura-bolos, de calça comprida e laço de gravata. Ela usava-o no bolso da farda de colégio. O homenzinho era uma pérola de bom, uma pérola de gravata, tinha a voz grossa e dizia de dentro do bolso: 'Majestade Joana, podeis me escutardes um minuto, só um minuto poderei interromperdes vossa sempre ocupação?' E declarava depois: 'Sou vosso servo, princesa. É só mandar que eu faço'."

Numa técnica simultânea de capítulos ajuntados desordenadamente, vemos Joana crescer com uma tia incompreensiva, casar, ter uma rival, enganar o marido por vingança, sumir, afinal, na expectativa de uma vida refeita. Tudo isso é contado numa linguagem fácil, poética, que não hesita em tomar pelos mais inesperados atalhos, em usar das mais inéditas soluções, sem jamais cair, entretanto, no hermetismo nem nos modismos modernistas. Uma linguagem pessoal, de boa carnação e musculatura, de adjetivação segura e aguda, que acompanha a originalidade e a fortaleza do pensamento, que o veste adequadamente. Ora esse pensamento não é fácil de vestir, pois se apresenta sempre de uma qualidade muito pura, e qualquer imagem em falso, demasiado brilhante, qualquer exibicionismo, mesmo poético, o deturpariam. Essa harmonia preciosa e precisa entre a expressão e o fundo a autora a alcançou magistralmente. De uma maneira que só observamos até agora em certos escritores franceses e ingleses, num Gide, num Morgan, por exemplo, o que de resto não implica comparações deslocadas, muito embora o romance de estréia de Clarice Lispector a eleve de chofre a um plano de absoluto destaque em nossa literatura.

Dito assim, em síntese, o que me cabia dizer acerca de *Perto do coração selvagem*, desejo proceder a uma série de pequenas citações exemplificadoras de sua originalidade de pensamento e estilo. Observei, no princípio, a que ponto Joana é irredutível, como se preserva da diluição nos outros num temor assustado de perder a sua própria vida. Disse que seu mundo não se confundia com os mundos dos outros. Criança, Joana cria seu ambiente, seu meio, o que não lhe é muito difícil, porquanto o mundo exterior somente se impõe a ela através de restrições superficiais. Mas o desenvolvimento dos sentidos, o amadurecimento sexual vai tornar menos fácil a evasão. Ligar-se a um homem já constitui mais que uma simples solução exterior. A prisão da carne fecha-se por dentro da gente, não por fora; e a partir de um certo momento o ato de possuir se enleia inextricavelmente ao ato de ser possuído. Ocorre uma simbiose que passa a moldar a vida normal da maioria, mas que para os indivíduos como Joana não vai sem luta, sem resistência, sem afirmações de independência, sem revoltas, é dolorosa. Ela não aceita a permuta, porque seu temperamento não lhe permite senão o domínio, jamais a sujeição. Ela se espanta de verificar que não há um meio de ter as coisas sem que as coisas a possuam. Ao mesmo tempo percebe que a solução está na preservação do espírito, "a imaginação apreendia e possuía o futuro do presente, enquanto o corpo restava no começo do caminho, vivendo em outro ritmo, cego à experiência do espírito". A eterna dualidade é percebida por Joana não como um problema de metafísica, mas como uma experiência sangrenta, nervosa, sensível. O perigo de entendê-la assim tão viva está no afastamento gradativo da vida sensual, na construção lenta, mas segura, de um mundo próprio, de um mundo dentro do qual o presente perde pouco a pouco sua forma, do qual o presente se ausenta, ou se confunde com o passado e o futuro. Chega-se assim à filosofia daquele personagem de Lenormand para o qual presente, passado e futuro coexistiam; chega-se assim a uma espécie de conhecimento empírico da quarta dimensão que nos torna premonitórios e saudosistas a um tempo. Em Joana a posse do passado é uma realidade presente. Consultada sobre se tinha saudade da infância, responde: "Não é saudade, porque eu tenho agora a minha infância mais do que enquanto ela decorria...".

Entregar-se é renunciar, é morrer. Joana, animalmente viva, se recusa a morrer. Por isso ela se mostra arisca diante de tudo e de todos, ela vê sempre a morte rondando e se defende. Mal sabe ela, na sua encarniçada recusa, que se está suicidando, que vida e morte são uma só e única coisa, um processo sem solução de continuidade. Ela o sentirá afinal ao partir para a viagem de renovação, no caminho da "morte-sem-medo". Mas até aí haverá permanentemente sublimações e transferências. A infância prisioneira se projeta sem libertação definitiva. Uma dessas sublimações, a mais fecunda de sua vida, se consubstancia no jogo verbal, espécie de associação de idéias pela qual se chega ao fundo do poço. No caso em questão nada desvenda, e portanto nada liberta, porque a ele se dedica dentro de um círculo vicioso e não na presença do terapeuta profissional ou mesmo ocasional (marido, amante, amigos). Amigos, não os tem; o marido teme-lhe a clarividência agressiva, ele próprio intelectual, aliás, e preocupado por demais consigo mesmo; o amante surge confundido numa felicidade insonhada. Mas é ainda este último que a redime em parte, que dá um sentido a seu destino, que lhe abre uma nesga de horizonte. É a ele, de resto, que ela conta mais detalhadamente seu prazer inventivo: "Diga de novo o que é Lalande – implorou a Joana. – É como lágrimas de anjo. Sabe o que é lágrimas de anjo? Uma espécie de narcizinho, qualquer brisa inclina ele de um lado para outro. Lalande é também mar de madrugada, quando nenhum olhar ainda viu a praia, quando o sol não nasceu. Toda a vez que eu disser Lalande, você deve sentir a viração fresca e salgada do mar. Deve andar ao longo da praia ainda escurecida devagar, nu. Em breve você sentirá Lalande... Pode crer em mim, eu sou uma das pessoas que mais conhecem o mar".

Quando, após a cena de ruptura com o marido, Joana divaga, de madrugada, junto à janela, cresce e avulta o abismo da morte como um retorno à infância, ao ventre materno, ao mar, para a fusão de sua personalidade irredutível. Já está às portas da libertação, mas não se libertará, entretanto, apenas recuará fisicamente diante da solução entrevistada, para aceitar o compromisso da evasão ilusória da viagem. Imagina que um dia virá em que se integrará na inocência e na criação.

A obra de Clarice Lispector surge no nosso mundo literário como a mais séria tentativa de romance introspectivo. Pela primeira vez um autor nacional vai além, nesse campo quase virgem de nossa literatura, da simples aproximação; pela primeira vez um autor penetra até o fundo a complexidade psicológica da alma moderna, alcança em cheio o problema intelectual, vira no avesso, sem piedade nem concessões, uma vida eriçada de recalques.

20 de fevereiro de 1944 – A curiosidade quase mórbida que caracteriza a nossa época redunda, afinal, numa barganha infeliz do conhecimento pela erudição. A ilusão de possível onisciência nos impele a uma leitura trêfega de todas as novidades, o que não nos deixa tempo para reler. E o desconhecimento do passado encorpa ainda mais o orgulho nascido de uma aparência de progresso. Com as horas todas tomadas em parte pelas novas leituras, em parte pelas diversões dispersivas de atualidade, mal nos sobram alguns minutos para pensar. Destreinamo-nos. E no fim sabemos muito, mas meditamos pouco.

No entanto, seria útil reler certas obras que a avalanche da produção moderna nos esconde nas prateleiras. O dicionário filosófico de Voltaire, por exemplo. Quem pensa em Voltaire nos dias que correm?

Entretanto, há dias o estive folheando. Leo Vaz viera consultar um exemplar mais completo que os encontráveis por aí. Por extraordinária coincidência cai no verbete *guerre*. Quanta amargura, quanta revolta, que sede de justiça social! Que terrível atualidade! A fome, a peste e a guerra, diz Voltaire, são os ingredientes de que é feito o mundo. A fome, em parte, e a peste, inclusive as 3 mil doenças contagiosas que se classificam com o mesmo rótulo, são presentes da Providência... Porém a guerra que reúne tudo isso e mais o assassínio, o saque, o estupro, a mentira, a vergonha, e até a covardia, todas as desgraças elevadas à potência *n,* a guerra é presente de duas dezenas de indivíduos que têm o poder nas mãos, e duas centenas de outros indivíduos que com ela lucram muito. Durante a catástrofe esses homens se locupletam, e depois, como digestão, declamam contra os "vícios" alheios. Contra o amor, por exemplo, apanágio dos moços sem dinheiro que "deveriam estar na linha de frente". O burguês ventrudo e careca é contra o amor, "coisa realmente imoral"; é contra as flores, "coisa absurda e inútil, cheia de insetos nocivos"; contra a poesia, "coisa de vagabundo"; contra a arte, "coisa subversiva". Uma boa guerra, isso sim, "coisa de gente séria", com bons negócios, "coisa de gente honesta".

Voltaire detestava a guerra. Não a via como os fascistas, capaz de regenerar a humanidade decadente. E somente aceitava, não como um bem, mas como um mal inevitável, a guerra em defesa do espírito de paz. A guerra contra os guerreiros e os aproveitadores. A guerra feita pelo agredido. Pela vítima contra os algozes.

Em verdade, defender-se contra o agressor é fácil, pois o agressor se define sempre, se desmascara. Mais difícil é a outra guerra a ser feita contra o aproveitador. Porque este é matreiro, demagogo, confusionista profissional. E talvez mais perigoso ainda do que o outro.

Nós estamos agora na primeira fase da guerra. Já a segunda se esboça, porém, árdua e tenaz.

6 de outubro de 1944 – De uma feita, a convite de amigos, improvisei uma palestra sobre artes plásticas. Era uma experiência, e como tal fora anunciada. Atendia assim à sugestão de uma espécie de centro de debates em que com certa intimidade e sem maiores pretensões se entrasse na discussão esclarecedora de um tema qualquer. E tentava evitar a liturgia das conferências: colarinho duro e calhamaço de papel arrancado do bolso do fraque, exórdio e peroração, e palmas aliviadas no fim. A conversa com o público devia a meu ver encurtar a distância entre ele e o intelectual. Mas a experiência malogrou. Apesar dos debates e do interesse evidente demonstrado pela maioria, ao terminar a palestra os ouvintes se sentiram logrados. Tinham vindo para assistir a um espetáculo determinado e não para discutir. Discutir a gente discute em casa, ora bolas. Afinal, é uma falta de delicadeza improvisar uma conferência, é menosprezar o auditório, é humilhá-lo!

Ainda vivemos presos à tradição oratória. Gostamos do orador como do tenor. E das figuras de retóricas como dos dós de peito. E quando nos decidimos a entrar numa sala de conferência é a ópera que temos em vista. Se não, para que largar o cineminha cotidiano ou o futebol?

12 de dezembro de 1944 – Os depoimentos reunidos por Edgar Cavalheiro sob o título geral de *Testamento de uma geração* se caracterizam por alguns aspectos comuns negativos e qualidades individuais positivas. Comum a todos é o sentimento de insatisfação ante o mundo em que viveram, de inconformismo perante as soluções impostas pela sociedade, tanto no campo da forma artística como no das idéias morais.

Essa geração de 22, que ora depõe com certa amargura e não raro toma atitudes de vítima, foi, mais ainda do que as outras, uma geração negativa. Ela foi contra, insolentemente contra, anarquicamente contra. Entre os seus representantes nem mesmo um programa se revelou possível, pois ela compreendia, em literatura, desde os simbolistas até os dadaístas, e em política desde os integralistas até os mais ortodoxos esquerdistas. Sem falar nos oportunistas e nos cavadores. Diante dela havia para serem derrubados dois pesados obstáculos: a ordem perrepista e a ordem parnasiana. Estreitas e antipáticas ambas, falsas e solenes, vazias e retóricas, constituíam, sobre seu pedestal de tradições, alvos naturais para o espírito de luta dos jovens. Derrubá-los foi coisa de conjunção de entusiasmo, pois tais obstáculos, na aparência afirmações consolidadas, não rejeitam, em meio à maré de hostilidades, senão enquanto não surge o incidente polarizador. Digo incidente e não líder, porquanto este nasce daquele e na hora precisa em que todos "sentem" ter chegado o momento do assalto.

A censura que se fez à geração de 22 de não ter "participado", isto é, de se haver consciente ou inconscientemente posto à margem dos acontecimentos políticos, é injusta. Faltou a essa geração uma ideologia, mas não careceu ela de entusiasmo ativo. Entrou também na luta, pró ou contra o estado de coisas da época. Com ela nasceram o Partido Democrático, o Integralismo, o outubrismo. Com ela surgiu também o interesse sincero pelas coisas nacionais. Na literatura o assunto brasileiro, a língua brasileira, o desejo de independência. Na política a ânsia de renovação, a luta contra a trapaça. Mas da insuficiência de sua cultura política se originaram então confusões lamentáveis para as quais Abguar Bastos chama a atenção em seu depoimento, quando aponta a diferença entre o nacionalismo modernista, cheirando "a bacharelismo do Império", e o sentimento enraizado de brasilidade. A ausência de programas teve como resultado o aspecto negativo das revoluções; a grilagem dos movimentos pelos políticos. A falta de uma base filosófica e sociológica permitiu o desabrochar de teorias absurdas e de mitos ridículos, pois sem ideologia diretriz cai-se o mais das vezes na mitologia barata.

A geração atual chega ao cenário literário e político com mais experiência e maior cultura. Parece-lhe por isso quase criminosa a atitude de sua predecessora. Comete assim um erro comum de juventudes sadias, um erro grave, mas simpático, pelo que revela de força agressiva e de vida transbordante, o erro de esquecer o condicionamento da época. Vinte e dois foi anárquico porque não podia ser outra coisa. Como geração, bem entendido. Individualmente alguns elementos de então não se situavam muito longe dos moços de hoje.

Mário de Andrade, que não quis depor nesse inquérito de Edgar Cavalheiro, aludiu, na conferência mais tarde pronunciada no Rio de Janeiro, à carência de contato com a realidade dura, para explicar certos fracassos de 22. Foi isso, a seu ver, o que levou sua geração ao lirismo individualista. Não posso aceitar a generalização do autor de *Macunaíma*, porque não faltou no grupo quem tivesse da realidade conhecimento mais íntimo. Nem tudo era "jeunesse dorée" na redação de *Klaxon* em que o poeta Caligari aparecia faminto, nem no apartamento de Oswald de Andrade onde se reuniam os esmulambados com Frederico Rangel à frente. Nem tudo era fácil para o grupo político que sonhava com 24 e já plantava os alicerces de 30. Não foi a vida folgada, não foi a disponibilidade, o erro de 22; vida folgada e disponibilidade também existiram para inúmeros mentores da Revolução Russa, entre os quais o príncipe Lwov. Foi, isto sim, a ausência de uma estruturação filosófica; foi, isto sim, a inexistência da universidade. Não foi o afastamento da realidade, mas o desentendimento dela em seu todo complexo.

No fundo, ante os problemas de sua época, os homens de 22 faziam como Tristão Bernard fez agora em 1941, nas prisões da Gestapo. Sonhava com a evasão, pela arte, de preferência ao suicídio porque "mon emmerdeuse d'âme est peut être immortelle". Aos jovens de hoje talvez a alma preocupe menos, e menos, portanto, a evasão do que as relações positivas. Tanto melhor. Sinal dos tempos e bom sinal, reconfortante sinal.

Por outro aspecto, a leitura dos depoimentos da velha geração pode ser edificante pelas citações quase todas de autores franceses e de literatos sobretudo. Quando muito vemos invocar-se a palavra de Marx, de quando em vez, ou de Nietzsche. Ninguém lia os escritores de língua inglesa, e de sociólogos não há menção. A "plataforma" dos novos mostrará, penso eu, uma predominância acentuada dos norte-americanos na formação da mentalidade, e uma propensão marcada para os estudos científicos. Talvez por isso se escrevesse melhor então e se pense mais certo agora. Com demasiada prudência entretanto, o que não deixa de irritar Luís Martins a quem a inteligência nova parece árida e sensaborona... E o que explica, por outro lado, o epíteto de "chatos" com que Oswald de Andrade rotulou os moços de *Clima* e outros grupos.

A geração de 22 falou francês e leu os poetas. A de 44 lê inglês e faz sociologia. A esta bem leviana se apresenta aquela. Em compensação à de 22 bem pesada se afigura a sucessora.

Simples resultado da perspectiva histórica em que cada uma se coloca. No fundo, o problema do antagonismo entre as gerações é, como já disse repetindo outros, um problema de sempre. Todas têm razões sérias e indiscutíveis para criticar as outras, porque nada se resolve pela simples vontade dos homens, mas segundo a conjuntura em que acontece viverem. E ainda assim muito pouco se resolve. As grandes questões permanecem eternamente no cartaz, as questões de moral social, de justiça, de conciliação de desejo de igualdade com a ânsia de liberdade. No entusiasmo dos primeiros anos de luta as gerações tentam o ataque frontal a todos esses problemas. E as perdas em homens e material se revelam logo enormes. Então é que se apresentam outras táticas e se verificam as primeiras desistências. Os mais hábeis optam pelos movimentos envolventes, os menos heróicos pela evasão, os conformistas pela acomodação. É quando irrompem na arena os novos lutadores, cheios de rancor contra os mais velhos. Então observa-se a necessidade de um balanço geral e nascem os testamentos e as plataformas. Evidentemente, com essas marés repetidas, uma língua de terra reacionária se esboroa sempre, mas o desmoronamento do espírito de estratificação ocorre com a mesma lentidão dos processos geológicos e com as mesmas surpresas. Assim como a terra que recua milenarmente sob a ação das águas sem que menos se espere volta a reformar-se, o espírito reacionário sofre avanços e recuos imprevisíveis. Quando menos se espera, e tudo indica um progresso real, pipocam fascismos, e a crosta se refaz. Ora é desanimador, e somente os homens de grande fé, os místicos por natureza, são capazes de ir colher no próprio desânimo a força necessária ao reinício da luta. Os místicos ou os novíssimos, que a mocidade contém em si todos os germes do misticismo: esperança, convicção, devotamento, entusiasmo, espírito de sacrifício. Donde o choque inevitável dos moços contra os velhos e o aproveitamento de uns poucos líderes (místicos ou políticos) entre os homens do passado podre. Porque o passado é sempre podre a quem nasce para a vida...

Não seria elegante destacar nomes, nem para elogiá-los nem para criticá-los. A geração é naturalmente muito heterogênea. E os testamentos, mais ou menos ricos, em conseqüência. Alguns hão de provocar inveja nos remediados como nós; outros deixam longe para atrás, na sua miséria, os testamentos dos nossos seiscentistas ancestrais. Não são, entretanto, os que menos brilham, na vaidade de exibir suas jóias falsas. Do mesmo modo varia a psicologia dos depoentes dentro de uma escala que vai dos Acácios aos Quixotes, passando pelos ciclotímicos melancólicos e os esquizóides trêfegos. Há satisfações bem plantadas, copadas e florescentes, e inquietações arredias. Tem de tudo, é uma bela amostra da fauna intelectual, mas uma amostra que não nos torna nem mais jovens nem mais alegres.

Esquecia-me de anotar um dos traços mais característicos desses depoimentos todos: a irreprimível necessidade de justificar-se. Todos explicam, e tanto explicam que é como se se desculpassem, como se suplicassem um perdão difícil. Raros desvendam a serenidade confiante, raros escapam à concessão e quase à proposta de um compromisso. E raros também não olham angustiados para os moços de um júri imaginário ao se explicarem. E isso está igualmente dentro da norma habitual. Os velhos explicam, os moços acusam.

DIÁRIO CRÍTICO III
1945

30 de março de 1945 – Já se foram tantos! Na roda de nossa geração, a Morte cabra-cega foi ceifando ao acaso. Primeiro Antônio de Alcântara Machado, o mais vivo e que mais alto ria. Que choque, que desolação! Paramos atônitos, desnorteados, mas o cotidiano superou a mágoa de cada um de nós e a roda se reformou, apenas mais estreita, porém viva ainda e agressiva. E caiu o segundo, o que de romano tinha o nome, e mais a retidão, a coragem, o caráter, Tácito de Almeida partiu, e a roda ficou menor ainda. Nossas mãos se apertaram mais fortemente e os nossos corações de angustiados se puseram a pular como pássaros medrosos.

E agora, quando já nos acalmávamos, a Bruxa pegou outro inesperadamente. Mário de Andrade morreu. Que resta de nossa roda? De quem a vez? Qual o primeiro na fila?

Não quis ver o rosto morto, mas me afirmaram que sorria num adeus muito terno para a São Paulo "das neblinas frias". E, confiante na fidelidade dos que sobravam, serenamente deixava-se levar. Estranha essa divergência de atitudes que assumem os intelectuais diante da morte. Nenhum traço comum. Antônio de Alcântara Machado largou revoltado o corpo doente. Tácito de Almeida morreu desafiando a intrusa, enfrentando-a como Cirano na cena final do duelo com a "Comadre". Mário de Andrade não teve nem revolta nem heroísmo, mas a grande e nobre coragem da resignação. Ele a esperava desde há muito; ele a sentia aproximar-se a passos miúdos e surdos, inexoravelmente. Preparara tudo para receber a visita. Nada deixou ao acaso, nem livros nem manuscritos. De bom grado houvera descansado um pouco, porém ele tinha pressa. Então como quem se ausenta por algum tempo "sem data pra voltar", como o Marbru de sua tradução, pulou no trem com um gesto apenas de até breve. "Estou ruinzinho", disse. E foi tudo.

Eu não quis ver o seu rosto morto. Não quis turvar a imagem a que me acostumara a sua freqüentação. Hei de vê-lo sempre na memória daquele mesmo modo, preocupado com a cor da gravata, com as burradas dos amigos e com a linha moral de sua própria inteligência. Condescendente para todas as fraquezas do sentimento e intransigente na honestidade da expressão artística. Algo pernóstico nas atitudes a fim de mascarar uma bondade "burra" e desmilingüinte. Porém, mesmo em seu pernosticismo, atento ao caminho e ao exemplo. Ninguém mais do que ele teve essa noção da responsabilidade do intelectual; por isso mais de uma vez topou diretrizes quase suicidas com o sentido fixado nas repercussões delas. E essa noção se enraizava tanto mais fundo nele quanto mais alto se elevava o seu prestígio. Ora, ultimamente esse prestígio era enorme em todo o Brasil. As gerações de menos de 50 anos respeitavam o mestre e lhe queriam muito. Confiavam nele; em seu caráter, em sua franqueza que sabia ser rude sem ofender. Contudo, na intimidade, Mário por vezes confessava seu cansaço, seu desejo de evasão, a sua luta cotidiana para dominar o puro artista e cumprir o que julgava um dever.

O grave e insolúvel problema do intelectual burguês no mundo convulsionado de hoje, ele o enfrentou com uma coragem admirável, consciente dos sacrifícios que lhe seriam exigidos e disposto a aceitá-los até a morte inclusive, a morte física e a morte espiritual, a pior, a mais inaceitável para todos nós. Porque acima da realização literária e artística, tão ambicionada entretanto, ele colocava a realização humana.

Vejo-o, no fim da vida, se erguendo pouco a pouco às alturas morais de um Romain Rolland, despojando-se de todas as vaidades, forçando pela vontade e a clarividência a decantação total de seus sentimentos. O sábio cristalizavase lentamente em Mário de Andrade, através dos choques todos de sua intensa vida interior.

Eu não quis ver o seu rosto morto. Como não quis ver os dos outros companheiros desaparecidos no meio da jornada. Assim conservo deles todos uma presença viva, animadora, encorajante. Com eles me sinto mais forte e mais certo.

5 de maio de 1945 – O Sr. Antonio Candido deve ser o mais moço dos nossos críticos militantes. A menos que essa glória caiba ao Sr. Otávio de Freitas Júnior em Pernambuco ou a algum daqueles "meninos" de Minas a que se referia com tamanha ternura Mário de Andrade. Pertence ele, em todo caso, a essa novíssima geração à qual se tem censurado (sinal dos tempos?) um excesso de seriedade. Foi o que levou o Sr. Oswald de Andrade a dar aos moços o apelido engraçado e injusto de "chato-boys", e o Sr. Luís Martins a estigmatizá-los pela sua carência de lirismo.

Em verdade a generalização foi algo apressada. Se por um lado rapazes como os acima citados, e mais os Srs. Lourival Gomes Machado, Rui Coelho, J. Etienne Filho e outros se iniciam na literatura com alentados ensaios de erudição e crítica, moços como Lêdo Ivo, Tavares de Miranda, Bueno de Rivera, Dantas Mota, Fernando Sabino, etc., estreiam com magníficas páginas de ficção. Não é tanto o espírito crítico que me parece caracterizar essa "novíssima", nem a mentalidade universitária, porém um amadurecimento muito rápido. E do que temos a prova palpável nesses estudos de *Brigada Ligeira* com os quais o Sr. Antonio Candido se apresenta oficialmente ao público.

Impressiona, desde as primeiras páginas, a segurança do jovem crítico, segurança aliás mais de pensamento que de estilo. E segurança que se manifestaria com maior evidência ainda se não houvesse, para frear o julgamento do crítico, certa modéstia que frisa a timidez a insuflar-lhe uma prudência exagerada. Diante dos mais velhos mostra-se Antonio Candido por demais respeitoso e, assim, propenso a valorizar com alguma ênfase as qualidades dos criticados ou a atenuar-lhes os defeitos. Nada mais simpático entretanto, e a um tempo fecundo e raro na história da crítica literária dos jovens no Brasil. Estes, com efeito, quando não se tomam por palmatória do mundo, se esborracham no elogio descabelado, nos entusiasmos irrefletidos e primários.

Sinto-me à vontade para fazer esses comentários, porque em 22 nós fomos assim: irrefletidos e primários. Salvou-nos o lirismo, redimiu-nos o trabalho destrutivo que então efetuamos. Mas toda a nossa crítica positiva dos primeiros anos, da época heróica, se esboroou em virtude da nossa ignorância satisfeita. Pois bem, a nova geração, e em especial o Sr. Antonio Candido, prima pela conscienciosa procura de uma verdade e dos valores reais, além e acima dos imediatismos escolares, dos modismos, do transitório atualista. O que menos se percebe, por isso mesmo, em seus trabalhos, é a hostilidade contra as gerações anteriores, essa hostilidade gratuita contra os mais velhos que tem sido o apanágio dos moços de todas as épocas no Brasil. Em 22 nós obrigávamos os velhos a subir no coqueiro da crítica e os sacudíamos valentemente até caírem. E se por acaso resistiam, nós os derrubávamos a tiros, a pancadas, sem piedade. Hoje a operação se processa quase carinhosamente e o Sr. Antonio Candido estende redes protetoras por baixo do coqueiro...

Essa prudência, essa simpatia peculiares ao jovem crítico são entretanto abandonadas quando já não indivíduos porém idéias têm que ser analisadas, combatidas ou impostas. Então o Sr. Antonio Candido se torna mais incisivo, mais agressivo, mais natural também. E menos modesto, sem dúvida alguma. A paixão das idéias é que me parece marcar a "novíssima", e muito mais do que o próprio espírito crítico. É de ver-se como o estilo desses moços logo se modifica, logo se eiva de autoritarismo, quando a análise passa do campo da apreciação puramente estética para o domínio da filosofia ou da sociologia. Principalmente da sociologia, porquanto neste domínio é que a mocidade se encontra adiante da inépcia dos predecessores. Nesse domínio é que ela se sente mais forte, mais "à la page". Tanto melhor. O Brasil que a juventude destes anos maus vem descobrindo é um Brasil em descalabro, um Brasil de confusionismo, de diletantismo administrativo e político. Contra o crime do abandono, contra o mau-ufanismo medíocre e inculto, contra o cinismo aventureiro, a mocidade se revolta e se apaixona. Não posso deixar de aplaudir essa rebelião de uma elite que há de preceder a das massas. Não no sentido daquela rebelião aristocraticamente temida por Ortega y Gasset, mas num sentido mais vertical e eficaz. E não posso deixar de aplaudir porque, ante a complacência desfibrada e a desmoralização generalizada, reconforta ver desabrochar uma geração que tão poucos sinais de contágio nos revela. Algumas fraquezas dela, é certo, têm vindo a furo, alguns possíveis líderes têm se aconchegado às almofadas macias dos compromissos, mas o grosso da "brigada ligeira" continua firme na luta, na resistência.

Não sei se dentro de dez anos, ou vinte, poderei ainda olhar com a mesma satisfação para esses moços que já serão homens maduros e talvez ocupem postos de comando em nosso país. Com a idade, certo ceticismo cômodo se infiltrará em muitas almas, certo cansaço deliqüescente invadirá outras.

As melhores poderão acabar na mais negra misantropia... Contudo resta-nos sempre a esperança de que os homens mudem, de que a evolução das gerações não se repita numa semelhança desanimadora. A idéia de progresso moral persiste viva em nós, em que pesem todos os desmentidos da história e da experiência.

Não sei se ainda poderei aplaudir, num futuro mais ou menos remoto, porém é certo que nenhuma outra geração me infundiu tão funda esperança. Por tudo isso que ela tem de honesto, de sério, de sereno, de clarividente, e que o crítico Antonio Candido põe tão amplamente em evidência.

De um modo geral eu subscreveria de bom grado os ensaios desse pequeno volume. Seria mais severo, creio, com relação aos homens já realizados e mais condescendente com os outros. Seria menos esquemático nas classificações e me preocuparia um pouco menos com alicerçar os meus comentários na opinião alheia. O que não quer dizer que eu me considere de posse da verdade. Apenas acho que as classificações são sempre sumárias e tendem a falsear o caráter essencial da obra criticada. E penso também que as opiniões alheias, salvo em casos específicos de forma ou de observação genuinamente original, participam do domínio comum, uma vez digeridas. E pelas razões indicadas eu teria que discordar em alguns pontos do nosso crítico de *Brigada Ligeira*. Quando analisa, por exemplo, o surrealismo.

Aceito a condenação de uma arte que mantém o criador dentro das paredes estanques do irracionalismo, porém não vejo desenvolver-se esse fenômeno expressivo da mesma forma que o Sr. Antonio Candido. Não vejo relação alguma entre o expressionismo e o surrealismo, nem creio que o super-realismo, gênero de que ambos são espécies na opinião do crítico, se delineie a partir do século XVIII. Nem vejo, com precisão, o porquê dessa data. Na realidade sempre houve super-realismo, que é um estado de espírito, e não faltam manifestações claras de arte irracionalista no Renascimento e mesmo na Idade Média. O que se me afigura mais certo é, sem dúvida, o amiudamento dos casos individuais à proporção que se caminha para a atualidade. E não a partir do século XVIII, porém da segunda metade do século XIX. Tampouco me convence a oposição do super-realismo ao barroco. Vejo, ao contrário, nas duas manifestações, raízes comuns presas ao eterno romantismo, ao individualismo sentimental que tanto se exprime nas volutas do barroco quanto nas imagens alógicas dos surrealistas ou nas deformações intencionais dos expressionistas. Quer parecer-me ainda que o Sr. Antonio Candido não distingue suficientemente as realizações dos expressionistas das soluções encontradas pelos surrealistas. Refere-se a Kafka no mesmo plano de um Blake, por exemplo, e coloca ao lado de ambos as divagações espíritas ou as sutilezas simbolistas. Ora, acontece que na base do surrealismo se coloca a aceitação de uma desejável entrosagem do real no irreal, e sobre os alicerces do expressionismo assenta a vontade clara e insofismável de alcançar-se o efeito expressivo através do exagero dos traços essenciais. E se hoje em dia podemos deparar com soluções mistas, difíceis de se classificarem, no passado as duas tendências caminham lado a lado sem se juntar. Assim, um Daumier pode ser considerado expressionista, enquanto um Odilon Redon compartilha as idéias dos atuais surrealistas.

Desejaria também que não se confundissem essas manifestações artísticas com as da psicopatologia, como parece fazê-lo o Sr. Antonio Candido de um modo algo simplista. Encarar o surrealismo como uma psicose já é exagerado, mas embrulhar no mesmo saco o próprio expressionismo ultrapassa os limites da imagem permitida. Ora o jovem crítico vai mais longe quando escreve: "Creio que o ponto de partida para o tratamento em ficção do comportamento anormal (...) é o *Double*" de Dostoievski. Ainda está por ser estudada a importância deste livro, com o estudo profético do desdobramento da personalidade de Goliadkine sob o ponto de vista não só psicológico como social". Mas a dupla personalidade, e mesmo a personalidade múltipla, já não pode considerar-se anormal em nossa civilização complexa, porém, isto sim, inevitável e corriqueira. Normalíssima. Certos trabalhos da psicologia norte-americana sobre o *status* e o *papel* esclarecem esse ponto integralmente e mostram que só nas sociedades primitivas e simples ocorre ter o indivíduo uma personalidade homogênea, um *status* único que dele exija o desempenho de apenas um papel. Em compensação, concordo totalmente com a assertiva do Sr. Antonio Candido de que o "super-realismo representa um dos momentos agudos da crise da consciência burguesa, desvairada ante o divórcio cada vez mais pronunciado entre as suas ideologias e a sua significação social". Entre o continente e o conteúdo. Ou, quiçá, entre a letra e a interpretação. Essa "novíssima", por tantos títulos simpática, precisa desconfiar seriamente de certos conceitos. Cabe-lhe testá-los, autopsiá-los sem dó. Se tiver a coragem de ir até o fim, inclusive a de enfrentar o vazio final ou o lodo do fundo, construirá um novo e digno universo. Mas se o misticismo convidativo a tentar, ou o esquematismo apriorístico lhe barrar o caminho, há de falir como a nossa...

11 de julho de 1945 – Há em *Nourritures terrestres* de Gide esta frase para muitos chocante: "A necessidade da opção me foi sempre intolerável". No mundo atual, de definições fervorosas, e mesmo cegas, a recusa de optar coloca-se como uma evidência indiscutível de covardia. Nós nos acostumamos a encarar as hesitações demoradas como tendência para o oportunismo ou o isolamento. A coragem e o caráter estavam, outrora, do lado da tomada de partido, mas hoje, depois da eclosão viçosa dos regimes totalitários, com as vantagens de apoio organizado e de tranqüilidade de espírito que dão aos seus adeptos, e as desvantagens auferidas pelos "independentes", na sua liberdade, creio já não ser necessária grande coragem para optar "definida e definitivamente". Mesmo porque nada impede de reconsiderar uma atitude de quando em vez, inclusive para mudar de camisa. O oportunismo de nossa época já não se caracteriza pelo temor de errar, pelo abstencionismo prudente, mas, ao contrário, pelo destemor de afirmar. Como tudo no século, o oportunismo também evoluiu, abandonou suas concepções antiquadas de guerra defensiva e adotou a "Blitzkrieg". Seu emblema já não é um escudo em que se inscreve a palavra cautela, mas uma bandeira furta-cor com a divisa: ousadia. A frase de Gide, se nos compenetramos da trágica situação atual, logo adquire um significado diferente e já não choca pela possível covardia, mas impressiona pela sinceridade da dúvida. O próprio escritor a explica melhor, pouco adiante, quando diz que sua hesitação não decorre da urgência de *escolher*, mas do receio de *afastar*. É em suma o temor do empobrecimento intelectual, moral e de sensibilidade que Gide teme sofrer com a opção. Tantos escrúpulos devem provocar o sorriso compadecido, senão sarcástico, dos que vêem a coisa de ângulo mais prático.

Em dado momento de sua vida, Gide também pensou que era melhor optar de qualquer maneira, obedecendo ao imperativo da justiça social. Aceitou o empobrecimento da escolha como um mal necessário, e talvez na esperança de que da miséria resultasse uma depuração, uma concentração em profundidade, mas, principalmente, uma eficiência apressadora da libertação final. Acontece que presumiu demasiado de suas forças. Superavaliou sua capacidade de renúncia e subestimou o substrato de seu condicionamento intelectual.

Ora, dirão, há tanta gente optando diariamente! É certo. Optam com facilidade aqueles para quem a opção consiste apenas num gesto exterior, na aceitação de uma regra de jogo passível de iludir-se. Assim faz o ateu que vai à missa e proclama sua fé, para poder continuar, sossegado, no trato de seus negócios. Assim faz o político defendendo uma plataforma, em que não acredita, mas talvez lhe acarrete as simpatias do eleitorado. Entretanto, não agem com essa desenvoltura aqueles para quem a opção implica um acordo íntimo, essa convicção amadurecida que nasce da reflexão serena e da crítica.

DIÁRIO CRÍTICO IV
1946

10 de janeiro de 1946 – *O engenheiro* de João Cabral de Melo Neto. O título assusta um pouco e parecerá mesmo totalmente hermético se não atentarmos para a invocação de Le Corbusier no frontispício: "machine à emouvoir". Dado esse esclarecimento, logo compreendemos o que visa essa poesia jovem: a pureza geométrica dos volumes, a limpidez funcional e a criação livre. E, através dessa forma sem concessões, a comunicabilidade emotiva. Nada mais nada menos do que a grande poesia, portanto.

Tão desmedida ambição já bastaria para inspirar-nos de par com a mais calorosa simpatia uma profunda desconfiança, pois só podemos aceitar tais intenções da parte de um Valéry, de um Mallarmé, homens que gastaram a vida inteira na decantação de seu instrumento poético, amadurecendo, paralelamente e sem cessar, o seu pensamento. E também acumulando reservas de emoções para tirar delas uma essência forte capaz de resistir à diluição de todas as interpretações. Terá um jovem poeta de vinte anos uma tal possibilidade, por maior que seja o seu talento? Poderá ele apresentar-se de imediato como um "bâtisseur d'emotions"? Qual a matéria-prima capitalizada de que poderá utilizar-se?

A leitura de *O engenheiro* traz respostas a todas essas perguntas. Pode-se afirmar que o poeta tem um talento real e alcança o mais das vezes a pureza a que aspira. Pode-se afirmar igualmente que sua receptividade requinta na seleção das emoções. E ainda, que sua inteligência e sua sensibilidade artística se conjugam no processo de depuração e construção, levado a cabo sem nenhum sentimentalismo adolescente. Mas – e nisso a idade influi – o poeta não teve tempo de juntar a riqueza suficiente para a distribuição prometida. Ele carece de consistência, de densidade, em certos poemas, os quais, por isso, se tornam então simples jogos abstratos sutilíssimos sem dúvida e até sedutores, mas falazes.

Essa poesia de João Cabral de Melo Neto lembra-me bastante as telas puristas do modernismo. Apresenta-se com a mesma euritmia, mas também com a mesma secura (que a mim não incomoda) e por vezes (o que me incomoda) com o mesmo intelectualismo. Então a comunicabilidade cessa, há interrupção de corrente. Acontece também, como nessas mesmas telas, verificar-se uma carência de emoção no poema dominado pelo andaime. Ou um desequilíbrio de emoção, o que faz com que dados versos se imponham com prejuízo total dos demais.

Uma qualidade intrínseca deve ser assinalada na poesia de João Cabral: musicalidade. Musicalidade de melodias, quando muito de acordes, mas não de grande orquestração sinfônica. Não entendo de música, por isso essas comparações podem constituir verdadeiras heresias, mas a impressão (subjetivíssima) é de piano, de solo de piano, claro, algo melancólico, com silêncios mais ou menos prolongados e de repente um acorde, dois, uma série, e de novo a melodia límpida. Contudo essa melodia nada tem da facilidade popular; é antes uma frase complexa com inflexões inesperadas. É música erudita. Mas isso não quer dizer que o poeta seja apenas um auditivo. Em geral suas imagens são bem visuais, plásticas mesmo:

> *As nuvens são cabelos*
> *Crescendo como rios;*
> *São estátuas em vôo*
> *À beira de um mar.*

Outro exemplo:

> *A bailarina feita*
> *De borracha e pássaro*

    Quase objetiva nesses casos, ela pode tornar-se profundamente interior, envolvendo-se de um simbolismo discreto na sua tristeza resignada:

> *Alguém a cada momento*
> *Vem morrer no longe horizonte*
> *Do meu quarto onde esse alguém*
> *É vento, barco, continente.*

    Se decompusermos esses versos veremos, justificando-lhe o ritmo, que se compõem, na realidade, de um verso de sete sílabas seguido de dois alexandrinos:

> *Alguém a cada momento*
> *Vem morrer no longe horizonte de meu quarto*
> *Onde esse alguém é vento, barco, continente.*

    Assim como o escreveu o poeta, o quarteto tem a vantagem da síncope quase inevitável no fim de "longe horizonte", o que talvez dê ao verso uma perspectiva de distância bem maior. Mas essas observações hão de parecer de interesse muito relativo aos leitores.

    Poder-se-ia censurar ao poeta a queda, não raro, no surrealismo fácil, à Dali:

> *Mulher. Mulher e pombos.*
> *Mulher entre sonhos.*

em que as imagens são símbolos vulgares das divulgações psicanalíticas. Para felicidade nossa logo se observa, a cada queda, uma recuperação, um achado de melhor categoria:

> *Mulher sentada. Tranqüila.*
> *Na sala, como se voasse.*

Há também em João Cabral uma tendência para o "magic-realism" que lhe fornece soluções frias, nítidas demais, porém de algum sabor acético:

> *A faca que aparou*
> *Teu lápis gasto;*
> *Teu primeiro livro*
> *Cuja capa é branca*
> *E fresca como o pão.*

Gosto mais dessa poesia quando a emoção não é totalmente "dirigida" pelo autor, quando ela parte a carapuça da inteligência e da construção geométrica e transborda:

> *Como o ser vivo*
> *Que é um verso*
>
> *Com sangue e sopro*
> *Pode brotar*
> *De germes mortos?*
> ....
> *Mas é no papel*
> *No branco asséptico*
> *Que o verso rebenta.*
>
> *Como um ser vivo*
> *Pode brotar*
> *De um chão mineral?*

O poeta procura com excessivo afinco essa "densidade menor que o ar" da pura poesia, mas essa poesia ele a atinge quando esquece o trabalho artístico sempre presente, sempre controlador e se deixa empolgar pela imagem direta, imediata, viva e quente:

> *Não há guarda-chuva*
> *Contra o amor.*

Assim como é preciso libertar-se da retórica, em que pesem os seus efeitos melhores e as suas seduções, é preciso igualmente libertar-se do preconceito da retórica. Sobretudo quando se tem vinte e poucos anos e o momento ainda é de acumulação de riquezas. Um excessivo controle intelectual pode matar no moço o entusiasmo fecundador e transformá-lo em um analista estéril.

Ao contrário do Sr. Lêdo Ivo, outro moço de grande talento, que vive em estado de hipertensão, fraturando estrelas, e desvairando ao luar, o Sr. João Cabral, não quer sair de casa, fecha-se numa interioridade abafante, num intelectualismo suscetível de matar nele a fonte melhor da poesia. Como quer que seja, o livro de João Cabral marca uma reação salutar da jovem poesia, revela um belo esforço de depuração e adensamento que serei sempre o primeiro a louvar.

21 de julho de 1946 – *Vestido de noiva* já me havia interessado profundamente. O bom teatro ressurgia após o período lamentável de decadência e de comércio, em que só se salvaram algumas peças de Joraci Camargo. O cinema chegou-nos antes de ter o nosso teatro atingido a maturidade, e o resultado foi desastroso. Sem público, sem incentivo de qualquer espécie, nem mesmo de crítica, o mau teatro morreu e o bom ficou vegetando. Depois apareceram os elencos de amadores, no Rio e em São Paulo, e com o relativo êxito observado, sobretudo nos comentários dos intelectuais, vem o interesse dos editores. As peças representadas começaram a ser publicadas. E assim, apesar da madrasta censura, pudica e estúpida, pudemos ter conhecimento da nova peça de Nelson Rodrigues *Álbum de família* (Edições do Povo, Rio, 1946).

Não sei até que ponto essa obra literária se revela teatral, parece-me até que ela ganhará em ser lida como um poema estranho de angústia, como uma tragédia em que as personagens usam a máscara clássica para que desapareça a sugestão da realidade exterior e das coincidências cotidianas e fique tão apenas o valor essencial dos caracteres. E acontece que esses caracteres são tanto mais essenciais e marcados quanto deles arrancou o Sr. Nelson Rodrigues toda a indumentária naturalística. Jonas não é o fazendeiro e político que morre nas vésperas de ser eleito senador, mas o pai, o macho dominador que os filhos combatem para o domínio das mulheres. É o herói que precisa ser suplantado a fim de que outro herói surja e o substitua. Guilherme, o castrado, não é um simples sacerdote, mas o filho que se mutila para não ofender o tabu do incesto. Esse complexo de Édipo ali se acha instalado, exigente de sacrifícios e de sangue, de neuroses e de desvarios, e à sua coerção não escapa o próprio Jonas, cujo amor impossível pela filha se compensa na luxúria e na depravação.

Se algum defeito devesse ser apontado na peça de Nelson Rodrigues seria o da extrema clareza da concepção e explanação. Tão límpida é a casuística psicológica que, por vezes, sua literatura descamba para a ilustração psicanalítica e deixa de nos empolgar como obra de arte em si, que a arte não explica, mas sugere; não resolve nem analisa problemas (o que cabe à ciência), mas aponta a sua inexorável existência. Nesses momentos menos felizes suas personagens transformam-se em exemplos justificativos de uma teoria, em exemplos sem mistérios. Poderá o autor objetar com um argumento importante: a peça é feita para ser representada e não lida, e tudo isso de que parece carecer constitui até certo ponto a parte do ator. Este é que, pelos seus gestos, sua entonação, sua mímica, seu jogo cênico em suma, terá de completar a expressão prevista pelo autor. É verdade que o teatro se escreve para ser representado e é certo que a interpretação precisa ser levada em conta, e que só raramente a peça se mantém, à simples leitura, no mesmo nível da representação. Porém, o fato de ter conseguido sugerir-nos, através de uma das personagens, D. Senhorinha, toda a intensidade do drama, de ter chegado com ela à nobreza da obra-prima, mostra que os demais elementos necessários à tragédia se movimentam um pouco fora do melhor plano, do plano ideal.

* * *

Havia duas maneiras de encarar a peça: uma, como drama realista, como tragédia da fatalidade de um castigo esmagando sob a cólera de Deus toda uma família expiadora de um misterioso pecado ancestral; outra, como a reprodução fiel e crua das lutas que ocorrem no subconsciente e que têm suas raízes profundas nos recalques que impusemos aos nossos instintos desde que a sociedade precisou de disciplina familiar, de ética, para sobreviver. Qualquer que seja, entretanto, o ângulo de apreciação, é evidente que a peça não pode ser compreendida e aceita pelo grande público e muito menos pela censura cuja mentalidade pouco difere da do "speaker" de *Álbum de família*. Como drama realista, a crueza excessiva da linguagem e a sinceridade agressiva das personagens tinham de checar como cenas de "grand guignol", e acrescia-se ao mal-entendido a dificuldade de se entenderem as situações, apresentada em uma espécie de desordem cronológica. Como tragédia do subconsciente havia para condenar a peça a natural hostilidade da grande maioria pelas revelações desse tipo, sem pudor e sem medo pânico de desrespeitar o tabu coletivo do incesto. Colocado o drama de outro modo, como um caso individual, de exceção, público e censura o aceitariam, mas apresentado assim como teve a coragem de fazê-lo o Sr. Nelson Rodrigues, isto é, como uma generalidade, quase uma *lei*, à qual somente escapamos através das sublimações e transferências (Rute), das autopunições (Guilherme, castrado – D. Senhorinha, fria) ou as compensações (Jonas), o autor enfia um ferro em brasa numa ferida comum a todos, localizada no fundo de nosso inconsciente e que todos desejam ignorar.

* * *

Vejo desenvolver-se entre o teatro e o cinema uma competição semelhante à que se verificou entre a pintura e a fotografia. Aquela, depois de sofrer a influência desta, abandonou afinal o realismo superficial da cópia para tentar a criação. Destronada na pesquisa da aparência das coisas pela exatidão minuciosa da fotografia, a pintura teve de procurar um objetivo diferente e voltou-se para o onírico, o inconsciente, o abstrato, etc., tudo aquilo que os olhos mecânicos da máquina não podiam penetrar. Voltou-se para o irracional, o mistério, a pureza das soluções geométricas. Pois o teatro também. O cinema destruiu todas as possibilidades naturalísticas do teatro. E o teatro, a fim de sobreviver, teve que se orientar para os mesmos campos: da psicologia profunda, do surrealismo, do abstrato. O curioso dessa luta está em que a fotografia e o cinema, à medida que se aperfeiçoam tecnicamente, se esforçam por invadir esses novos domínios, de modo que, depois de ter influenciado a pintura e o teatro, são por esses influenciados. E as soluções híbridas dia a dia se tornam mais comuns. Picasso grava desenhos em etapas fotográficas para obtenção de certos efeitos que nem o desenho nem a fotografia alcançam sozinhos. Man Ray faz fotomontagens e combina no mesmo espaço pintura e fotografia. Teatro e cinema também se entrelaçam no aproveitamento das vantagens mútuas. Uma dessas vantagens do cinema: a simultaneidade da representação de cenas em planos múltiplos, o teatro também a explora atualmente. Tanto em *Vestido de noiva* como em *Álbum de família* soube o Sr. Nelson Rodrigues valer-se da solução para efeitos de grande emoção e beleza. E assim como lança mão desse recurso, utiliza outros igualmente originais – inspirados pelo rádio. Assim, a substituição do coro, na tragédia, pelo "speaker", parece feliz embora não seja totalmente nova, porquanto Cocteau já fizera coisa muito semelhante em *Les mariés de la Tour*

Eiffel e Anouilh, em *Antigone*, use o "compère" para o mesmo fim.

* * *

Uma coisa deve ser repetida aqui: as peças de Nelson Rodrigues colocam o nosso teatro num plano novo, inteiramente novo, e num nível em que já ninguém esperava mais vê-lo.

DIÁRIO CRÍTICO V
1947

8 de março de 1947 – *Joaquim* é uma revista de moços que se publica em Curitiba. Simpatizo com a gente que inventou *Joaquim* porque adota por lema uma frase orgulhosa de Stendhal: "Não tem o que continuar, esta geração, ela tem tudo por criar". Desde a vitória de 22 contra a reação acadêmica, eu venho aguardando o aparecimento dessa geração que deve destruir a nossa. Estará surgindo agora com *Joaquim,* no Paraná, e *Edifício,* em Minas? Em 22 a renovação também partiu da província: de São Paulo e de Cataguases. Com *Klaxon* e *Verde,* o que fez Oswald de Andrade escrever que queria ir "de Ford verde" abraçar os rapazes de Cataguases. A capital aderiu.

Hoje vejo de novo surgir e primeira tomada de consciência na província. Em São Paulo com *Clima* e agora no Paraná. Os da capital terão que aderir. Uma coisa essa mocidade já percebeu: que desde 22 os novos vêm repetindo em todos os tons e com pequenas variantes os motivos que foram os nossos. Num artigo rápido demais, porém justo, Fábio Alves Ribeiro constata, no último número de *Joaquim*, que a geração de 1939 "não fez nenhuma revolução e provavelmente nunca fará. Entre os doutores Lêdo Ivo, Bueno de Rivera, Alphonsus de Guimarães Filho, de um lado, e Manuel Bandeira, Graciliano Ramos ou Jorge Amado, de outro, não existe aquele abismo que havia entre os heróis da Semana de Arte Moderna e da Conferência de Graça Aranha na Academia e Coelho Neto ou o crítico Duque Estrada".

Assinala Fábio Ribeiro certas diferenças, entretanto, como a preocupação maior com os problemas sociais nas gerações modernas e a ânsia de liberdade que as marcou por terem amadurecido no clima do Estado Novo. É certo que o gosto pelas ciências sociais foi desenvolvido nas novas gerações, mas graças à Universidade criada pela geração passada (o que prova que ela também sentiu essa atração do estudo e essa necessidade de ampliar sua visão do mundo), mas não creio que isso seja suficiente para desligá-las inteiramente de 22. Isso as tornará, antes, uma continuação de sua antecessora e como que uma realização final dela. O ciclo de 22 ainda não se fechou, as idéias então semeadas não deram todos os frutos esperados. Mas desde já é possível proceder à revisão dos valores de 22 e corrigir os vícios de expressão dos pioneiros. Parece-me que esse papel é que se reserva aos moços da hora atual: o da seleção, da "mise au point". E não só nas idéias como também na forma, 22 teve duas funções precípuas: destruir preconceitos e tabus e enriquecer mediante fraternal acolhida tudo o que de expressivo houvesse em nossa terra e de nossa terra. A destruição foi levada longe demais, como por demais generosa foi a aceitação das novidades. Com isso relaxou-se a língua, criou-se uma anarquia gramatical, principalmente na sintaxe, que acabou por levar à miséria literária boa parte da nossa produção artística. E o que é mais grave, formou-se um novo academismo com receitas para a poesia e a prosa. Tudo isso já foi analisado por mim mesmo (que escrevi o primeiro artigo contra o poema-piada pouco depois de 1930) e por outros. A tarefa dos *Joaquins* do Brasil deve ser agora essa da crítica construtiva e severa.

Acontece que eu encontro ainda na maioria dos moços os mesmos vícios de 22, o que me desanima um pouco, mas também descubro em alguns deles um esforço de purificação muito sério que contrabalança o desânimo.

Poetas como Cabral de Melo Neto, Péricles Ramos, Domingos Carvalho Silva, Dantas Motta (mais velho, mas que estreou há pouco tempo), ensaístas como Egon Schaden, Florestan Fernandes, Antonio Candido, Lourival Gomes Machado (para citar apenas os que a Universidade de São Paulo formou), romancistas como Clarice Lispector, Julieta Drummond de Andrade, Ruth Guimarães (vitória das amazonas!), já se apresentam com qualidades próprias e só devem à gente de 22 a facilidade de uma terra limpa, destocada, arada, pronta para o plantio.

9 de setembro de 1947 – Na noite que caía sobre o sossego da fazenda, a conversação generalizou-se a propósito da dispa-ridade entre a vida e a obra dos escritores.
– É um lugar comum, disse alguém, mas que sempre me impressiona. – Eu vou mais longe, atalhou outro. Observei que a inteligência, ou melhor, o talento, se opõe em geral ao caráter. Raramente encontrei um artista que fosse um homem de bem em toda a extensão da palavra. – Daí, sem dúvida, essa sensação de desilusão que experimentamos ao conhecer o autor da obra que mais apreciamos, retrucou o primeiro. Nunca deveríamos entrar na intimidade dos deuses. – É que eles põem em sua criação o melhor de si mesmos, e o que sobra para a vida normal é a escória, volveu o segundo.

Fiquei a meditar sobre esses truísmos. E as provas de sua evidência se acumularam. Fiz a volta dos conhecidos e poucos escaparam. O grande poeta generoso, o eco sonoro das reivindicações sociais, era mesquinho, egoísta, avarento, vaidoso. O autor de certo livro de psicologia infantil não sabia educar o próprio filho. O lírico melancólico, todo musicalidade e doçura, era um perverso e um cínico. O anarquista tinha preconceitos de classe e carecia de simpatia humana. O puritano vivia aventuras escusas. E quanto maiores os defeitos do indivíduo mais bela a obra, como se para estabelecer o equilíbrio necessário à existência fosse preciso aumentar os pesos no prato de compensação da balança. Lembrei-me então de algumas biografias maldosas de grandes figuras da arte, como a de Jean Jacques Brousson sobre Anatole France, tão irritante para os admiradores do autor de *Crainquebille*. E foi aí que a teoria me pareceu apressada. Ou pelo menos incompleta. A contradição não é propriamente entre a vida e a obra, mas entre a vida pública e a vida privada. No caso de Anatole, por exemplo, suas atitudes, durante o processo Dreyfus e por ocasião das reações políticas contra o socialismo, revelaram coragem e elevação moral. Elas confirmavam a obra na sua beleza estilística e no seu fundo humano, e desmentiam o ceticismo amável das aparências. Por outro lado, os fatos conhecidos da vida de alguns chefes políticos, carcomidos, demonstram exatamente o inverso, isto é, à honestidade privada, à bondade, à generosidade do homem familiar correspondem o salafrarismo, o cinismo, o despudor da vida pública.

Na realidade, toda pessoa tem um desdobramento de personalidade e representa vários papéis ao mesmo tempo, vive dentro de múltiplos ambientes entre os quais só um é "efetivo". É o que nos explica, de resto, a psicologia social. Nós nos realizamos integralmente dentro do nosso ambiente efetivo, que nem sempre é o da nossa realidade cotidiana. Para a menina romântica que lê romances de amor, com duques que casam com datilógrafas, esse ambiente está no sonho. À realidade vulgar ele não deve coisa alguma. Assim, também, para o artista, poeta, pintor, romancista, o ambiente efetivo não está na vida material e familiar, mas no público leitor, pouco lhe importando a opinião dos outros. Ora, o caráter resulta em boa parte da noção de dever para com o grupo a que se pertence, para com o ambiente efetivo. Não somos bons por natureza, mas em resposta às sanções que nos podem diminuir, desprestigiar, e diminuição ou desprestígio são sentimentos subjetivos, isto é, só nos sentimos atingidos na medida em que damos valor à opinião alheia. Para Verlaine glorioso, adulado, o prestígio e a honra não estavam na consideração da mulher burguesa que era sua companheira, mas na opinião das pessoas de seu meio de eleição, nos amigos dos cafés, nos críticos, nos jovens que vinham de longe ouvi-lo e admirá-lo. Assim, também, o meninote farrista que os pais aflitos imaginam perdido tem os olhos fixados na atitude de seus companheiros e se considera vítima da incompreensão familiar. No fundo não há vítima nem algozes, mas tão-somente pessoas que, embora em convivência física, vivem isoladas umas das outras, presas espiritualmente a ambientes diversos (não raro antagônicos) daqueles em que são forçadas a permanecer. Essa aparente contradição entre a vida e a obra, que todos apontam, parece-me pois natural. Somente numa sociedade perfeita, homogênea e harmônica de alto a baixo da pirâmide social, em que os grupos se entrosassem sem conflitos uns nos outros e todos no conjunto cultural, seria possível conciliar a obra com a vida e a vida pública com a vida privada.

10 de outubro de 1947 – Como todo mundo, li meu *D. Quixote* na adolescência. Não o reli mais como romance, de cabo a rabo, o que parece feio confessar. Mas andei a folheá-lo sempre e a meditar ao acaso das páginas relidas. E tive em mãos amiúde artigos e ensaios sobre o Cavaleiro da Triste Figura. Ainda ultimamente anotei com cuidado o ensaio de Madariaga e as divagações de Ortega y Gasset sobre a obra-prima. Até hoje, porém, não deparei com coisa alguma que me satisfizesse por completo. Os interpretadores do Quixote ou caem na oposição esquemática de Quixote a Sancho ou acreditam pura e simplesmente nas intenções caricaturais de Cervantes, apoiando-se no prólogo de *D. Quixote* em que se profligam os livros de cavalaria e se escarnece o estilo precioso então em voga.

Madariaga apresenta em seu guia para o leitor de Quixote uma tese interessante. A seu ver, a oposição do Cavaleiro, como símbolo da coragem, da fé, idealismo, tendência para a utopia, liberalismo e esquerdismo, ao escudeiro Sancho, símbolo da covardia, do ceticismo, realismo, senso prático, reacionarismo e direitismo, é primária. Os personagens de

Cervantes são complexos. Eles não são esquemas, mas homens, e de tal modo vivem em comunicação psicológica que se pode observar a interpenetração de ambos, redundando afinal numa quixotização de Sancho e numa sanchização de Quixote. Encontro-me aqui, em parte, com Madariaga, cujo ensaio quis ler exatamente por ter eu do livro de Cervantes uma interpretação muito pessoal e talvez chocante. Creio que essas personagens principais, aparentemente antagônicas, pelo temperamento e educação, constituem na realidade um único herói, o próprio Cervantes que "se conta" aos leitores através de dois papéis diversos, e divergentes quase sempre, mas característicos de um mesmo indivíduo complexo, feito, como todos nós, da lama dos instintos e dos preconceitos sociais por um lado (Sancho) e de inteligência e ideal, de poesia principalmente, por outro (Quixote). Não sei se algum psicanalista já se dedicou ao estudo de Cervantes, mediante a análise da vida e da obra do escritor. Mas veria de bom grado no Quixote uma sublimação de Sancho. O bom senso do escudeiro transforma-se em ética no fidalgo, cujo idealismo utópico resulta do desejo de fugir à realidade estúpida contra a qual tantas vezes se há de despedaçar apesar de tudo.

 Cervantes se autopune ao escarnecer o seu herói cavaleiro e fazer de Sancho um governador sábio. Se Sancho fosse uma criatura à parte como o são outros heróis do livro, ele não acompanharia Quixote em suas aventuras. No entanto, Sancho acompanha o cavaleiro, embora resmungue e argumente. Por sua vez, se o Quixote divergisse por completo de Sancho, não assumiria, como assume não raro, atitudes de extremado bom senso, que só não pertencem a Sancho pela elevação da linguagem e pelo alicerce filosófico. "A boa intenção de acertar", que Quixote considera essencial ao administrador, "porque se falta nos princípios sempre serão errados os meios e os fins", eis uma frase que Sancho diria também ainda que sob outra forma.

É evidente que Cervantes conheceu a obra de Montaigne, pois do espírito dela se emprenham as palavras de Quixote nos seus momentos mais lúcidos. Como Montaigne, ele venera as grandes virtudes, mas não descrê da plebe e despreza o burguês. Não tem o ceticismo do francês, mas eu não acredito muito nesse ceticismo, a menos que se dê ao vocábulo um conteúdo diferente do habitual. O que há em Montaigne é uma grande capacidade de simpatia, inclusive por tudo aquilo que lhe é contrário, qualidade igualmente observável em Cervantes, na ternura com que trata seu herói, de dupla personalidade. E, também no estilo, deparo com semelhanças interessantes: o mesmo pudor da sabença pedante, o mesmo natural, o mesmo amor a uma discreta erudição, a mesma ironia, enfim, diante das lendas épicas. Por certo um é ensaísta e outro ficcionista; um cria e outro medita sobre a criação alheia, tira dela lições e descobertas que nos ajudam a descobrir-nos. Seus caminhos e seus meios podem ser diversos, porém o espírito, a concepção de vida, o olhar de ambos sobre o mundo, o pobre mundo miserável de que se apiedam, não diferem excessivamente. Tais paralelos são perigosos, entretanto, demasiado perigosos para que me compraza em insistir neles.

 É comum ouvir-se dizer de alguém, que tem uma telha a menos e se lança em grandes e infrutíferas aventuras, que é "um Quixote". Do mesmo modo, de "seu Manuel da esquina" se dirá sempre que é "um Sancho Pança". Nada mais absurdo e injusto. Temos em nós, permanentemente em luta, um Sancho e um Quixote. Assim é o homem. E se o Quixote sobrepuja Sancho na mocidade, na velhice é o contrário que ocorre. Quem não se jogou contra moinhos de vento uma vez na vida pelo menos, e quem não tem sua Dulcinéia? E, a menos de ser anormal, quem não hesitou diante do perigo, quem não tremeu e não indagou, como Sancho, se era "boa regra de cavalaria andar perdido por essas montanhas"?

Somos Sancho e Quixote a um tempo, e essa me parece a grande revelação de Cervantes na sua história tragicômica do Cavaleiro da Triste Figura. Uma revelação que se antecipa de alguns séculos à psicologia profunda e que, por isso mesmo, tinha de apresentar-se mascarada, fantasiada de sátira, de modo a não ferir as convicções filosóficas e religiosas da época. Foi igualmente dessa solução que se valeu um outro escritor genial que Cervantes deve ter lido: Rabelais. E de soluções análogas usam todos os que vivem em épocas de censura, em que ideologias rígidas explicam o mundo em todos os seus aspectos e proíbem as heresias suscetíveis de abalar-lhes os alicerces.

DIÁRIO CRÍTICO VI
1948-1949

30 de março de 1948 – Na praça pequena de sobrados discretos, lembro-me repentinamente de que Jacareí se assemelha a Annemasse na Alta Savóia, onde em criança eu atravessava a fronteira de bicicleta, a caminho de Régnier. Eram as férias de verão, aproveitadas nos banhos no riacho, no tênis, no namoro sob as cerejeiras. Genebra, a Universidade, os entusiasmos revolucionários, esvaíam-se entre as brumas da manhã que eu via cobrirem a planície aos pés do Monte Salève. Nada mais pesava sobre o coração, a não ser, por vezes, entre dois passeios ao luar, a lembrança das aventuras de outro gênero na cidade.

Na pensão havia um sérvio de nome cheio de consoantes, um russo que achávamos estranho porque não tinha um só pêlo no corpo e quando nadava reluzia branquinho ao sol e um francês trocadilhista.

Eu escrevia versos e datam dessa época estes, bastante expressivos:

Elas querem que lhes diga o futuro
Pela forma e o gosto dos lábios...

Curioso esse assalto de recordações felizes nos momentos em que nos sentimos mais sós, mais inúteis, mais desamparados... Dir-se-ia que a natureza tenta restabelecer o equilíbrio dessa maneira, mas na realidade assim acrescenta tão-somente uma carência a outra. No entanto, em meio à melancolia de uma viagem feita a contragosto, a descoberta de que Jacareí se parece com Annemasse me reconforta. Distraio-me analisando a origem dessa revelação que só agora surge, após tantas passagens pela mesma cidade. Escuto o passado atento aos pormenores, procuro reviver em suas minúcias as minhas estadas em Annemasse. E vejo a praça da estação, o trem que vai partir. Alguém no compartimento de segunda me diz adeus. Estou estupidamente comovido. Depois, de volta, sinto-me só, irremediavelmente só.

Jamais seremos um mais de um minuto...

O verso virá bem mais tarde, na maturidade, quando o prazer e a dor se fizerem mais lentos e mais profundos, porém a sensação já estava sendo intensa e obscuramente percebida. Talvez seja a repetição de um momento assim, que me força a descobrir na paisagem de hoje pontos de contato com a de outrora. Sei que lá também a estrada era arenosa e branca como esta na vizinhança do Paraíba. Lá também os sobrados despretenciosos, o comércio e os cafés, e os trilhos atravessando a rua. Lá igualmente esse hotel se avolumando nos seus dois andares entre os telhados escuros. Só que os telhados eram de ardósia e aqui são de velhas telhas, de telhas apodrecidas, bolorentas, viscosas. Vim lendo a *Náusea* de Jean Paul Sartre...

Abro de novo o livro enquanto aguardo o sinal de saída. Foi lido por duas pessoas antes de mim e traz anotações de ambas. Comparo-as e acho nesse jogo um encanto intelectual. Pessoas de idades diferentes encontram sua emoção em trechos bem diversos. Quase sem esforço e sem receio de errar posso dizer quem assinalou tal ou qual expressão, se foi o mais jovem ou o mais velho. Mas é tão fácil o problema que não tenho a coragem de insistir. Fecho o livro. E as recordações voltam, em cadeia.

Sempre me aborreceu escrever memórias, não escreverei portanto, muito embora a tentação de fixar o que se foi se vá ampliando com a chegada dos anos. Ninguém escapa, porém, aos ditames de uma psicologia que muda naturalmente, segue o seu curso, e de riacho impetuoso a brincar de sela com as pedras faz-se rio calmo e já ciente de seu destino no grande mar... Quem não escreve memórias comenta então a criação alheia, conversa de longos serões, prazer constituído de requintes nem sempre entendidos pelos outros.

Houve um tempo em que por uma corrida de automóvel ou uma partida de tênis eu largava o melhor livro do mundo. E houve outro tempo, depois, em que o livro só se fechava para o convite de um sorriso. Mas agora o livro prende mais ainda, e certa lassidão me invade ao pensar nas tentações que se amontoam em fila, à espera de sua vez.

Torno a abrir a *Náusea*. Um pouco irritante esse Sartre a espojar-se no pessimismo patológico, mas cheio de encantos na agudeza de uma expressão repleta de achados. Se o pensamento de Sartre pode deprimir um jovem inexperiente, acenando-lhe sem cessar com o mergulho fatal na angústia, reservado aos indivíduos menos medíocres, se essa filosofia pode incitar a uma libertação perigosa porque prematura, a sua forma poética se revela imensamente rica e seduz os mais maduros. Separados do enredo chocante, principalmente pela intenção visível de catar na sociedade o que há de anormal e generalizar de um modo absurdo, os melhores trechos de Sartre seriam peças de antologia, modelos de como observar os fatos cotidianos, de como descobrir, numa superfície lisa, as asperezas que só sob a lente de aumento aparecem.

Aos solavancos do ônibus surgem as primeiras casas suburbanas, assuntos para paisagens de Rebolo Gonçalves. A Penha sobe pela colina até a igreja que já desponta no horizonte...

23 de outubro de 1948 – Contra os acadêmicos de 22 que nos impunham como normas definitivas da arte os modelos premiados nos salões oficiais, erguemos o postulado da pluralidade das formas de expressão e sustentamos que a arte não estava nessas exteriorizações, porém em elementos de ordem estética intrínseca: composição, invenção, expressão, sensibilidade. Vejo com desprazer agora alguns companheiros de luta sustentarem, contra os novos, a fixação definitiva e excelente de uns tantos cânones absolutamente secundários, desmentindo-se a si próprios e restabelecendo a confusão no espírito do público.

Não sou partidário da arte abstracionista, como não sou entusiasta cego do realismo ou de qualquer outra tendência. Bato-me sobretudo pela distinção necessária entre arte e exteriorizações sociais da arte. Considero que as leis estéticas são sempre as mesmas. Atente-se para o grego, o gótico, o barroco, o moderno: o que varia é apenas o tema, o pretexto, o assunto imposto pela cultura em que vive o artista e que lhe condiciona a obra. Assim será esse assunto religioso na cultura africana, ou obedecerá a uma concepção geométrica, de proporções ideais na cultura grega, e o no século dezenove francês, durante o impressionismo, à concepção do instantâneo luminoso. Todas essas concepções decorrem de fatores econômicos, sociais, psicológicos, científicos, que determinam os conceitos de belo e horrível dos homens do momento, que apontam aos artistas certos caminhos e lhes vedam outros. Na realidade isso nada tem a ver com a arte, mas tão-somente com a forma momentânea dela. A arte está nas qualidades expressivas intrínsecas dessas obras e independe dos temas aceitos ou da ausência deles.

Outra lei, observável no estudo da história da arte, é a das ações e reações, o que dialeticamente poderíamos denominar das teses e antíteses. Sempre que a forma exterior se afirma num dado sentido, objetivismo, por exemplo, verifica-se uma reação no sentido oposto: subjetivismo. Sem ir até os povos naturais, um simples golpe de vista no desenvolvimento dos últimos anos permite discernir com nitidez essa linha quebrada que acaba no atual abstracionismo, como antítese oposta ao neoclassicismo de 1939, o qual por sua vez se chocava contra o surrealismo, pouco antes triunfante.

Entretanto, a compreensão do fenômeno artístico não implica a aprovação irrestrita dos resultados. Acarreta apenas uma certa simpatia útil ao crítico na sua tarefa de penetrar e explicar. Não será por compreender um quadro de Kandinsky e saber não se tratar de uma brincadeira fácil que o apreciaremos. Mas essa verdade vale igualmente para o julgamento das telas figurativas: o fato de preferir essa tendência não nos deve induzir a uma atitude beata diante de qualquer obra inspirada na realidade objetiva. O que importa sempre, acima das pesquisas, das modas, das doutrinas, é a realização artística. O que importa principalmente é perceber e mostrar ao público que a classificação por escolas é apenas de interesse didático, e que não se deve olhar para a obra de arte de um ponto de vista estreito e unilateral.

Não me agrada tampouco descobrir, entre os argumentos apresentados em defesa de certa concepção artística, o de ordem nacionalista. A grande beleza das artes plásticas está em constituírem uma linguagem universal, uma linguagem que não precisa de tradução. Numa época de amesquinhamento contínuo do homem, elas ampliam as possibilidades de confraternização. Elas são ponte de acesso à alma dos outros povos. E através delas encontramos os poucos denominadores comuns a todos. Enquanto a política, a economia, os costumes separam os homens uns dos outros, as artes os unem. Pouco se me dá seja Botticelli italiano e Watteau francês, se ambos me comovem e tocam em mim uma corda sentimental análoga à do inglês que contempla as mesmas obras. O argumento nacionalista é sempre um argumento pobre, quando invocado para justificar proteções e condescendências especiais. A competição artística deve verificar-se no terreno mais vasto do espírito, da sensibilidade, da imaginação. Que pelo menos nesse campo não haja política...

nem lei dos dois terços. Alega-se que a arte está presa à terra em que surge. É possível, por certos aspectos menos importantes. Entretanto, mesmo assim, não estará ligada ao país nos seus limites administrativos, porém à geografia, que só muito raramente coincide nas suas peculiaridades com a organização política. Creio que com as exposições anunciadas agora, por um lado de arte abstracionista e por outro de arte figurativa, teremos polêmicas regularmente confusas e apaixonadas. Não entrarei nelas pois pelas primeiras amostras sinto que não estão visando esclarecer o assunto, mas embrulhar os poucos esclarecimentos que dez anos de luta trouxeram ao público. Acontece ainda que por essa divergência, que deveria ser de ordem estética, se escondem dogmas ideológicos. E como não sou nem abstracionista nem figurativista e vejo em ambas as tendências soluções admiráveis e realizações medíocres, prefiro conservar a liberdade de opinar, comentar ou divagar, segundo as qualidades e as sugestões do que for exibido nas galerias de arte e nos museus de São Paulo e alhures.

Ainda uma observação. É comum ouvir-se: isto já foi feito pelos chineses, ou pelos primitivos, etc. Seria ridículo repetir que tudo foi feito e dito. E uma das grandes verdades que defendemos em 22 foi justamente essa. Nada de novo sob o sol, entretanto... tudo é novo sob o sol, porque jamais o retorno às expressões antigas se apresenta sob o mesmo aspecto. Sempre se beneficia ele das aquisições de um desenvolvimento cultural cumulativo. Os "kings" dos orientais são um vago ponto de partida para os "mobiles" de Calder, e comparar uns a outros é o mesmo que descobrir analogias profundas entre um automóvel e um carro de boi...

9 de abril de 1949 – Prefaciando uma seleção de poemas de Blaise Cendrars, diz Louis Parrot que "a vida e a obra desse escritor se acham tão intimamente ligadas... que

a história da obra é ao mesmo tempo a história da vida multiforme, intensa e desordenada (na aparência apenas) desse poeta", dia a dia maior na medida em que a distância nos permite apreender-lhe a grandeza e a influência.
A afirmação é justa em parte. Sem dúvida, a julgar pelos pormenores espantosos das viagens de Blaise Cendrars, que o prefaciador nos apresenta, a obra do poeta lhe reflete a vida com uma fidelidade absoluta. Entretanto a vida é menos tumultuosa e rica de aventuras do que parece. E com isso se amplia o valor da obra, fruto, principalmente, de uma imaginação poderosa. É o que se pode comprovar pela relação de suas viagens ao Brasil, facilmente controlável por todos os que aqui conheceram o poeta e sabem de suas excursões sul-americanas.

Lembro-me de ter sido o intermediário entre Paulo Prado e Cendrars em 1923, quando lhe transmiti o convite para vir a São Paulo. Cendrars aqui esteve em duas ocasiões: em 1924 e em 1926. Em nenhuma delas foi além das cidades históricas mineiras e o que viu do interior do país não ultrapassou os cafezais de algumas fazendas paulistas. Mas se Cendrars não viu muita coisa, imaginou o resto, romanticamente, à leitura dos antigos viajantes, e adaptou os cenários ao mundo moderno de sua predileção. Suas reportagens do Amazonas são pura fantasia, como são produto de sua invenção os cem mil quilômetros percorridos numa Alfa-Romeo, do Peru ao Paraguai, por estradas inexistentes...

Só quem freqüentou Cendrars pode compreender que essas fantasias tenham assumido aspecto de realidade através da repetição sempre mais precisa e pormenorizada das histórias criadas. E por certo vividas... no cérebro e na sensibilidade do criador. Sentado na Vienense, entre seus amigos brasileiros, aos quais dedicou *Le Formose* e que constituíam a roda mais heterogênea de São Paulo (com Couto de Barros, Mário de Andrade, Oswald de Andrade, Leopoldo de Freitas, etc.), Cendrars nos dizia de sua visita ao vice-rei do Canadá ou de sua amizade com Carpentier. Ou nos narrava suas últimas viagens ao coração da África, à cata de material folclórico. E nunca, por mais especiosa que fosse a pergunta, ou mais malandra, jamais nos deixou sem resposta, jamais se contradisse, jamais esqueceu o pormenor pitoresco, característico, e... indiscutivelmente comprovador da veracidade da narrativa.

Mais tarde em Paris (1937), encontrei-o por acaso no Café Des Deux Magots, à frente de uma pilha de pires que atestava seu amor ao chope. Acabava de chegar naquele dia do Pólo Norte, participante que fora de uma expedição russa. E embarcava à noite para Nova York. Na realidade continuava em seu apartamento de Batignoles e tornei a vê-lo dias depois no mesmo lugar, diante de imponente amontoado de pires. O que não o impediu de me falar da viagem, rapidíssima, feita num avião ainda em experiências, como repórter do *Paris-Soir*. Assim era Cendrars, o mais admirável dos mentirosos, o mais divertido dos companheiros, pois tudo vira, tudo sabia, tudo vivera sem sair de Paris... No entanto nunca Cendrars ficou em Paris, pois a vida efetiva que levava não era aquela dos cafés e dos ateliês, mas outra, a do mundo de sua imaginação, um mundo imenso, milionário, de aventuras mirabolantes, que existia para ele e por ele, no qual ele era o herói número um. E esse mundo, essa vida, são a matéria-prima de seus poemas, são o que sua poesia reflete com convincente fidelidade.

Nem tudo o que Cendrars nos conta é fantasia, entretanto. O ponto de partida é em geral verdadeiro. Assim uma viagem às Índias nasce de uma possível reportagem combinada com qualquer grande jornal, mas malograda. Assim suas excursões ao Amazonas e ao Paraguai têm origem na viagem a São Paulo, e a história da Alfa-Romeo grande esporte resulta de uma corrida a que assistiu. Reduzida às proporções mesquinhas da realidade, sua biografia nos revelaria um homem como tantos, largado cedo na vida de Paris, que fez a Primeira Grande Guerra e nela perdeu um braço, que tomou parte na batalha do Modernismo, foi amigo de Apollinaire, Léger, Braque, Satie, andou pela Europa, esteve no Brasil, combateu na Resistência e hoje vive retirado numa residência campestre do Sul da França. E já é bastante isso, já é uma experiência suficiente para emprestar à fantasia de seus poemas aquele fundo humano tão comovente.

Creio que o lugar de Blaise Cendrars na poesia contemporânea não está ainda assinalado com a devida justiça. Esquecem-no em benefício de gente mais brilhante, como Cocteau ou Aragon, mas gente menos depurada e menos original. Creio que somente Apollinaire merece estar a seu lado. O poema *La prose du Transsibérien ou de la Petite Jehanne de France* só pode ser comparado com *Alcools*.

Já o começo do poema abre uma perspectiva de solidão e maturidade impressionante:

> *En ce temps-là j'étais en mon adolescence*
> *J'avais à peine seize ans, et je ne me souvenais déjà*
> *[plus de mon enfance*

A longa meditação do viajante desenvolve-se como uma fita cinematográfica com imagens superpostas, simultâneas, atravessadas a todo instante pela saudade insistente de Paris:

> *Dis, Blaise, sommes-nous bien loin de Montmartre?*

Enquanto adormece o espírito, enquanto a vontade se abate, o langor que o invade se acompanha da música das rodas sobre os trilhos, o ritmo monótono lhe inspirando versos de incrível penetração e tristeza ao crepúsculo da consciência:

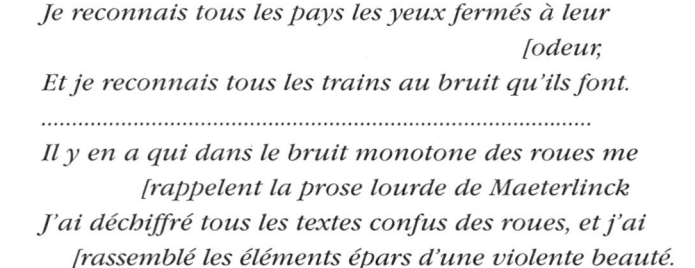

> *Je reconnais tous les pays les yeux fermés à leur*
> *[odeur,*
> *Et je reconnais tous les trains au bruit qu'ils font.*
> ....
> *Il y en a qui dans le bruit monotone des roues me*
> *[rappelent la prose lourde de Maeterlinck*
> *J'ai déchiffré tous les textes confus des roues, et j'ai*
> *[rassemblé les éléments épars d'une violente beauté.*

Essa grande angústia de quem foge da Europa e se sente preso a ela por mil lembranças, mil doçuras, mil compromissos da inteligência e do coração, esse despedaçamento das separações que se impõem e que no fundo não desejaríamos, essa curiosidade dolorida, porque nunca se satisfaz e impele para a frente ao mesmo tempo que amarra ao já vivido, esse embriagar-se contínuo de movimento, esse agitar-se para não voltar atrás, e não chorar, e não abdicar definitivamente, ninguém o cantou melhor do que Cendrars nesse poema do Transiberiano.

E em São Paulo o poeta encontra como que a libertação na cidade sem tradições, na cidade arfante e sem preconceitos que o desliga do ambiente antigo:

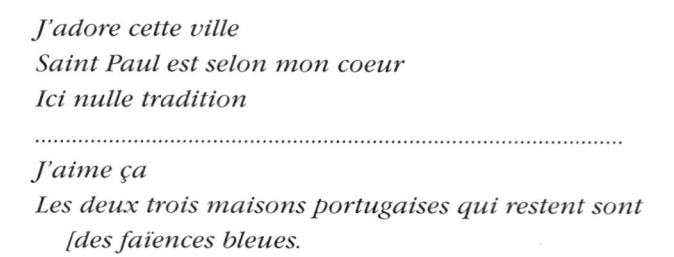

> *J'adore cette ville*
> *Saint Paul est selon mon coeur*
> *Ici nulle tradition*
> ....
> *J'aime ça*
> *Les deux trois maisons portugaises qui restent sont*
> *[des faïences bleues.*

Cendrars voltou para a França. Ficou aqui uma recordação de um sujeito talhado a machadadas, anguloso, franco, desatinado por vezes, abrindo o seu braço solitário ao sentimento do mundo.

20 de junho de 1949 – Quem não nasceu para viver nesta cidade? Aqui respira e rejuvenesce quem vem de Nova York esmagado pelos arranha-céus. Aqui se liberta e sorri quem saiu da atmosfera cinzenta, morna, abafante de Chicago. E até quem fugiu à solenidade vazia de Washington. A alegria se estampa no rosto dos norte-americanos que diariamente entregam ao Banco de França 150 mil dólares. Como brilha nos olhos dos suíços que trazem sob as pálpebras um lago. A mim me agradam os pinheiros da Mantiqueira onde o vento que varre as nuvens é meu amigo. A mim me conforta o mar em cujas ondas durante anos banhei minhas tristezas. No entanto, não chorei quando a Pátria, no horizonte, se tornou um fiapo apagado pela bruma da tarde, e sinto que me vou daqui pelo menos deprimido. É verdade que o calor terno demais de Copacabana amoleceu meus nervos às vésperas da partida e que minha cidade caipira e rude me fez falta. Ainda assim, tal qual esse norte-americano ou esse suíço, meus vizinhos, percebo que nasci para viver aqui.

E percebo-o agora, sem razão especial, ao parar diante de um mostruário para acender o cigarro. A princípio pensei que fosse a primavera. Mas não. Não são desejos que ela me traz, nem a recordação de uma idade que não vejo mais refletir-se no espelho. O que sinto é calmo e reconfortante, é a certeza de uma presença humana. Na esquina, perto da entrada do metrô mulheres passam bailando, riscando em corte de ouro a perspectiva. Canções esgueiram-se pela porta entreaberta de um bar e crianças correm na calçada enquanto os ônibus trôpegos desandam rua abaixo. Os lábios não poupam beijos e há confiança na brisa fresca. Quem não nasceu para viver nesta cidade?

* * *

Mário Pedrosa, que encontro chegando do Brasil e já instalado em St. Germain, afirma que aquele velhinho à frente de um copo de vinho no café da esquina ali se acha há dez anos. Viu-o em 1937, em 1946 igualmente e o torna a ver agora. Pela praça passaram os tanques alemães, diante da igreja um obus caiu. Houve frio e fome e metralhadoras varreram as cercanias. Mas o homem ali continua naturalmente, sem nenhuma intenção de heroísmo. Só porque acredita na vida. E há vida nesse lugar, nessa praça, nessa cidade. Não compreende sequer que possa existir outra coisa, não pensa em emigrar, em bater à porta da aventura, em correr atrás da estrela matutina. Por entre suas pálpebras enrugadas brilha uma nesga azul de admirável serenidade.

* * *

Não será exatamente essa atmosfera que se depara na pintura de um Magnelli, ora expondo uma série de guaches e "collages" na galeria de Denise René? Entro e me espanto a princípio com as lousas escolares borradas de rosas e verdes muito tenros. Logo adiante os quadros maiores apresentam jogos de formas alegres e harmonias em azul, preto e ouro cheias de tranqüila satisfação. Magnelli gosta da vida. Nasceu para viver aqui.

* * *

E Matisse com seus trabalhos de 1947-48 no Museu de Arte Moderna? Jean Cassou, prefaciando o catálogo afirma: "Os desenhos expostos atingem um máximo de força nua, decantada, fascinante. As pinturas, um máximo de audácia e alegria". E adiante refere-se às obras executadas "como que instintivamente, apenas pelo prazer da execução, e que no entanto implicam a presença de uma inteligência, de uma reflexão, de uma vontade", de uma luz penetrante e irradiante. Ele também nasceu para viver aqui, como para viver aqui nasceu o senhor eufórico que no restaurante chupa cuidadosamente as patas de uma respeitável lagosta e saboreia seu Pouilly de bom ano.

* * *

Mas há gente que não nasceu para viver aqui: os críticos de arte reunidos em congresso nos salões da Unesco. A primeira sessão preparatória colocou-me ao lado de uma garnizé pedante que falou muito e deglutiu entre frases pretensiosas toda a obra dos artistas... Sempre me pareceu ridículo acreditar o crítico no valor normativo de suas elucubrações. Pior ainda é considerar-se ele um ser superior que existiria mesmo sem o artista... Há por certo exceções no congresso, sobretudo entre os franceses, ingleses e norte-americanos, sendo também de apontar a nobre figura de Venturi, o grande esteta e erudito italiano. De uma maneira geral, porém, o meio decepciona. Há que ver e ouvir como olham de cima e sem nenhuma simpatia a obra de arte; como desempenham o papel de homens de elite, em particular aqueles que vieram dos países mais atrasados.

Embora seja cedo ainda para um panorama de conjunto e para uma análise dos resultados, já se pode afirmar que o nível dos debates não ultrapassa o que se costuma ter em São Paulo ou no Rio. Quanto às comunicações, uma escolha severa deixaria duas ou três de pé. Ouvindo-as, lembrei-me por momentos do Congresso dos Escritores em Belo Horizonte, com suas teses ginasianas.

* * *

Uma festa em casa de Denise René, da Galeria René, vem por felicidade atenuar a impressão da tarde e recolocar-me em ambiente menos poluído pelo falso intelectualismo. Não se discute figurativismo e arte abstrata, não se debate sobre o lugar do artista na sociedade, ninguém se aproveita do pretexto da crítica para polêmicas ideológicas. Bebe-se, dança-se, vive-se. Na tepidez da noite brilham as ardósias dos telhados. E as luzes dos cafés de que sobem brejeiras cançonetas. O "jazz" impera nas "boîtes" mas não destruiu ainda a personalidade dos estabelecimentos populares.

Essa gente nasceu para viver aqui. Por isso é feliz. Ora! Quem não nasceu para viver aqui? Os críticos de arte, exatamente os que vivem daqui...

DIÁRIO CRÍTICO VII
1949-1950

5 de outubro de 1949 – Sim, meu amigo, a época é hostil às coisas do espírito. É verdade que, às vésperas da morte, os agonizantes costumam voltar-se, entre confissões e exames de consciência, para a promessa do céu, aspirando a realizações menos efêmeras. Você, que sente a tragédia do momento, estranha o predomínio dos homens práticos e que não hajam ainda percebido a aproximação da hora fatal. Isso se explica, entretanto, pela simples razão de jamais nos lembrarmos das experiências do passado. Esquecemos os séculos perturbados do fim do Império Romano e que então a cultura só se salvou graças à "poesia" de alguns. O que não se destruiu e queimou, escondeu-se nas bibliotecas dos conventos de monges "loucos" ou nas torres de uns poucos castelos em que príncipes, enojados de sangue, ódio e imediatismo, se evadiam na leitura dos poetas e filósofos. Não nos salvaram do cataclisma, mas permitiram, com sua fé nos valores do espírito, que se plantasse de novo, e de novo se colhesse.

Hoje, meu caro amigo, estamos diante de idêntica ameaça. O materialismo venceu em toda a linha, contaminando até aqueles que o combatem no plano teórico, pois, para anulá-lo, não encontramos nada melhor do que os próprios métodos materialistas. Em nome da liberdade e do espírito, discutimos petróleo e bomba atômica, porque nos envergonharíamos de ser "poetas", de não encarar a realidade. Não compreendemos que a realidade não está nas estatísticas, porém na essência do que devemos preservar; não vemos que a disputa dos mercados não salvará ninguém do pantanal em que aos poucos afundamos; na melhor das hipóteses, um brejo dourado.

Sim, temos de pensar na arte, na poesia, na metafísica. Ainda que sejamos um número reduzido de "loucos", resistamos ao envolvimento dos "homens práticos" que só apreendem os pormenores ao alcance da inteligência analítica. Que só enxergam ladeiras onde se erguem montanhas.

Mas não estaremos errados? E defendendo o espírito não nos arriscaremos a uma destruição certa, pela entrega do mundo, ou dos restos fumegantes do mundo, aos positivos? É possível que isso aconteça, mas ficarão então as sementes escolhidas para a nova semeadura.

Ademais eu perguntarei: valerá a pena salvar-nos se essa salvação implicar a renúncia aos valores da arte e da cultura? Terá algum sentido uma vida de simples comércio, de produção em série, de matéria plástica substituindo na sua efeméride tola a nobreza dos metais e das madeiras trabalhados com amor pela mão do homem? Valerá a pena um conforto medíocre em detrimento das grandes aventuras da personalidade em gestação? Terá alguns atrativos esse mundo mecânico, padronizado, com assinatura de ponto, tarefas precisas e limitadas, que estamos criando para opor ao outro, exatamente igual, salvo no rótulo?

Ouço a todo momento indivíduos cultos e inteligentes dizerem que é necessário combater o comunismo, o comunismo, o comunismo que nega o espírito e a primazia do homem. Ora, meu amigo, essa gente toda já está vencida na luta, porque topou os mesmos erros do comunismo e sem os quais este já teria ganho a partida. Em verdade, erro de todos nós. Acreditamos também na ditadura do econômico, na "política"; somos contra a poesia, a alma, o sentimento, valores lentamente conquistados e prestes a ser jogados na lata de lixo do nefando "romantismo". À "dialética" dos totalitários que temos oposto senão uma tática de conluios, pavores, adiamentos? Ninguém com a coragem de uma atitude intransigentemente espiritual e humana. Minto. Há certos católicos maritanistas, há alguns humanistas do socialismo, há um Péguy, um Bernanos (houve), imolados entre sorrisos de superioridade. Esses preservarão talvez a cultura do naufrágio. Aumentemos suas fileiras. Ainda que sem nenhuma crença, cruzados sem cruz embora, pois ou salvamos a civilização ou morremos com ela, que não haverá grandeza nem felicidade em viver apenas para o mau cinema, o rádio, a demagogia, o dinheiro, o poder sobre ruínas.

Acontece, meu amigo, que os homens têm medo de morrer. É o que lhes retira o restinho de liberdade possível. Dizia Montaigne que é preciso aprender a morrer, só assim nos libertamos do medo, vivemos uma vida plena e valiosa. Para quê? atalharão os céticos. Simplesmente porque plena e valiosa será ela mais feliz do que incompleta, inútil, acovardada. Isso para os que não crêem em Deus. Para os outros, mil e uma razões indicam que seu caminho atual está errado.

Há momentos de desespero em que realmente pensamos em "entregar os pontos", em aceitar o espírito do século e deixar correr o marfim, uma vez que nada mais importa. Os que se suicidam então merecem o nosso respeito: ou o fazem por uma consciência louvável da sua fraqueza, que seria capaz de levá-los às piores degradações, e assim ousam frear a decadência, a miséria, ou o fazem por se colocar de fato acima das contingências materiais numa esplêndida vitória do espírito. Entretanto, se não ousamos o suicídio, se nos atemora o gesto, se nos treme a mão em conseqüência de uma insuficiência fisiológica, resta a solução que lhe sugiro, da escolha de uma verdade que valha a luta. A verdade do amor, da arte, da poesia.

Uma verdade que só pode ser "a verdade" porque nos é ditada pela própria vida recôndita e profunda. Podemos descrer dos homens e das coisas, das idéias, de tudo, menos da vida que se afirma em cada gesto e impõe uma urgência de vitória sobre tudo o que rescende a morte, a conformismo, a escravidão, sinônimos de morte e da pior morte: a morte em vida.

15 de outubro de 1949 – O desprezo e a incompreensão, senão a ironia e o medo, eis os sentimentos que sempre fixaram o nosso ângulo de apreciação dos loucos. Antes das descobertas da psicanálise, nós, pobres civilizados, ignorávamos (embora alguns o pressentissem) a admirável fonte de verdades essenciais que é o inconsciente.

E como não lhe conhecíamos a importância, não podíamos apreender o valor de suas manifestações nos indivíduos libertados da coerção social. Desenhos de loucos eram garatujas impenetráveis, quando muito divertidas. Orgulhosos de um racionalismo seco, perdemos o sentido da revelação. Entregues à prepotência dos técnicos limitados e dos frios cientistas, envergonhamo-nos de tudo o que não obedecia ao jogo fútil da lógica. Assim nos distanciamos do homem na sua miséria e na sua grandeza.

Os progressos da psicologia e as pesquisas da etnografia trouxeram-nos de volta ao bom caminho. Foi na companhia dos primitivos que a dúvida nasceu em nossa mente, e foi com a psicanálise que outra certeza desabrochou: a da riqueza esclarecedora do inconsciente. A mensagem dos loucos passou então a ser analisada com interesse, e houve mesmo quem visse nela o ponto de partida para a compreensão mais precisa do humano.

Paralelamente, os trabalhos sobre arte puseram em evidência a realidade das permanentes estéticas, das "invariantes", como diz André Lhote, o que veio contradizer em parte os sociólogos e *in totum* os requintados relativistas do século XIX.

Uma frase de Remy de Gourmont, que pontificou elegantemente durante tantos anos, me vem à memória e me faz sorrir: "Se há uma estética, isso nos obriga a admitir a existência de um belo absoluto e a reconhecer que as obras são julgadas belas na proporção de sua semelhança com esse ideal". Não, não há um belo absoluto, que o belo varia de conformidade com a cultura, mas há coisa mais importante do que o belo e que constitui o alicerce perene da obra de arte: a euritmia, o equilíbrio das partes do todo. Isso é que faz o belo e que, juntado à invenção e à sensibilidade, transforma o desenho em obra de arte.

Retomando uma danificação de Lalo, pode-se dizer que toda manifestação artística comporta elementos estéticos (permanentes) e elementos "anestéticos" (sociológicos, psicológicos, etc.). Uma catedral gótica é, pelo equilíbrio, a invenção e a sensibilidade de sua arquitetura, uma obra de arte (permanentes estéticas), mas, pelos motivos de sua decoração, pelos objetivos que visa, pelo seu valor de representação coletiva, pelos sentimentos que suscita, é o produto de um clima social. O mesmo se dirá de um poema de Mallarmé ou de uma pintura de louco.

Há, portanto, que separar no julgamento o estético do anestético, estudá-los em particular, não confundi-los em um todo, sob pena de estabelecer a maior confusão, porque nos arriscaríamos de outra maneira a julgar como obra de arte aquilo que tão-somente apresenta valores "anestéticos" ou vice-versa.

Eis um quadro feito sob encomenda, a fim de celebrar um fato histórico que nos toca de perto. Cabe averiguar (desde que espelhe realmente o nosso sentimento) se contém os elementos estéticos característicos da obra de arte. Sem o que não será obra de arte, embora possa, por motivos de ordem psicológica ou sociológica, apresentar uma considerável soma de valores. É o caso de certas estátuas nas praças públicas de todos os países do mundo. Agora o contrário, uma tela abstrata, sem tema, sem ressonância social, sem objetivo, mas inteiramente obediente às grandes leis estéticas, será obra de arte ainda que de nenhum interesse anestético.

Penso nesses princípios e os comento, tendo em vista a exposição das obras de nove artistas de Engenho de Dentro, realizada no Museu de Arte Moderna.

Estamos acostumados a ver desenhos, pinturas e esculturas de loucos até certo ponto como vemos exposições de obras infantis. Atentando sobretudo para o valor psicológico. Para a revelação capaz de orientar-nos sobre a educação ou a terapêutica convenientes. O aspecto estético é quase sempre prejudicado por esse interesse social, quando não simplesmente pelo nosso sentimentalismo. Mas acontece que, em meio à enxurrada de desenhos, pinturas e esculturas, há alguns cuja execução exige que os encaremos pelos seus valores estéticos e outros que não solicitam de nós essa crítica. Nem toda a arte infantil ou de alienados é esteticamente valiosa, embora seja sempre "anesteticamente" importante.

Entre os primitivos, através dos quais chegamos a entender melhor essa dissociação do estético com o "anestético", observa-se o mesmo: instrumentos musicais, decorações, ídolos, são inúmeras vezes apenas objetos necessários à vida cultural da tribo; mas ocorre se carregarem também de valor estético e constituírem então verdadeiras obras de arte.

Entre os loucos, tão curiosos nas suas manifestações gráficas pictóricas ou plásticas, encontramos verdadeiros artistas que não são artistas porque são loucos, mas apesar de loucos, e que por serem loucos e artistas, gozam de uma liberdade de expressão, possuem uma força emocional tão profunda e soluções de tal maneira perfeitas que alcançam não raro a obra-prima. Estou pensando nesse extraordinário Rafael, matissiano nos seus desenhos de grande pureza, no sensível Emídio, parente próximo de Bonnard, em Lúcio, escultor capaz de estilizações harmoniosas, em Carlos, que se exprime pela composição abstrata perfeita e pelo bom gosto de um colorido sóbrio e quente. Mas estou pensando também nos outros cinco, menos artistas, conquanto igualmente expressivos e curiosos.

Do comovido prefácio do catálogo, escrito pela Dra. Nise Silveira, destaco esta frase:

Talvez muitas das obras aqui apresentadas causem a impressão de estranheza inquietante que acompanha a manifestação de coisas conhecidas no passado, porém que jaziam ocultas (conceito de sinistro, segundo Schelling e Freud). Presumimos obscuramente possuir no fundo de nós mesmos imagens semelhantes. Exemplos desse tipo são os desenhos evocadores de figuras míticas que acreditávamos superadas ou os que representam desdobramentos da personalidade, reveladores de épocas psíquicas primitivas nas quais o ego ainda não se havia nitidamente delimitado em relação ao mundo exterior. Se certas figuras angustiam, a beleza de outras formas fascina. Ressaltam estruturas concêntricas, círculos ou anéis mágicos, denominados em sânscrito "mandalas", imagens primordiais da totalidade psíquica. Místicos hindus e chineses utilizam "mandalas" de rico valor artístico como instrumento de contemplação. Imagens de idêntica configuração surgem nas "mind pictures" de jovens e sadias inglesas que as vêm de olhos fechados, num estado de repouso próximo ao que precede o sono, em experiências feitas nas aulas de pintura de uma escola secundária feminina (Herbert Head); símbolos eternos da humanidade, aparecem também pintados por doentes mentais europeus (Jung) e por esquizofrênicos brasileiros completamente desconhecedores do símbolo religioso oriental. Os que se debruçam sobre si próprios estarão sempre sujeitos a encontrar imagens dessa categoria, depositárias de inumeráveis vivências individuais através dos milênios. Daí as analogias inevitáveis entre a pintura dos artistas que preferem os modelos do reino do sonho e da fantasia e a pintura daqueles que se desgarraram pelos desfiladeiros de tais mundos.

O artista, mediante a capacidade de mergulhar no subconsciente, traz à tona imagens literárias ou plásticas que nos parecem iluminar o conhecimento das coisas. Mas o artista raramente desce ao inconsciente, ao reino obscuro, confuso e essencial das verdades e instintos de espécie, coletivos portanto, mas já tão inacessíveis ao homem condicionado pela sociedade. O louco vai até lá, liberto inteiramente das leis, evadido da lógica consciente, do silogismo, e até das imposições das exterioridades perturbadoras. Por isso é que desce ao fundo do poço e traz de sua incursão alguma revelação terrível e comovente. Se além de louco esse indivíduo é artista, os resultados são os mais estranhos e admiráveis.

Referi-me especialmente a Rafael. Um histórico de sua vida explicará melhor do que quaisquer comentários às suas realizações. Esse doente era pintor, pintor acadêmico e habilidoso, antes de ser internado. Recolhido ao hospício de Engenho de Dentro, aí ficou inativo durante 12 anos. De repente entregam-lhe papel, lápis, tubos de guache. Ele se põe a desenhar e a pintar. E como se esqueceu das regras aprendidas na academia, dá livre curso à inspiração. Exprime-se. E o que faz pode ser comparado ao que de mais belo e sensível se conseguiu entre os modernos, os Matisse, Picasso, Dufy.

Observa a Dra. Nise da Silveira que a atividade artística (desses loucos) poderá mesmo adquirir o sentido de um verdadeiro processo curativo. Talvez. E para a sociedade tanto melhor. Entretanto, me inquieta um pouco essa volta à razão. Não perderá com ela o artista a sua força expressiva? Não perderemos nós alguma paralela do conhecimento do mundo e de nós mesmos que ele nos traz de dentro de sua anormalidade? E valerá a pena arrancar do sonho, da poesia da metafísica, um pobre ser humano a fim de que reintegre o rebanho materialista e mesquinho? Goethe preferia a ordem à justiça, e o cientista ao santo, sem dúvida. Acontece que sua ordem levou o mundo a uma civilização de produção em série, à comida em conserva, aos esquemas ideológicos, às convenções incolores, estúpidas, vazias, aos técnicos e à morte. E o santo dos primeiros séculos levou à realização do indivíduo, à felicidade da plenitude, ao amor, à vida.

Eu prefiro o santo... e o louco.

5 de novembro de 1950 – O Museu de Arte Moderna está anunciando para dezembro uma exposição retrospectiva de Tarsila do Amaral. Conheci Tarsila do Amaral em Paris em 1923. Andava ela seguindo uns cursos de cubismo com André Lhote, Fernand Léger e Albert Gleizes, fazendo, portanto, o seu "serviço militar", expressão que empregaria mais tarde para definir a necessidade do estudo da composição e da forma, levado por ela a efeito sob a orientação daqueles mestres.

Freqüentava então seu atelier, situado numa travessa da Avenue Clichy, a mais bela equipe do modernismo europeu: Satie, Cocteau, Cendrars, Léger, Lhote, Gleizes, Supervielle, Valery Larbaud, Stravinski, etc., além de alguns escritores e artistas nacionais como Paulo Prado, Oswald de Andrade, Villa Lobos, Souza Lima, Di Cavalcanti, Brecheret, Anita Malfatti. Data dessa época o *Retrato azul* que fez de mim e caracteriza o momento de transição entre o impressionismo, que ela abandonara, e o cubismo em que não se demoraria demasiado, mas teria uma importância decisiva na continuação de sua obra.

Só voltei ao Brasil em 1925. Ainda havia o salão de D. Olívia Penteado, mas o centro do movimento artístico e literário se transferira para a casa de Mário de Andrade e a residência de Paulo Prado onde Blaise Cendrars, em visita ao Brasil, pontificava. Era a segunda vez que vinha a nossa terra, já tendo estado aqui durante a Revolução de 24. E havia também o salão de Tarsila numa casa antiga de muitas árvores.

Foi mais ou menos nessa época que o grupo modernista partiu à descoberta do Brasil. Tarsila deslumbrou-se ante as decorações populares dos edifícios de São João del Rei, Tiradentes, Mariana, Congonhas do Campo, Sabará, Ouro Preto. Ela própria é quem nos conta esse deslumbramento em certa página do catálogo de sua exposição de 1938: "Encontrei em Minas as cores que adorava em criança. Ensinaram-me depois que eram feias e caipiras. Segui o *ramerrão* do gosto apurado... Mas vinguei-me da opressão passando-as para minhas telas: azul puríssimo, rosa violáceo, amarelo vivo, verde cantante, tudo em gradações mais ou menos fortes conforme a mistura de branco. Pintura limpa, sobretudo, sem medo de cânones convencionais. Liberdade e sinceridade, uma certa estilização que a adaptava à época moderna." Era a pintura "Pau-Brasil", embora não arvorasse ainda o rótulo inventado posteriormente por Oswald de Andrade. Nessas cores puras, nas linhas simples, na captação sintética de uma realidade brasileira sentimental e ingênua, de que se haviam envergonhado antes os artistas do nosso País, estavam os meios de expressão da mensagem nacionalista de Tarsila. O fundo dessa mensagem, a literatura de Oswald o revelaria. Mas ninguém o definiu melhor do que Paulo Prado ao prefaciar *Pau-Brasil*: "A nova poesia não será nem pintura, nem escultura, nem romance. Simplesmente poesia com P grande, brotando do solo natal, inconscientemente. Como uma planta". E em parágrafo anterior explicava que seria também "a reabilitação de nosso falar cotidiano, *sermo plebeius* que o pedantismo dos gramáticos tem querido eliminar da língua escrita". Não seria pintura, mas nasceria da sugestão de uma mensagem pictórica...

    Esse prefácio de Paulo Prado completa-se com a "falação" de Oswald: "Língua sem arcaísmos. Sem erudição. Natural e neológica. A contribuição milionária de todos os erros (...) Contra a argúcia naturalista, a síntese. Contra a cópia, a invenção e a surpresa". Não é esse programa da nova escola literária o mesmo da escola pictórica? Não se resume ele numa procura de expressão brasileira realizada pelos artistas entediados com a sabedoria européia? Só que esses artistas não esqueciam as lições da Europa... Daí a fase "Pau-Brasil" de Tarsila, se exprimindo em linguagem cubista. Daí a compreensão que logo tiveram da novidade os críticos europeus, unânimes na demonstração de interesse pelas pesquisas da pintora, e a incompreensão do público brasileiro que mal reconhecia seus próprios motivos, que renegava a própria alma.

Apesar de "Pau-Brasil" não ter tido seguidores e aparecer agora, na história da pintura brasileira, como uma manifestação isolada, sua influência foi sensível, completando e ampliando os conhecimentos trazidos por Segall, Anita Malfatti e Di Cavalcanti, introduzindo novas soluções de ordem cubista, expressionista e surrealista. Estas últimas iriam dentro em breve predominar na obra de Tarsila e conduzi-la à tela intitulada *O Abaporu* que daria origem ao movimento antropofágico, liderado por Oswald de Andrade, Raul Bopp e Antônio de Alcântara Machado. Do que pretendia a nova tentativa renovadora tem-se uma idéia no manifesto então lançado com a assinatura de Oswald: "Contra todos os importadores de consciência enlatada (...) O mundo não datado. Não rubricado. Sem Napoleão. Sem César".

Era o retorno ao índio, à terra; era a proclamação da independência intelectual, após a independência natural e inevitável de "Pau-Brasil". E alcançava aquilo que "Verde-e-amarelo" não realizara porque em vez de ir às fontes autênticas na nacionalidade se confinara no falso indianismo de Gonçalves Dias, isto é, no índio visto pelo romantismo de Chateaubriand.

Na eclosão e no desenvolver dessas duas escolas observa-se um fenômeno curioso e por assim dizer inédito na nossa história literária e artística: o da pintura influindo na literatura. São os escritores que seguem o pintor e suas idéias literárias nascem da presença de uma invenção pictórica, do contato íntimo com ela. Talvez isso explique a desconfiança com que os meios plásticos paulistas acolheram as telas de Tarsila, vendo nelas não a realização de uma obra pictórica, mas a ilustração mais ou menos anedótica de alguma coisa que devia ser enquadrada na literatura.

Em verdade, a pintura brasileira, é em especial a de São Paulo, estava ainda muito imbuída dos ensinamentos impressionistas, preocupada antes do mais com o matiz e a matéria, a perspectiva aérea, a luminosidade, a pincelada. Nenhum dos grandes problemas da composição, ritmos e grafismo (reestudados por Cézanne e pelos cubistas) da expressão (resolvidos pelos expressionistas) e da cor (pelos "fauves") fora objeto da atenção dos nossos pintores. Quanto à possibilidade de uma pintura de tons puros e crus, chapados, sem volumes, e obedientes ao sistema de valorização orquestral, era por certo uma heresia chocante. Tarsila enfrentava os tabus paulistas. Por isso seria hostilizada pelos técnicos e aceita pelos "literatos" que constituíam a ala avançada da crítica. E na Europa, onde expusera antes de expor no Brasil, houve também quem visse na obra apresentada apenas cartazes divertidos, quem lhe censurasse o artificialismo das composições e a facilidade dos temas. É que a novidade excedia a expectativa e, lá como aqui, perturbava um pouco os menos sensíveis, os menos imaginativos.

* * *

Uma terceira fase da pintura de Tarsila teria igualmente repercussão no meio artístico brasileiro: a fase social ou socializante.

Após as experiências técnicas e a redescoberta de sua terra, a pintora penetra melhor o ambiente em que vive, percebe o sentido verdadeiro daquilo que, visto de passagem, lhe parecera tão pitoresco e gostosamente colorido. É a fase de "*2ª Classe*", "*Operearios*", etc., expressionista no desenho, mas conservando a nitidez das cores, embora sem a crueza e a festividade antigas, e mantendo a sabedoria da composição. Desaparecem em parte os rosas e os azuis, surgem terras, frios ocres sem luz. Apagam-se os ritmos alegres e se esvaem as estruturas geométricas. Há como que uma volta ao realismo, na ânsia de uma comunicação mais fácil com o público. A pintora tem um ideal e quer fazer prosélitos. A arte já não se lhe afigura um jogo inteligente que apenas exige do artista algum bom gosto e uma certa sensibilidade. A arte é para ela uma mensagem. Ela tem uma mensagem a transmitir.

Assinalados os pontos de referência indispensáveis ao entendimento da obra de Tarsila, quero observar que sua presença na história da arte brasileira se manifesta através de duas correntes de influência distintas. Direta uma, e imediata nos seus efeitos; indireta outra, e de alcance mediato. Opera a primeira no campo da literatura fazendo desabrochar os movimentos "Pau-Brasil" e "Antropofagia". Processa-se a segunda subterraneamente, vencendo a hostilidade do meio, insinuando novas soluções mais ou menos claras, mais ou menos positivas, e vindo eclodir afinal na jovem geração de 45, em que os mesmos assuntos brasileiros e sociais (e antropofágicos), o mesmo amor às cores cruas e aos esquemas geométricos se evidenciam.

* * *

Um dos críticos parisienses disse em 1926, a propósito da exposição de nossa pintora na Galeria Percier: "Assim como se exige uma carta de *chauffeur* para guiar um auto, se deveria exigir de todos os pintores de vanguarda uma carta atestadora de que, tendo provado o conhecimento de seu ofício, está o seu portador autorizado a entregar-se a todas as excentricidades. Acontece que Tarsila passou pelo exame e recebeu sua carta. Desenhista hábil e sensível, senhora dos ensinamentos acadêmicos, tem o direito de fazer o que bem entende". Pois o que Tarsila entendeu fazer, e fez, foi libertar sua própria expressão de uns tantos convencionalismos que exerciam sobre ela ação coercitiva e até inibitória. Quem viu os primeiros trabalhos impressionistas da aluna de Pedro Alexandrino e da Academia Julian, muito bem executados porém sem maior interesse, e viu depois as primeiras telas da fase "Pau-Brasil", não pode deixar de perceber que a aluna terminou o curso e se apresenta agora com sua personalidade própria, que a artista encontrou o seu estilo, o estilo capaz de exprimir sua emoção, de transmiti-la ao público mais difícil. No seu rápido amadurecimento, foi ela amiudando os contatos felizes com o espectador até, ao atingir a plena segurança, provocar nele uma resposta imediata. Censurou-se à pintora certo pendor pelo decorativo. Suas estilizações, sua nitidez de desenho e seu colorido "faziam cartaz". Sempre o preconceito do matiz e da matéria a confinar a pintura dentro de dois ou três aspectos peculiares à arte ocidental dos últimos séculos, e à pintura de cavalete. Mas a grande pintura jamais se atemorizou ante a decoração, existiu mesmo para a decoração, criando um clima místico nas igrejas, emprestando uma expressão solene aos palácios, completando um conjunto de ritmos nas praças públicas. Entretanto, o sentido da decoração monumental perdeu-se com a ascensão da grande burguesia, e a arte aos poucos se foi tornando um deleite para requintados ricos. A decoração será sempre um retorno à verdadeira função da pintura e não há como temê-la. No caso de Tarsila, veria muito bem suas telas ampliar-se até as dimensões das paredes dos edifícios, como ocorreu com a pintura dos mexicanos (também decorativos, mas criadores de uma arte original e forte). Não lhe foi dada essa oportunidade, e seu trabalho ficou como uma série de projetos para afrescos ou de ilustrações para uma história do Brasil contada em linguagem popular. Uma história que dissesse mais da vida cotidiana que dos feitos militares. Que não narrasse a epopéia das Bandeiras, mas sim o desbravamento contemporâneo do sertão; que não nos falasse do drama da escravidão, mas sim da miséria atual, da miséria de sempre, e do sentimentalismo, e da bondade, e da paciência de nosso povo.

* * *

Uma exposição retrospectiva da obra de Tarsila do Amaral não é apenas uma justa homenagem a uma pioneira do movimento de libertação artística brasileira, é também uma primeira tentativa de revisão de valores após a anarquia de dois decênios. Trata-se agora de ver o que merece ficar e em que lugar deve ficar.

30 de novembro de 1950 – Quem, escritor, não visará (ainda que por simples necessidade de posse do instrumento de trabalho) o uso do vocábulo mais expressivo de seu pensamento ou de suas emoções? A preocupação da palavra certa é portanto justíssima e até inevitável, principalmente quando percebemos que a sinonímia, inimiga da arte literária, constitui um dos mais vulgares recursos de estilo. Guimarães Rosa defende essa tese e ninguém, de boa-fé, poderá discuti-la. Mas, indaguemos, será esse o problema importante do estilo e que resultará de um tal esforço de depuração?

Em princípio o emprego do vocábulo exato deveria acarretar uma comunhão mais perfeita entre autor e leitor. Na realidade uma tal comunhão é improvável, pois quanto mais nos depuramos mais restringimos o domínio da comunicação, porque passamos a exigir de quem nos lê maior riqueza espiritual, maior sensibilidade, maior soma de experiências. E quanto mais vagos somos, mais acessíveis nos tornamos.

O essencial em matéria de vocabulário é alcançar a maior fidelidade possível à expressão do próprio pensamento. Dirão que essa fidelidade implica forçosamente uma melhor comunicabilidade, dado que o que se enuncia bem pelos outros é bem apreendido. Não é o que ocorre na prática. A palavra, na opinião de Sartre, sintetiza uma soma de experiências e estas não são as mesmas para cada indivíduo. O que um diz de certo modo de outro é entendido. Pouco adianta, por exemplo, empregar com justeza as palavras amor, afeição, paixão, etc. se as experiências do leitor não coincidem com as nossas. Ainda que se definam precisamente as idéias, sensações e emoções contidas em cada uma, sua valorização permanecerá diversa segundo quem as ouvir e criar, ao ouvi-las, um universo próprio. Sem dúvida inúmeros vocábulos não se prestam a confusão. Objetos concretos, obedientes a determinadas características, evocam naturalmente a mesma imagem em todos os indivíduos que os conhecem. Mas tais vocábulos muito pouco nos são úteis na comunicação do que realmente nos importa, a saber os matizes de nossos pensamentos e sentimentos. Esses matizes talvez só se transmitam, de autor a leitor, através de metáforas suscetíveis de criar climas favoráveis. Uma vaga identidade de valores pode então estabelecer-se sobrando embora, sempre, a perturbar a plena comunhão, uma larga margem de interpretações divergentes. Pouco importa: o que significa a expressão literária é menos a imposição a outrem de nossa personalidade, que o enriquecimento do leitor pela revelação de um mundo novo somente descoberto em virtude da descarga elétrica que com a imagem provocamos. Assim a solução de simpatia, necessária a um maior entendimento entre o leitor e autor, estaria na linguagem poética. Ora, como diz St. John Perse "o poeta é bilíngüe", é um homem que fala "dans l'équivoque".

Eis que se desloca todo o problema. Mas eis também que no próprio Guimarães Rosa, em certa página de *Sagarana* vamos encontrar esta asserção aguda: "a gíria pede sempre roupa nova". A gíria é a língua do povo, a mais viva e colorida, a mais comunicável, a que cria climas mais propícios à comunhão, e no entanto a menos precisa, a menos estável, a menos sujeita a definições. Um dicionário de gíria não tem senão um valor histórico, porque já mudou de sentido, de conteúdo, o vocábulo ao ser apreendido pelos lingüistas.

Não é portanto a palavra exata que cabe ao autor descobrir e empregar. É a palavra sugestiva, a palavra viva e rica, a palavra em "devenir". Esse se nos afigura, no fundo, o pensamento de Guimarães Rosa, o qual, mais do que nenhum outro brasileiro contemporâneo, se revela exímio na arte de sugerir pelo vocábulo mais adequado.

E a discutir valores vocabulares deixamos no olvido o fato lingüístico mais importante, o fato sintáxico. Em última instância pouco exprime a palavra em si. A magia dela atua menos pela sonoridade e pelo conteúdo definível do que pela sua disposição na frase. É somente pelo modo por que se apresenta que a palavra se transforma, e de recurso fácil, acessível a qualquer manuseador de dicionários, passa a constituir uma contribuição original do escritor.

Não foi esse o segredo de Mallarmé?

DIÁRIO CRÍTICO VIII
1951-1952

2 de junho de 1951 – Nada mais natural, no poeta, do que o amor à palavra. Não se compreenderia aliás que assim não fosse, como não se compreenderia que o pintor não tivesse pela cor uma decidida ternura. Entretanto, se amar as palavras é louvável, dividi-las em classes, separá-las em aristocráticas e plebéias, em vulgares e poéticas, é bem menos admissível. Mas haverá quem, em nossa época populista, de reivindicações sociais e de proletarização geral, intente reviver esse preconceito classista literário de pretéritos defuntos? É o que, a julgar por certos comentários dos noticiaristas e críticos nacionais, parece ocorrer entre nós neste momento. Nas gerações mais recentes, sobretudo de São Paulo, observa-se um estranho cuidado em selecionar novo-ricamente os vocabulários poéticos, dando guarida aos mais pedantes e prescrevendo-se os menos pretensiosos.

    O sintoma me assusta, pois sempre soube de igual ocorrência nas épocas decadentes. Depois do verso medieval, acolhedor e ousado, teve-se um período de requinte vocabular em que os poetas bem pouco diziam, embora falassem com muita elegância. E o que se verifica depois do romantismo é também idêntico. O vocábulo raro dos parnasianos substitui a mensagem, o culto da forma mascara a ausência do fundo. Cada vez, porém, que tal fenômeno aconteceu, houve, para felicidade da poesia, uma reação salutar.

    Os poetas da nova geração, depois dos excessos de vulgaridade da turma de 22, encheram-se de pudor e já não admitem sequer que se diga cachorro em vez de cão. Passam assim de um extremo a outro e se arriscam a voltar ao convencionalismo das palavras nobres de famigerada memória.

Eu não sou contra o emprego, proibido até pouco, de vocábulos como corcel ou vergel, porque em determinadas circunstâncias e para dados efeitos rítmicos ou expressivos o requinte pode ser indicado. O contrário, no entanto, é igualmente verdadeiro. Não nos esqueçamos de que a poesia é outra coisa, e a pretexto de policiar a linguagem poética não nos ergueremos pelo caminho árido dos gramáticos ou pela senda dos pernósticos.

 O poema é sempre um todo, o qual, para que alcance o nível poético, precisa apresentar-se munido de um certo número de qualidades: linguagem adequada (o que não quer dizer nobre), musicalidade, poder sugestivo, emoção, etc. É evidente que segundo o temperamento do poeta uma ou outra dessas qualidades predomina. O poema, porém, não será poesia se de qualquer uma delas carecer por completo, ou se uma delas se hipertrofiar a ponto de abafar as demais. Sob o aspecto da realização artística o poema se assemelha ao quadro, à estátua, à peça musical, a qualquer obra de arte, pois esta só se faz realidade na medida em que atende às exigências de um relativo equilíbrio de todas as qualidades essenciais.

 Sem dúvida, cada momento histórico dá maior ou menor ênfase a um desses caracteres da poesia. Ora é a mensagem que importa, ora a musicalidade, ora o requinte formal. Mas as grandes obras, a grande poesia inclusive, são aquelas que, embora levando em conta as predileções do artista e a sensibilidade peculiar à época, não perdem de vista as outras qualidades necessárias. Porque, então, pelo que têm de seu tempo, se revelam representativas e pelo que comportam de universal são perenes.

 Isso que tão claramente se enuncia, ao próprio criador permanece obscuro. O poeta é um homem parcial, é um homem de paixão, é um narcisista. Sua concepção pessoal de poesia o induz a defini-la, de acordo com sua própria visão do mundo e das coisas, por uma dada qualidade unicamente. Para este a poesia é a metáfora, para aquele o ritmo, para um terceiro a mensagem. E se desse modo não pensasse e sentisse, o poeta talvez não pensasse ser poeta. Que continue, portanto, a escrever e publicar aquilo que se lhe afigura certo e justo, mas que não se lance ao julgamento de seus confrades, que não pontifique, que não teorize. Que não se meta a crítico, porque as qualidades do crítico são exatamente as que lhe faltam. Em particular, a simpatia.

A crítica dos poetas é como a crítica dos pintores: subjetiva e imperialista.

9 de agosto de 1951 – Recebo de muito longe uma carta comovente. É uma crítica de amigo feita ao meu último volume do *Diário crítico*, o qual se estaria tornando dia a dia menos crítico e mais pessoal. Assim o desejei sempre, não como uma coletânea de ensaios mais ou menos pedantes, porém como uma conversa com amigos fora do alcance de palavra. Lembro-me amiúde daquele sujeito que se queixava, diante de um admirável crepúsculo, de não ter a quem comunicar o que sentia. Sem ouvidos atentos à exteriorização de suas sensações, absurda lhe parecia a natureza. Da mesma forma me sinto se leio um bom livro e não encontro quem possa compartilhar de minha emoção. Escrevo, por isso, e junto ao acaso das leituras e das meditações tudo aquilo que me impressionou. E se recebo de longe, de amigo ou desconhecido, uma carta em resposta à minha mensagem, bem me considero pago.

Uma criança minha amiga dizia de uma feita à companheira com a qual tramara uma fuga: "O mais que pode acontecer é papai ficar furioso, mas compensa". Para nós que escrevemos, o mais que pode acontecer é violento destampatório de um confrade mal-humorado ou com falta de assunto. Mas compensa. Aos que insultam, a gente responde com a superioridade da indiferença. Aos que magoam, porque deles se tinha melhor opinião ou por eles se conserva algum carinho, responde-se com a tristeza do silêncio. Aos que compreendem e o dizem, reserva-se um pouco dessa ternura que andamos sempre a esbanjar. E compensa.

Já escrevi contra os diários íntimos por julgá-los artificiais reduzidamente íntimos. Em geral o escritor de diários desse tipo defende a personalidade forjada para uso externo. É uma posição literária que ele visa e não o contato intelectual com determinado público. Daí preferir o diário crítico, no qual somente o pensamento se exibe. Mas se acontece que, tentando comunicar um raciocínio ou uma meditação, a gente comunica também uma nesga autêntica de si próprio, tanto melhor. Sobretudo se esse "descuido" pôde consolar ou interessar alguém.

Recebo uma carta de muito longe. Vem do outro continente e traz palavras de reconforto. Entre as linhas de um comentário qualquer, esse leitor longínquo vislumbrou uma emoção mais profunda. O dia é de alegria para mim. Esqueço o resto. O resto vira silêncio, "the rest is silence". O resto, por um passe de mágica, transmuda-se em literatura. E me surpreendo a repetir um verso de Franz Werfel: "Homem, o meu único desejo é ser teu parente". Esse sentimento de comunhão, que ao dobrar os 50 já não se experimenta senão na presença do mar, na euforia provocada pela metáfora de um grande poeta ou na doçura penetrante do acorde colorido de um grande quadro, a gente o revive de um modo menos egoísta. Quando dois indivíduos de igual naipe se encontram, há risadas, abraços, exageradas expansões de júbilo. Na realidade gostariam ambos de chorar, porque não ignoram, por mais barulho que façam, que tudo não passa de silêncio. Ou de literatura. O que importa de verdade, não o dizemos, e é simplesmente a identidade de um gesto ou de uma palavra diante de um pequenino fato do vulgar cotidiano, de uma folha que cai, da mulher que passa no cortejo "odorant des femmes pritanières", da notícia lida no jornal sobre fulano ou beltrano, de um mau agouro que se tem vergonha de perceber, da boa ação que não se levou avante ou da má que se cometeu.

O meu maior desejo é ser teu parente, leitor longínquo já não digo irmão, mas sobrinho que seja.

23 de outubro de 1951 – O grande acontecimento da semana em São Paulo foi sem dúvida a 1ª Bienal de Arte Moderna, que assinala a elevação da pequena e provinciana cidade de 30 anos atrás à categoria de capital artística do País. Um tal acontecimento já vinha amadurecendo há muito tempo, primeiramente com a série de exposições coletivas tradicionais: Salão de Maio e outras, depois com a criação dos museus e, mais recentemente, com as várias retrospectivas, entre as quais cabe apontar, pela sua importância, a de Lasar Segall.

Mas a oportunidade da exposição dá-me ensejo para voltar a um assunto atual, o da crítica de arte e suas limitações. Ora, se tais limitações são grandes como veremos quando se trata da crítica individual, muito maiores se evidenciam quando o julgamento é da alçada de um júri e de um júri numeroso. Quem está de fora imagina que um membro de um júri composto de 12 pessoas dá prêmios a quem bem entende e que o resultado de um conjunto heterogêneo de opiniões pode ser de fato o melhor. Somente quem está dentro do júri sabe quais os percalços da rude e ingratíssima tarefa de distribuir recompensas.

Arrojar-se o direito de julgar é sempre desagradável, senão injustificável. Não creio que alguém aceite tal incumbência alegremente. É constrangido que cada um o faz, convencido, se já ultrapassou a idade das ilusões, de que em qualquer hipótese o menos que há de receber em pagamento de seu trabalho será o epíteto de vendido. Então, por que se mete um homem nessa aventura?

Rainer Maria Rilke, que também fez a experiência de julgar um artista e foi por este tratado de cretino, diz em certos versos famosos:

> *Um homem por vezes se levanta da mesa ao jantar*
> *e sai de casa, e anda, e anda sem cessar...*

Também ao crítico mais cético acontece de repente

> *geht hinaus und geht und geht und geht...*

e o resultado desse longo passeio pelo silêncio das obras é bem amargo, se transformado em julgamento.

Enquanto o crítico comenta, nada de grave se verifica, porque os artistas não lhe dão ouvidos, atentos que andam sempre e unicamente ao eco do próprio nome. Mas logo que pronuncia um juízo qualquer a grita se alevanta. Berram os que não figuram na lista de prêmios e berram os que nela figuram, mas não se contentam com a importância da recompensa. Se o crítico se entusiasma é um ingênuo. Se se mantém discreto é um cínico. Resta-lhe o recurso da malandragem com que muitos resolvem sua situação pessoal. Resta-lhe ser aquele que votou contra, ou que votou a favor, segundo a reação do público.

A crítica das artes plásticas, tal qual a crítica literária, tem suas falhas. Somos todos suscetíveis de em dado momento deixar-nos seduzir por brilhos mais ou menos fáceis, como somos capazes de valorizar excessivamente qualidades que nos tocam mais de perto. Temos predileções e convicções. Nem por isso somos menos honestos em princípio e, na medida do possível, imparciais. Se os artistas fossem mais compreensivos, não exigiriam do crítico um juízo perfeito, que não é deste mundo, sobretudo quando os concorrentes estão muito próximos do juiz, no tempo e no espaço. Apenas exigiriam um peneiramento que excluísse da premiação os realmente inferiores. Sim, porque acima de determinado nível, a escolha já se torna quase obra de acaso, que "um golpe de dados não abolirá jamais". O acaso dita os prêmios ainda que acerte o juiz mais de uma vez, e o perigo para o artista não está em que o crítico erre, e sim em que, tendo acertado, imagine haver abolido o acaso e passe, daí por diante, a julgar do alto de uma presumida infalibilidade.

No pequeno congresso dos críticos nacionais que se reúnem neste momento em São Paulo, um tema deve ser discutido: o das limitações da crítica. É a hora oportuna para os artistas apresentarem seu ponto de vista. Talvez o aceitem os críticos, e a crítica, no futuro, melhore consideravelmente...

Há uma crítica dita objetiva, que se circunscreve à análise dos elementos estéticos da obra de arte. Deveriam desejá-la os artistas, mas ocorre não raro serem eles muito mais literatos do que os escritores e preferirem a crítica condicionada a alguma tendência em voga. Para um Severini ou um Lhote, que falam de pintura, há centenas de estetas que fazem literatura, a qual quanto mais absconsa, maior número de adeptos reúne. Assim é que em nosso pobre mundo atômico não se ouve outra coisa da boca dos mais jovens senão "transcendência", "mensagem", "quarta dimensão", "linguagem onírica", "ritmos nucleares", etc., palavras de pouco ou nenhum conteúdo concreto. Em compensação, ninguém mais se refere a "matéria", "composição", "equilíbrio", "valores", "volumes", "espaços", cujo sentido pode ser precisado nas artes plásticas, não dando margem portanto a retóricas perigosas. Sem querer voltar aos tempos antigos, isto é, admitindo que o vocabulário crítico mude de acordo com as novas pesquisas, sou inteiramente contrário às vaguidades dessa gente que não sabe sequer, já não digo desenhar um pé, mas descobrir uma linha sugestiva, equilibrar um conjunto de mesas, encontrar um acorde original de tons. Dessa gente afinal que de pintor só tem a pretensão e a habilidade de utilizar certo número de chapas, as quais, em que pesem as exterioridades extravagantes, nada ficam a dever ao academismo. Minto: ficam devendo o artesanato. Participando do júri de 1ª Bienal de São Paulo, vi-me forçado a estudar minuciosamente a produção nacional. Não foi tão triste a impressão que trouxe comigo daquele porão do Trianon, que alegravam os gravadores, de um nível técnico excepcional para o nosso meio, e duas ou três belas telas de pintores menos ilustres. A ausência de uma crítica conscienciosa – que os artistas não desejam ter – tornou possível a atual decadência dos maiorais. Por outro lado, os tabiques estão cheios de "subs": subs-Kandinsky, subs-Mondrian, subs-cubistas, subs-subs. Há até reminiscências de pintores célebres da Europa. Não aludo às influências, muito naturais, dos grandes mestres, mas sim à incapacidade criadora, à falta de estilo, à carência de sensibilidade, à trágica ignorância do "métier". Com tudo isso, o nível do conjunto nacional não é dos piores. O que perturba as boas telas e as esmaga mesmo é o derrame de amadorismo. Sim, porque hoje os "pintores de domingo" fazem cubismo ou se divertem com os jogos abstracionistas...

Ante a representação internacional, rica de soluções novas e de confirmações das soluções antigas, embora também com grandes falhas, temos que pensar seriamente e com humildade recomeçar tudo. Ao mesmo tempo cumpre-nos tentar um esforço para alcançar uma expressão nossa, de nosso momento e de nossa gente, o de que nos preocupamos pouco até agora. Temos que chegar, porém, à nova expressão sem nada abandonar do que nos podem oferecer, como lições técnicas aproveitáveis, os artistas do Velho Mundo. Não sou contra o abstracionismo, como não sou contra nenhuma escola contemporânea, mas que não seja a atitude de nosso pintor a exploração de uma fórmula. Que procure exprimir-se com autenticidade. Não fiquemos em Teuer-Arp, Bazaine ou Feininger. Nossos petiscos precisam sair de outra cozinha. Então a crítica poderá de novo saudar o renascimento dessa nossa pintura que já teve sua hora de glórias.

    Se outro resultado não devesse alcançar a 1ª Bienal de São Paulo, esse de forçar o paralelo entre estrangeiros e nacionais bastaria para justificá-la. A Bienal será uma escola de modéstia para os artistas nacionais e uma fonte de informação para o grande público. E, para a crítica, a oportunidade de aferir mais uma vez seus julgamentos pelos pesos da balança universal.

    Os problemas da crítica de arte são os mesmos da crítica literária. Inclusive o da participação efetiva do crítico. Tenho sempre sustentado não caber ao artista o julgamento de seus colegas. O artista é por definição um homem que tem fé em sua própria estética. Não tivesse ele a convicção de que sua obra está certa ou, pelo menos, no caminho da verdade, e não poderia criar eficazmente. Tampouco o romancista ou o poeta chegará jamais a uma crítica útil, porquanto, como o artista criador, inconscientemente reduz tudo, em seu julgamento ao próprio denominador. Um impressionista não pode, mesmo com esforço, aceitar plenamente o abstracionista – e vice-versa. Para julgar é imprescindível que o juiz não alimente pretensões de concorrente. Quando muito terá a crítica do próprio artista um valor expressivo pessoal. Será também obra de criação e não de julgamento. Daí eu concordar, até certo ponto, em que o crítico é em geral um artista falhado. Um "raté". Talvez essa condição influa também em seu juízo: de qualquer modo influirá menos do que a condição do artista em fase de criação, e, inegavelmente, será mais fácil ao "raté" do que ao artista colocar-se acima da "mêlée". Disse que concordava "até certo ponto" porque há críticos que jamais tiveram em mira criar. Que são homens cheios de curiosidade, somente interessados de fato no estudo comparativo das obras alheias e que, graças à sensibilidade e à inteligência aliada à imparcialidade, vêem melhor e mais fundo do que o artista.

5 de novembro de 1951 – Um amigo meu do Nordeste achou que em São Paulo, mais do que em outras cidades do Brasil, "a vida humana é docemente possível". Eu que assisto, entre inquieto e admirado, ao crescimento desta metrópole, também assim penso. Se me indagassem quais as cidades do mundo mais acolhedoras, eu colocaria São Paulo logo depois de Paris e Roma. E se me perguntassem por que, eu diria: por causa das tardes. Se São Paulo tivesse um rio no centro, o Anhangabaú por exemplo, seria um recanto ideal. Mal inspirado andou quem sepultou sob o asfalto o córrego antigo que ainda pude conhecer na infância. Já não era o que fora no século XIX, mas ainda punha uma nota alegre sob o Viaduto do Chá. O urbanista que o eliminou de nossa paisagem resolveu um problema de trânsito, mas criou uma angústia a mais para as almas citadinas. Contudo, mesmo sem água, São Paulo acarinha e reconforta nessas tardes em que a gente, como diria Mário de Andrade, "se torna abril".

Em Paris, como em Roma, a luz, a verdura e a água humanizam a cidade. Ao sair do trabalho o homem esquece os tormentos do dia. Em Paris, seu olhar repousa no cinza calmo do Sena, seus pulmões respiram um ar mais puro, suas narinas sentem a suave umidade dos plátanos e das castanheiras. Em Roma, é nas rosas dos palácios renascentistas que ele descansa ou na prece verde dos ciprestes. Então não lhe passa pela cabeça enfiar-se em um ônibus malcheiroso, ele tem vontade de andar a pé, de voltar à contemplação e à meditação que somente a "flânerie" permite. Em São Paulo também, nas tardes de outono e de inverno, a doçura do céu frio convida ao descanso na praça ou à janela do apartamento que tão pouco tem ainda (graças a Deus) do insensato arranha-céu. Então a gente se agrada de viver.

Se agora me perguntassem qual a cidade mais desagradável do mundo, a mais hostil também, eu logo apontaria a monstruosa Chicago, não sem beleza, mas árida e dura na sua imponência. Ali tem água, entretanto, e árvores. Mas falta luz, e o que vem do lago imenso é o vento glacial que se esgueira pelas ruas retas, levanta nuvens de poeira e atravessa os mais pesados "sweaters". O lago repele o homem e joga-o nos bares demasiado sombrios ou violentamente iluminados, jamais acolhedores, e onde os solitários curtem seu insuportável isolamento no áspero "whisky" do Canadá.

Esse devaneio nasceu de uma frase de André Siegfried sobre São Paulo, uma frase que eu tive a oportunidade de ouvir certa tarde no terraço do Trianon, dos fundos da Bienal, olhando para o vale sinuoso e a "skyline" da velha colina histórica: "São Paulo est une ville plate"... Não, senhor sociólogo, em nenhum sentido da palavra: nem plana, nem chata. Nem mesmo vista de avião no momento agradável da descida. São Paulo é uma cidade pitoresca, jovem demais para ser chata e já bastante idosa para que nos ofereça o encanto de uma maturidade atraente.

Um escritor norte-americano dizia-me em Washington: "Sobre este país escreve-se um livro em três meses ou em trinta anos". Assim tem acontecido por estas bandas, igualmente. Há os geógrafos humanos (tão pouco humanos!) que entre dois aviões proferem juízos definitivos e nos julgam sem que possamos apelar da sentença. E há gente que aos poucos nos vai conhecendo melhor, sentindo, penetrando e pretende escrever um dia um livro realmente compreensivo. O pintor Labisse, que por aqui andou algum tempo, observava: "É um país difícil, porque inteiramente surrealista". Ora, a chave das manifestações dessa ordem é das mais complexas. Todas as interpretações são duvidosas, e a melhor delas talvez se torne em dado instante a menos certa.

Reflexões de velho? Sem dúvida, pois só quando nos despedimos de mil e muitas coisas essas sensações assumem alguma importância. Para quem tem vinte anos as tardes estão nos olhos da bem-amada. Depois, os olhos dela estão nas tardes, nessas tardes que impelem às recordações, às saudades... e até ao pieguismo.

13 de novembro de 1951 – A Universidade de São Paulo outorgou a nosso amigo Roger Bastide o título de Professor Honoris Causa. Digo "nosso" pensando na coletividade brasileira que tem realmente nesse provençal, há 13 anos entre nós, e que jamais conseguiu pronunciar direito uma palavra de português, o mais compreensivo e dedicado amigo. Sociólogo eminente, mas também crítico literário perspicaz, Roger Bastide, desde o primeiro contato com a terra brasileira, compreendeu o interesse que havia em estudar nossas soluções sociais e penetrar nossa expressão artística. Auscultou a obra dos poetas, analisou as manifestações plásticas, participou com simpatia de nossa vida intelectual, não na qualidade de professor, com o intuito de ensinar, mas como companheiro de trabalho e aventuras. Dessa longa convivência nasceram vários volumes de estudos sobre o Brasil, todos eles importantes pela novidade dos pontos de vista críticos e pela penetração da análise. Mas todos também com um defeito grave que não temos sequer a coragem de assinalar, tanto ele nos desvanece: em excesso de benevolência, explicável tão-somente pela amizade do autor. Crítica afetiva, quase apologética, porém tão inteligente, tão rica de sugestões que não há como não aceitá-la.

Não tivesse o Prof. Roger Bastide o valor que tem, não precisássemos nós de sua experiência fecunda e ainda assim sua simples presença humana já nos seria da mais indiscutível utilidade. Essa presença, até certo ponto presença da Europa, através da França, se me afigura necessária em um país novo, em pleno progresso material, de olhos voltados para a civilização norte-americana, porque tempera pelo seu humanismo o que pode haver de perigoso para o espírito e a sensibilidade nas concepções ianques. Porque injeta o oxigênio da interpretação filosófica na aridez do sociologismo objetivo. Porque repõe o homem em seu lugar, acima da máquina e da estatística, pondera a exceção contra o peso da média, estabelece uma ponte para a compreensão de outros mundos e outros pensamentos, a começar pela antigüidade e a terminar pelas civilizações asiáticas e africanas. Porque nos enriquece em um momento em que nos vemos arriscados à prisão dos dilemas suicidas.

Há tempos, escrevendo sobre a doçura de Paris, eu me referi àquela luz sem sombra que banha a cidade toda e em certas tardes mais amenas explica, da margem do Sena, o fenômeno da pintura impressionista. Essa mesma luz, que não ofusca e, no entanto, tudo penetra, também explica o pensamento crítico francês, feito de realismo e de matizamento, sem sentenças dogmáticas, todo de acordes de valores, preocupado com o instante social da obra, mas também com a realização artesanal dela, tão atento às essencialidades quanto à matéria, ao acabado, à euritmia. Pesando a expressão num prato da balança e no outro a integração da obra dentro do todo complexo. Unindo num conjunto excelente o individual e o universal. Essa luz, que é a luz da inteligência lúcida, mas não isenta de sensibilidade, essa luz que é a luz do equilíbrio e do gosto, é também o que nos leva a sentir uma euforia reconfortante ante a expressão literária e científica da França. É o que o Prof. Roger Bastide nos traz, como aos romanos traziam os professores gregos, outrora, a delicada advertência de seu humanismo, de seu liberalismo, de sua experiência contra a absurda e cega confiança na organização e na eficácia da máquina sem alma. Roma não pôde ouvir a lição da Grécia e talvez não possamos ouvir a lição na França, nesta hora em que os acontecimentos esmagam nossa vontade e nosso desejo de escolha sob a imposição de um determinismo econômico atroz. Isso não depõe senão contra os mesmos, não invalida a tese da presença imprescindível do pensamento europeu no mundo de hoje, e mais ainda no de amanhã, quando os que agora acenam com liqüidações guerreiras perceberem, sob as ruínas atômicas, a inocuidade do remédio. É provável que em muitos pontos da Europa e da América se repetirá a tragédia de Hiroshima. Talvez nós mesmos, afastados do centro nevrálgico do mundo, não escapemos da destruição.

Haverá, porém, de qualquer maneira, que reconstruir, que reedificar uma civilização. Nessa hora é que sentiremos melhor o valor do pensamento europeu, em particular do pensamento francês a auxiliar-nos na tarefa de uma crítica serena e positiva do problema em foco.

A Universidade de São Paulo foi feliz na escolha dos seus professores estrangeiros. Havia a possibilidade de uma tomada de assalto das cátedras pelo tecnicismo estreante. A turma de franceses, italianos e alemães que para aqui veio evitou o erro irreparável. Em dez anos de presença e de ensinamentos, ela formou uma geração universitária equilibrada, que dentro em pouco estará governando o País ou por sua vez transmitindo o que apreendeu aos mais jovens, que vêm de um ensino secundário lamentável. Roger Bastide está nessa turma desde o início. Acompanhou de perto a nossa luta, esforçou-se conosco por levar avante a constituição dos nossos quadros intelectuais. Foi-nos um guia de primeira ordem e continua na primeira linha de batalha. Em nenhum instante nos abandonou, preferindo o árduo trabalho pioneiro entre nós às honras e vantagens que tivera voltando para a sua terra. Nós lhe somos gratos, nós lhe ficamos devedores de muito ainda. Seu saldo não se cobre com o diploma de Professor "Honoris Causa", mas o pagamento simbólico de nossa dívida é sinal de que a reconhecemos.

Do discurso com que o Prof. Roger Bastide agradeceu a homenagem recebida, destaco um frase: "Meus livros sobre o Brasil valem alguma coisa na medida em que são um canto de amor à terra e aos homens deste País". Mas esqueceu-se o Prof. Bastide de acrescentar "como todas as obras", pois elas só valem em verdade nessa medida e é exatamente porque nos seus livros encontramos a prova da amizade e da simpatia que tamanho valor lhe emprestamos. Uma tal assertiva pode chocar à primeira vista. Mas então os livros do Prof. Bastide não têm um valor intrínseco? Pergunta sem sentido. Valor intrínseco têm também a *Divina comédia*, os *Lusíadas*, as tragédias de Shakespeare ou de Racine. Mas valor relativo e por isso mesmo fundamental, porque relativo a nós, à nossa terra, à nossa atividade intelectual têm *Os sertões* de Euclides, tem uma página de Lins do Rego, um ensaio de Gilberto Freyre, uma lição de Roger Bastide. É porque o que ele escreve ou o que ele nos diz importa particularmente que o temos em tão alta estima. Não creio que maior alegria pudesse ele auferir de sua estada no Brasil, nem nós de sua companhia. A semente vale na terra em que germina. E se germina em mais de uma região, tanto melhor. A do Prof. Bastide não somente germinou entre nós, deu frutos também. E continua preciosamente vivaz.

13 de março de 1952 – "Eu sou eu mesmo a matéria de meu livro", dizia Montaigne, acrescentando que não procurava divulgar coisas e sim tornar conhecido o seu "eu". Toda a justificação dos diários íntimos se encontra nessas frases. E a segui-la à risca, honestamente, tal rota daria a quem escreve boa imagem do homem, uma vez que em cada um de nós se refletem os denominadores comuns a toda a humanidade.

Mas a que ponto essa tarefa é possível? Mesmo Montaigne que se esforçou por chegar a uma lucidez total e insistiu em viver de maneira autêntica, isto é, "selon soi" mais de uma vez se abandona ao prazer de uma valorização artificial. Na realidade, se conseguíssemos descer ao fundo mais profundo de nós mesmos, alguma coisa arrancaríamos capaz de iluminar o nosso conhecimento do homem e da vida. Entretanto, não há quem não tenha em dado momento a fraqueza da mistificação, quem não sobreponha às rugas do rosto o "rouge" da máscara para uso externo. Cada um de nós cultiva sua "persona" e não desvenda senão em parte o que de fato lhe vai por dentro. Daí a inutilidade psicológica dos diários íntimos e seu valor puramente literário.

Se Montaigne se preocupa nos ensaios em vencer o pensamento da morte, se prepara para morrer com dignidade, já nos revela com isso uma atitude moral, uma filosofia e não o seu anseio interior, pois este não consiste senão em evitar o pensamento nefasto. É verdade que a própria argumentação em prol de uma morte digna evidencia o receio de soçobrar no apego à vida, que é instintivo e normal. Cria ele assim uma personagem estóica, que aspira a ver projetada na posteridade, mas nada tem a ver com o verdadeiro Montaigne de carne e osso, a deleitar-se em seu castelo com a leitura dos grandes escritores latinos. Por mais lúcido que se seja, recua-se à beira do poço.

Só a poesia permite o mergulho final, só ela, que brota do inconsciente, e se disfarça sob a metáfora, desvenda de quando em quando uma nesga da alma. Porque a poesia, ainda que interpretada com inteligência e intuição, nunca revela inteiramente a outrem – e nem mesmo ao próprio poeta – todo o seu conteúdo essencial. Estamos com ela ao abrigo da devassa indiscreta e ao mesmo tempo com ela nos confessamos e nos redimimos. Eis um poeta que escreve:

a chorar
como se estivesse presenciando o meu corpo cítiso

e ninguém percebe que se enverga morto e crucificado, angustiado e doloroso, punido talvez por um crime que não conta, porque ninguém vê na palavra cítiso, que quer dizer trevo, a forma da cruz. Só o poeta (esses versos são de Ciro Pimentel) sabe o alcance da metáfora, só ele pode exprimir, na incomunicabilidade que preserva do vulgar, uma sensação íntima e exigente de libertação.

Logo que nos voltamos para a prosa e tentamos a análise interior, esbarramos no inimigo da verdade humana: na lógica. E se sintetizamos mediante imagens ou associações de idéias, caímos na poesia, embora sem apelar para a forma gráfica do verso. E nos tornamos de novo inacessíveis.

Os diários íntimos se me afiguram um gênero híbrido e portanto infecundo, estéril. Os melhores recendem a trapaça, a artificialismo. Mais edificante, apesar do que pode comportar também de impostura premeditada, me parece a correspondência. Nas entrelinhas das cartas que tratam dos assuntos cotidianos é que alguma coisa de nós mesmos emerge involuntariamente. E certos bilhetes exacerbados de Baudelaire são mais reveladores do homem – e dos homens – que a prosa de *Mon coeur mis à nu*.

O diário tem interesse de idéias, de comentários críticos, de observações filosóficas. Não visando pretensiosamente, nem exibicionisticamente, mostrar uma intimidade que nunca desejamos apresentar com a necessária ingenuidade valorizadora, deixamos escapar inúmeras revelações e descobrimos um pouco de nós mesmos, de algum interesse possivelmente para os outros.

DIÁRIO CRÍTICO IX
1953-1954

7 de julho de 1953 – A qualidade da poesia, se não reside, evidentemente, no tema, tampouco diminui com o assunto. Tudo está em ter o poeta vivido realmente o que exprime e... ter talento, pois quando não é a falta de talento que prejudica o poema do participante, é a impostura da mensagem, o artificialismo da atitude assumida. Para o grande poe-ta não há temas: há emoções e são as emoções que ele exprime, mesmo quando se ligam a temas ocasionais. Por isso, se não recua diante do possível assunto, deste pode prescindir igualmente.

Lendo agora um bom estudo sobre Apollinaire, da autoria de Jeanine Moulin, tenho a oportunidade de rever toda uma parte de sua obra, que poucos citam: a que foi escrita durante a Primeira Grande Guerra, das trincheiras onde lutou como artilheiro.

O que impressiona desde logo nesses versos é a sinceridade do tom, revelada pela fidelidade à técnica de seus outros livros. Não mudou de voz o poeta, não se "convencionalizou", não fez concessão de espécie alguma a seu público. E se tais poemas de guerra parecem mais acessíveis do que os demais, é porque as emoções por eles expressas são comuns a um público mais vasto, são mais universais, portanto encontram eco em mais numerosos ouvintes ou leitores.

Apollinaire participante revela-se tão grande quanto Apollinaire poeta revolucionário, arauto do cubismo, inventor brilhante de metáforas. Em "Chant d'Honneur", eis com que simplicidade terrível e com que admirável nobreza ventila o tema da morte:

> *Et combien j'en ai vu qui morts dans la tranchée*
> *étaient restés debout et la tête penchée*
> *s'appuyant simplement contre le parapet*

    A hecatombe das elites literárias francesas fora tremenda. Inúmeros os nomes conhecidos dos que, como Péguy, se sentiram "felizes de morrer por uma grande causa". Apollinaire confessa que chorou:

> *Ma génération, sur ton trépas sacré.*

    Como consolo escrevia aos que ainda permaneciam vivos, mas se arriscavam quotidianamente:

> *C'est porquoi il faut au moins penser à la beauté.*

única coisa digna e que tem em francês cem nomes diferentes:

> *Grace, Vertu, Courage, Honneur, et ce n'est là*
> *Que la même beauté.*

    Esse acento de sinceridade nunca se perde, nem o espetáculo horrível, trágico e grandioso o impediria de, ao lado da guerra, pensar também na bem-amada e de lhe enviar uns versos alegres, reconfortantes, como que destinados a tranqüilizá-la, a dar-lhe uma idéia de ausência de perigo:

> *As-tu connu Guy au galop*
> *Du temps qu'il était militaire?*
> *As-tu connu Guy au galop*
> *Du temps qu'il était artiflot*
> *À la guerre?*

    Essa intimidade do poeta com a morte iria entretanto influir profundamente na sua orientação literária. Não sabemos até que ponto, porque morreu antes dessa mudança que ele próprio anunciava como já em processo, à sua madrinha de guerra, em carta de 17 de setembro de 1915: "Tenho a intenção de ser um poeta novo tanto na forma como no fundo". E em um dos últimos poemas escritos na trincheira, a consistência de sua mensagem e a densidade de sua forma revelavam um amadurecimento espantoso e um equilíbrio de acentuado gosto clássico:

> *L'air est plein d'un terrible alcool*
> *Filtre des étoiles mi-closes*
> *Les obus pleurent dans leur vol*
> *La mort amoureuse des roses...*
> *Toi qui fis à l'amour des promesses tout bas*
> *Et qui vis s'engager pour la gloire un poète,*
> *O rose toujours fraîche, ô rose toujours prête,*
> *je t'offre le parfum horrible des combats.*

Poesia aparentemente obediente à tradição, mas não menos ousada do que a de sua primeira fase, pela riqueza vocabular, o ritmo renovado, a sensibilidade específica de seu tempo.

Os jovens poetas brasileiros leram pouco Apollinaire. Muitos não o conhecem sequer. É preciso lê-lo para bem compreender quanto lhe deve a poesia contemporânea. Ele está na linha da grande tradição poética francesa que parte de Villon, passa pela Pléiade, por Baudelaire, pelos simbolistas e chega ao fim da rota com os poetas de entre as duas grandes guerras. Sua importância na poesia moderna iguala a de Cézanne na pintura.

20 de agosto de 1953 – A idéia de especialização de tal maneira divulgou-se e deitou raízes em nosso pobre mundo moderno, que aos próprios intelectuais acabou perturbando. Hoje, orgulham-se eles de sua pobreza, e quem escreve sobre a tragédia grega já se vangloria de não entender Racine. Muito menos se interessará pelo romance contemporâneo ou pelas teorias psicológicas mais recentes. A eficiência norte-americana, que se alicerça na implacável divisão do trabalho e permitiu se fabricassem maiores quantidades de pratos de matéria plástica no mesmo espaço de tempo exigido para a manufatura de reduzido número de vasilhames de porcelana, impressionou também os homens de espírito e os induziu ao emprego racional de suas atividades. Eliminaram-se como românticos, anarquizadores, ineficazes todos os prazeres humanos gratuitos, todas as curiosidades desinteressadas. O que não é de nossa "vitrine", como diria Anatole, não nos há de atrair os sentidos, sob pena de sermos tachados de diletantes. A limitação aflitiva do Brasil com "s ou z" quase se tornou o ideal de nosso tempo...

Sinto que está errado, pois a nossa época é muito semelhante à do Renascimento, quando surgem os primeiros espíritos enciclopédicos, atentos às novas filosofias, às descobertas e aos descobrimentos, às artes em revolução e à poesia ensaiando soluções inéditas. Naquelas eras os indivíduos melhores também se dispersavam, incapazes de fixar sua atenção em um só pormenor de um universo que se transformava rapidamente. Abandonava-se a especialização artesanal, que sob o rótulo de científica voltaria séculos depois, nas vésperas deste nosso momento. Naquelas eras Michelangelo faz sonetos, esculpe e pinta. Leonardo inventa e dedica-se às artes. Montaigne debate todos os assuntos sociológicos, filosóficos e literários. O homem é curioso e fecundo. Por que querem hoje que o poeta se atenha à fabricação de mirradas metáforas e que o sociólogo ignore a filosofia? Só assim lhes dão crédito, só assim os consideram dignos de ter o nome perpetuado. E a quem se atreva a abrir os olhos para o mundo, e a quem se esforce por entendê-lo, e a quem procure sobre ele meditar e esclarecer seu imprevisto e absurdo metabolismo, e a quem comente as contradições da vida, e a quem tente estabelecer com o leitor imaginário um diálogo possivelmente rico de emoção, a esse chamarão polígrafo... E o excluirão sem mais aquela do rol dos privilegiados que se especializaram e são capazes de escrever volumes desumanos acerca da cissiparidade ou da partenogênese na reprodução vertiginosa do romance policial...

Eu não sei se um livro vale pela metodologia nele empregada, pelo equilíbrio de sua construção, pelo enquadramento harmônico de suas concepções, pela sua clareza didática, pelo brilho de sua argumentação, pela lógica de seu desenvolvimento ou pela versatilidade do autor, pela sua humanidade, pela sua simpatia, por uma ou outra ilação inesperada, tal ou qual imagem surpreendente, esta ou aquela interpretação menos vulgar. Ou ainda pela língua, o estilo, uma qualquer maneira de se apresentar diferente das demais. Sem dúvida tanto pode valer por uma coisa como por outra. O que não me parece justo é exigir, da obra, para que se lhe outorgue boa classificação, uma série convencional de qualidades. Uma obra é o que é, como um homem. Se fica ou não fica é questão secundária. Ademais não ficará por ter sido escrita por um polígrafo ou um monógrafo. Ficará pela pequenina parcela invulgar e autêntica que contiver, a qual pode encerrar-se no simples aforismo de um polígrafo e não se encontrar nas mais suntuosas "vitrines" dos especialistas.

E indago ainda como pode, em meio às angústias e perplexidades desta hora, um homem fechar os olhos e os ouvidos ao que fermenta em torno de si e concentrar todas as suas energias, toda a sua inteligência e a sua sensibilidade em um objetivo único, por mais satisfatório que seja o resultado, do ponto de vista da realização.

Com essas considerações não respondo apenas ao crítico Wilson Martins que me acusou de "poligrafia" e não soube se devia classificar-me entre os críticos nostálgicos da poesia ou os poetas saudosos da crítica. Respondo-a a um tipo de censura que se generaliza atualmente e visa outros escritores muito mais ilustres. A Wilson Martins direi somente que suas observações me envaidecem. Nunca me considerei crítico, nem de literatura nem de arte. Sou um leitor mais ou menos esclarecido e que se comove ou se irrita ante determinadas obras. Não as quer julgar, nem guiar ninguém.

Quanto aos trabalhos de sociologia que realizei, tive em mira o conhecimento mais aprofundado do meu país, na época em que acreditava pudesse ser chamado um dia a prestar-lhe os meus serviços. *Roteiro do café* inspirou muitos trabalhos novos e valiosos e ainda é recomendado nas bibliografias, aos pesquisadores. *Marginalidade da arte moderna* valeu-me algumas referências honrosas. Dou-me por muito satisfeito.

Não pretendo tampouco ser poeta maior. A poesia é para mim a expressão necessária de certos momentos. Não a entrego ao público, publicando em geral tais livros em tiragens reduzidíssimas e por subscrição, para os íntimos.

Se as vicissitudes econômicas não me houvessem encaminhado para o jornal, se a função pública de diretor de uma biblioteca, que prende o funcionário, me tivesse permitido viver sem "bicos", houvera escrito por certo um mero diário, menos crítico do que o atual, e mais emotivo! E o tempo que sobrasse dedicaria unicamente aos amigos com os quais iria discutir da coisa literária, única paixão suscetível, como bem diz Wilson Martins, de abalar o meu ceticismo...

3 de dezembro de 1953 – Eu não acredito nos fatos concretos. Os fatos, na realidade, só existem em função do espectador. E neste é que eu acredito. O país está à beira do abismo, nosso progresso é fabuloso, ambas as apreciações dizem respeito aos mesmos fatos. Se eu acreditar apenas nestes, para que lado me voltarei? Vendo propriedades ou compro dólares? Aplico os meus capitais em bônus rotativos ou os remeto para a Suíça? Os fatos, há que interpretá-los ou escolher entre as muitas interpretações em circulação.

    Menotti del Picchia comentava certa vez a observação de um sujeito que, após folhear o jornal, dissera bocejando: "Hoje não tem nada". Ora, nesse dia houvera dois naufrágios, um acidente de aviação, dois descarrilamentos, várias trombadas, quatro tarados, sem contar os roubos, as brigas e outras quireras. Questão de ponto de vista.

    Também no futebol leio agora que na última rodada tudo correu bem. Fulano cuspiu no juiz, Beltrano xingou a progenitora do técnico, que "adentrara o gramado", Sicrano quebrou a perna do goleiro adversário. Coisas de nonada. Como acreditar nos fatos?

    Eis um cronista que "escreve muito bem". Escreve mesmo? Pontos de vista. Está lá na crônica, a propósito de alguém que aparecia em toda parte ao mesmo tempo: tinha o dom da "dubiedade". Sem querer corrijo: ubiqüidade, mas meu amigo X... adverte não, não é espírito do homem, você não entende. Talvez, mas como acreditar nos fatos?

    Não vou citar Montaigne e menos ainda Einstein. Afinal, que importância atribuir a tudo isso, e por que tornar a temas tão batidos? Desculpem-me os leitores, mas estou pensando na crítica, nessa pobre crítica que aspira à objetividade. Crítica de arte ou crítica literária, a julgar da excelência de um verso ou do valor de um quadro.

    Ontem um amigo dizia, na Bienal: "Não gosto desses abstratos, é de um simplismo irritante: quatro linhas, um ponto, dois quadrados. Que falta de imaginação! Ainda chegaremos à tela virgem!" Ao que o outro redargüia: "Formidáveis esses pintores! Que economia de soluções, que depuração! Quatro linhas, um ponto, dois quadrados, que síntese admirável!" "Cosi é se vi pare".

    Por que, indagarão os leitores ante tamanho ceticismo, por que publicar comentários sobre livros e idéias, quase diariamente? Eu poderia responder como aquele vendeiro que abria seu botequim às 4 da madrugada na estrada deserta e a quem eu perguntara se tinha freguesia tão cedo. "Não tem, não" – "Então por que abre?" – "Mania"...Ou também fora aceitável parodiar o seu Joaquim, que de quinze em quinze dias viaja a cavalo de Campos do Jordão a Itajubá. Três dias de caminhada, mais três para voltar. Meia dúzia de franguinhos raquíticos vendidos por uma ninharia. "Mas, seu Joaquim, por que não cria esses frangos em vez de ir tão longe buscá-los? Daria mais dinheiro. "É seu doutor, mas o que eu gosto mesmo é da viagem"...

Pois eu tenho igualmente minhas manias, e gosto mesmo é da viagem. Ou da conversa mole.

Fiquemos assim, leitor, eu de cá, você de lá. Cito um verso, digo umas palavras difíceis acerca do corte de ouro ou da escala cromática. Você gosta, se estiver de bom humor, ou me acha pedante. Não importa. Os fatos não existem, nós é que lhes emprestamos um conteúdo.

Não pensem que isto é uma crônica. É somente a dedicatória para o João Condé, do *Jornal de Letras*, com a qual lhe enviei o sétimo volume do meu *Diário crítico*. O homem dos *Arquivos implacáveis* exige a história do livro ofertado. Ou as razões de sua publicação. Aqui vão as razões. Quanto à história, não é do meu feitio remoer o passado. Prefiro o presente.

Genebra, 26 de janeiro de 1954 – Todos aspiram ao repouso um dia, antes do repouso final que a todos atemoriza. Para uns é uma aldeia à beira do caminho estreito que conduz à grande estrada. Uma aldeia que surge de repente, após o declive em curva, como São Benedito ao pé da serra de Campos do Jordão, São Benedito entre os pinheiros com a torre pontuda de sua igrejinha.

Para outros a aldeia já é demais: querem o sossego da casa isolada ao lado do galinheiro das galinhas caipiras. Um vira-latas dorme no terreiro, o rádio toca baixinho, um cavalo relincha ao longe, no morro de barba-de-bode. Muitos se contentariam com o arrabalde pacato, varando o dia de pijama e chinelos.

Eu preciso do mar. Criado à margem de um lago, minha ambição aumentou com a idade. Agora quero o mar. E não pode ser qualquer mar, o mar das praias sem ondas que, com a maré montante, deposita em silêncio suas conchas junto às dunas. Não, esse mar tão parecido com os cães ensinados da Europa, que não latem, não brigam e comem no restaurante, esse mar não me apetece. Vi-o de uma feita em Trouville, achei-o resignado e triste. Disseram-me que era traiçoeiro, que se enchia de bruma para quebrar sem esforço os barcos dos pescadores de encontro aos rochedos escuros perdidos no escuro de suas águas. Na tarde quieta, quase fria, crianças bem vestidas acariciavam-no, um pouco intimidadas, sob o olhar das governantas saudosas de Paris. Esse mar me aborrece.

O mar que eu quero é um mar nervoso, que não se acalma nunca inteiramente, e canta sempre e se desmanda de quando em quando em impropérios. Que pode ser verde e puro na claridade deslumbrante da manhã, rancorosamente cor-de-garrafa sob a ameaça da tempestade ou sanguinolento na glória do crepúsculo. O mar de que eu preciso é um mar de trópico, com palmeiras sentimentais à vista e sol descascando os corpos nus. Não morrerei sem tê-lo. Mesmo porque já sei onde o encontrar.

A ilha mais lamentável do mundo é a do homem cercado de terra por todos os lados. E de casas e de gente. Nos cafés da Europa Central, cada indivíduo ocupa a sua mesa, sozinho, e bebe seu vinho, sua cerveja, seu álcool, dentro do vazio da massa de terra, de casas e de gente que o envolve. Sente-se que todos gostariam de gritar, mas não adianta: não acordariam o vizinho! Falta-lhes o mar, falta-lhes o elemento que dissolve o vácuo e liga o homem a Deus, que limpa o cérebro das angústias cotidianas e impele a abrir os braços fraternalmente.

A cidade mais alegre é Veneza, a cidade dentro do mar, dele vivendo, para ele se voltando a todas as horas do dia. Há cidades que enganam, como Roma ou Paris. Parece que não têm mar, mas percebe-se na atmosfera delas que não anda longe a maresia. Vem nas águas de seus rios, vem na nuvem minúscula que aponta no horizonte, vem nas neblinas de suas noites. São cidades marítimas, em férias. Bem o sentis no olhar dos transeuntes, na fantasia das gaivotas brincando de pombas. Logo o descobris no andar leve das mulheres.

Na Suíça quem sai do café vai para a casa e quem sai de casa vai para o café. A menos que pendure os "skis" às costas e se largue para a montanha, a fim de quebrar os músculos com convicção e dormir, depois, o sono que aniquila. Cercado de terra o homem aspira a esquecer. Diante do mar, ele respira a vida. Aqui se afirma; lá se anula e destrói. Não é por acaso que a poesia toma de empréstimo ao mar suas mais belas imagens de euforia. "J'ai la hantise de la mer", dizia Baudelaire, como se tem a idéia fixa da felicidade. E Verlaine achava o mar mais belo do que as catedrais:

La mer sur qui prie
La Vierge Marie.

Literatura, tudo isso? Não. Saudade do mar numa tarde cinzenta de intensa nevada, cercado de terra por todos os lados...

Genebra, 9 de outubro de 1954 – Ao filhinho de um amigo, menino de seis anos, apelidei cangaceiro. Ensinei-lhe o refrão de "Muié rendeira" e lhe expliquei, embelezando, que cangaceiro era uma espécie de super-homem valente, resistente à dor, sempre à testa dos companheiros, sempre vencedor. Desde então o menino não mais chorou quando caía e se machucava. Bastava que alguém lhe dissesse: como, um cangaceiro chorando? Era uma verdadeira brecada de pés e mãos. Nada mais eficaz. Um dia, porém, o menino foi ter ao pai, resmungando; não quero mais ser cangaceiro, quero chorar à vontade.

Não deixou, entretanto, o pequeno de se proclamar cangaceiro, sempre que disso podia tirar vantagem. Beliscava o irmão menor, e se era chamado à ordem, respondia: cangaceiro é assim... Valia a pena ser cangaceiro para dar pancada, para não fazer manha, não. Se à mesa lhe empurravam cenoura, coisa que detesta, logo declarava com inteira e inabalável convicção: cangaceiro não come cenoura. Cangaceiro come doce. Se quebrava os pés da cadeira à força de arrastá-la pelos corredores com estrépido, e era censurado pela estrepolia, a resposta vinha de imediato: cangaceiro monta a cavalo.

Entre mim e o menino uma grande amizade se cimentou. Amizade feita de dedicação e confiança. Tornei-me "tio" de Pierrot (que assim se chama) e tio Sérgio é quem o informa das coisas do mundo e em particular do modo de vida do cangaceiro. Quando o encontro na rua, pois mora perto de mim e vai ao jardim de infância na hora em que costumo sair de casa, vamos comprar chocolate juntos e levo-o comigo para um refresco enquanto engulo meu café. É então que ele indaga dos pormenores mais complicados: Cangaceiro faz pipi na cama? Cangaceiro tem pai muito bravo? Amarra lata no rabo do gato? Usa estilingue? Joga gude? Cangaceiro tem cofre? A questão do cofre é de grande alcance, porque de uma feita lhe dei umas pratas, e como lhe perguntasse, dias depois, o que comprara, respondeu desapontado que nada, a mãe guardara as moedas no cofrezinho de barro.

Mas Pierrot anda preocupado. Cangaceiro é um ideal tentador. Só que o papel é de difícil desempenho. "Hay que tener caráter..." Faz pouco vi-o no jardim, agitadíssimo, a jogar pedras nas flores e punhados de terra para o ar. – "Que é isso, cangaceiro? – É para não chorar..." Sim, porque cangaceiro quando "precisa" chorar extravasa o desespero em gestos tresloucados. Pierrot esbandalha canteiros, estraçalha brinquedos e, banguela, cospe palavrõezinhos pelas falhas dos dentes.

Apesar de valente, destemido, estóico, Pierrot tem um urso de feltro de que não se separa à hora de dormir e ao qual conta suas aventuras de cangaceiro. Com quem conversar de coisas sérias? O irmão é pequeno demais, quanto às irmãs, todos sabem que mulher não entende disso. Urso sim.

Dirão agora: a que vem este trololó? É que no meu tempo de criança, nas escolas da Suíça, ninguém tinha a menor idéia do que significava Brasil. Hoje, graças ao cinema de Lima Barreto, Pierrot e seus amiguinhos não ignoram que se trata de uma terra que, além de cobras, aranhas e lagartos, dá homens fortes, que não choram e andam a cavalo: os cangaceiros. Já é alguma coisa. Para que encontros intelectuais, exposições de gravadores, concertos, cursos de literatura? A presença do Brasil está assegurada.

DIÁRIO CRÍTICO X
1955-1956

2 de junho de 1955 – Como diz Platão, em vão um homem sério baterá à porta da poesia. Mas, graças a Deus, o mundo não é feito apenas de homens sérios, isto é, de gente dotada de boa lógica, e muita sensatez. O mundo também é feito de loucos, aliás bem menos perigosos do que os outros.

Esta reflexão não me vem à mente, desta feita, não somente por causa da poesia, mas também da pintura e da música. Os casos são em verdade semelhantes, porque tanto a pintura como a poesia e a música escapam à lógica e à sensatez dos homens sérios.

Que é afinal um homem sério? Em tese, aquele que a sua sociedade considera sério. E por que o considera sério? Porque não depara nele com nada que se oponha aos usos, costumes e convenções do grupo. Ele pensa com a maioria, raciocina como ela, aprecia os mesmos valores que ela recomenda. Um homem sério é ainda aquele que perdeu a inocência, que condena o supérfluo e o gratuito, que pesa os prós e os contras e vê com maus olhos a fantasia, porque desconfia da imaginação. Com isso, carece de entusiasmo.

Essa ausência de exaltações intelectuais e sentimentais é mesmo, sem dúvida, a característica mais precisa do homem sério. Ele é sempre um desmancha-prazeres, porque "sabe" que nada merece admiração exagerada nem excessivo amor. Diante da generosidade jovem, ele se encolhe com um sorriso de mofa, e afirma que tudo passa. E imagina que dizendo tão grande vulgaridade deu prova de aguda inteligência.

O homem sério aborrece as palavras imprecisas cuja vagueza lhe inspira receios. Não se lhe fale em sensibilidade, alma, coração, nem se ouse diante dele uma metáfora mais ousada. Ei-lo de imediato desnorteado, e portanto agressivo. Ora, um homem sério agressivo é muitíssimo perigoso, pois, em exprimindo o pensar, os temores, as fraquezas da maioria, torna-se um juiz infalível e desumano. Um homem sério sabe gramática. Às vezes escreve certo, raramente bem. Um homem sério conhece museus, acredita na realidade objetiva, embora se divirta não raro em alinhar paradoxos acerca da relatividade das coisas. Não ignora a significação do sorriso da Gioconda, cita os grandes clássicos, não suporta pintura expressionista (de criança ou de louco), menos ainda os "rabiscos" dos cubistas, e, em particular, detesta os abstratos. Tudo que o ultrapassa, ele se esforça por baixar ao nível de sua logiquinha, porque é incapaz de se alçar acima da própria e respeitável calvície, pois um homem sério é em geral calvo e barrigudo.

Acreditaria em Freud se Freud só se aplicasse aos outros. Mas, naturalmente, não lhe apetecem teorias e ideologias. Seus pés, bem plantados no solo, forçam o cérebro a um equilíbrio estável e estéril.

Meu amigo Gil Goncourt, mais sutil e menos arrebatado do que eu, distingue entretanto: "Há sérios e sérios, diz. Há sérios estóicos e sérios epicuristas. Não são tão sérios assim... Há sérios céticos e são por vezes bons pândegos que muito aprecio. E há os sérios à moda de seu Manuel da esquina, que cumpre evitar. São os verdadeiros. Quando se fala de arte, é exatamente com estes que não devemos nem poderemos conversar porque têm os sentidos embotados. A divina emoção de um verso ou de uma linha, de uma nota, de um acorde de cores jamais lhes há de ferir os olhos e os ouvidos. A intensa alegria da gratuidade, nunca eles a sentirão. Que dois mais dois possam um dia não dar quatro, é o que não lhes passa pela cabeça. E no entanto, nós que não somos sérios, bem sabemos que dá sempre três ou cinco! Olha, quer saber de uma coisa? O homem sério... bem, eis a melhor definição: é o que acha engraçado D. Quixote".

Não vou tão longe na distinção. A meu ver Gil Goncourt, com sua boa vontade de "desguiar" alguns amigos da categoria de sérios, meteu-se a "abstracteur de quintessence". Não há sérios e sérios. Todos os sérios são sérios e portanto todos têm as mesmas características. O que há, a perturbar um pouco a classificação, são os graus de seriedade. A diferença não está na qualidade e sim na intensidade. Pois nada é absoluto, bem o sabemos. Disse-o um homem muito pouco sério, que adorava música, pintura e poesia: Einstein.

29 de março de 1956 – Poucos escritores não se terão arrependido de seus pecados da mocidade. O primeiro livro da adolescência, gostariam quase todos de excluí-lo da lista das obras completas. No entanto, essas tentativas iniciais de afirmação são úteis, necessárias mesmo. Enquanto não esvaziamos a gaveta e não submetemos ao sarcasmo ou ao silêncio da crítica a nossa produção, ficamos marcando passo. Um excesso de autocrítica anula os entusiasmos da idade das ousadias e não raro impede uma realização futura, pois é preciso errar para realizar. O que não quer dizer que realizemos somente porque tivemos a coragem ou a inconsciência de tornar público os nossos erros.

Não renego os meus primeiros livros. Com todos os defeitos que neles percebo hoje, e por vezes me envergonham, considero-os como anotações para umas memórias que talvez venha a escrever quando, mais descrente ainda do que agora, resolver retirar-me à beira-mar com uns poucos livros, que não serão dos grandes clássicos gregos ou latinos, mas apenas os de minha predileção pessoal. Entre eles estará contudo *Antígone*, de Sófocles, ao lado talvez de um Montaigne, que me ensinou a pensar com relativa liberdade, e de um Villon, que me tornou mais humano. Ah! Esses livros das derradeiras leituras, com que cuidado os escolherei! Nada que ocupe um espaço precioso na única estante da casa e aí fique a bichar!

Nesse momento, com a possibilidade de não fazer coisa alguma, de sonhar e meditar, de trilhar novamente, e sem pressa, o caminho da existência, certos episódios consignados nos primeiros livros, e mal analisados então, eu os compreenderei melhor, eu os saberei avaliar mais acertadamente, percebendo-lhes as conseqüências e o eco no decurso dos anos, até o malogro ou o êxito definitivo. Tudo será poesia, porque de tudo sobrará unicamente o essencial: a imagem de um corredor vazio, por exemplo, com uma criança amedrontada a desafiar fantasmas. Ou o olhar infinitamente triste de uma velhinha ao sol, a despedir-se, vazia, de um mundo indiferente. Ou um cheiro de flor numa noite perdida na memória, como muitas outras, mas que terá tido significação especial.

Essas primeiras obras são como o calepino extraviado cheio de endereços, de que nos fala Rubem Braga. Comportam mil sugestões e acordam mil lembranças. Um homem sem endereços é um homem pobre. Há que tê-los, inúmeros, mesmo que seja para desprezá-los. Mesmo que seja para riscá-los, em dado momento, para sempre.

Acumulamos na mocidade um pouco do sabor das circunstâncias, sem selecionar. Depois é que cortamos, eliminamos, para guardar aquilo com que assenta a nossa riqueza, o que ninguém nos pode disputar e vai constituir a nossa experiência.

Não há, portanto, como se arrepender das primeiras obras. São uma prova de fogo. Ou nos destroem de uma vez por todas – e se perdem na enxurrada dos milhares de volumes entregues anualmente às traças e às fábricas de papel – ou pelo próprio mal que nos causam, pelas feridas que abrem em nossa vaidade, incitam-nos a perseverar, corrigindo-nos, obrigam-nos a um esforço suscetível de revelar o que porventura exista, em nós, de aproveitável.

Considere-se ainda que lamentar o que quer que seja do passado é dar mostras de impotência no presente. Absurdo é o ditado: se a mocidade soubesse... Nada faria uma mocidade avisada, estiolava-se na prudência, mediocrizava-se na precaução, imobilizava-se no receio. Sem as primeiras obras não haveria as últimas...

Paris, 22 de abril de 1956 – Quando entrei no hotel, ao fim de 24 horas de vôo, sobressaltei-me. A árvore da esquina, minha companheira de meditação, tinha desaparecido sob os andaimes de um edifício que se reconstruía. Eu me acostumara àquela nota verde, àquela presença de vida vegetal em pleno asfalto e sua ausência agora me entristecia. Na grande cidade sem árvores a miséria ressalta com maior violência: um homem sentado à beira do Sena pode fingir que está tomando sol. O mesmo sujeito parado na calçada é um mendigo esfomeado. Sente-se que, enquanto o cenário se reveste de verdura, há um raio de esperança no vagabundo e uma justificação para sua deambulação. Sem aquela árvore, o balcão de meu quarto perdia seu encanto. Ademais, verifiquei logo que todo esse lado do hotel morrera para a rua. Não se via mais ninguém às janelas, acabara aquela cordialidade que a todos unia quando apontavam os primeiros brotos. Acontece que coincidia o desaparecimento da árvore com as notícias da chamada de várias classes de recrutas para a campanha da Argélia, e uma atmosfera de guerra pesava sobre todo mundo.

Essa guerra, não a querem os grupos independentes de esquerda, orientados por Jean Paul Sartre, Claude Bourdet e Albert Béguin, os quais acham imprescindível dar aos árabes da Argélia direitos idênticos aos dos franceses e consideram erro grave quaisquer discriminações de ordem colonialista.

Falando em uma reunião organizada em prol de negociações com os rebeldes argelinos, o grande poeta negro Aimé Cesaire observou: "Bandoeng não foi como se poderia imaginar uma manifestação vulgar de xenofobia asiática ou africana. Não foi uma denúncia odienta e cega da Europa. Ao contrário, nem um só dos homens reunidos em

Bandoeng se mostrou ignorante da imensa importância da Europa na história da humanidade e da riqueza de sua contribuição para os progressos da civilização. O que se condenou em Bandoeng não foi a civilização européia e sim a forma intolerável que em nome da Europa certos homens acharam que deviam dar às relações entre os povos". O que se condenou foi o espírito colonialista, foi isso a que Sartre denominou "um sistema" e que só se mantém "em se tornando dia a dia mais duro, mais inumano".

Admite Sartre que ocorre por vezes misturarem-se os invasores à população autóctone e da mistura surgir uma nação. Foi o que se verificou no Brasil e em mais alguns países sul-americanos. Mas essa sabedoria – ou ausência de preconceitos – dos portugueses e espanhóis (mais sábios aqueles do que estes) não a tiveram os colonizadores nórdicos, os quais ou destruíram pela força as culturas e as populações locais (caso norte-americano) ou delas se isolaram completamente erguendo barreiras raciais e religiosas para se defenderem contra a miscigenação (caso inglês na Índia, caso francês na Argélia).

Não me cabe opinar em matéria de política interna francesa. Mostro tão-somente aos leitores brasileiros que a opinião se acha profundamente dividida na França acerca dos negócios argelinos, e mostro também que o livre debate de tais problemas revela uma saúde moral invejável.

Neste mês de abril quente e úmido, que aos poucos amadurece morangos e groselhas, que logo nos oferecerá o perfume delicado das primeiras rosas, não deve ser "doce morrer na guerra". Esperemos que as forças sensatas e generosas superem as cegas e egoístas e que um verão radioso coroe os esforços dos homens de boa vontade.

Um bom sinal: a árvore não foi derrubada. Pude vê-la agora, já verdinha, pelas frestas do andaime. Numa terra em que tanto se respeitam as árvores e os animais há de ter igualmente alguma ternura pela vida humana.

Rio, 2 de agosto de 1956 – Quatro anos de Copacabana sim, senhor! E nunca saí dali, do posto 6.

Era noite e a voz de Aracy de Almeida enchia de saudades a pequena tabacaria da cidade velha, em Genebra. Eu entrara por acaso, e me espantara com a música. Ao lado da vitrola, números recentes de *Cruzeiro* e *Manchete*. Negócios de família haviam-no trazido de volta à Suíça, mas não pretendia demorar-se, continuaria no Rio, isto é, em Copacabana. E o calor? Habituara-se; e, com mar à porta de casa, tinha uma bela compensação para o sacrifício (que de resto não lhe parecera considerável). – "Cidade maravilhosa, repetia, cheia de encantos mil". E nem sequer vira a Praça Paris! Sim, já não era amor, nem paixão, o que ele tinha pelo Rio era... obsessão.

Genebra é a cidade dos que sonham com aventuras: para além do lago e das montanhas, que a encerram em uma espécie de gaiola. De outra feita conheci por lá um engenheiro. Vivera nas Gerais e de volta à terra girava dentro do quarto como uma fera, desinteressado da rua, das gentes, de tudo, a grunhir: "Ar! Ar! Horizonte! Horizonte!"

Esse retornou ao São Francisco, foi garimpeiro, casou com cabocla, fumou cigarro de palha, tomou cachaça e jogou no bicho. E nunca pensou em dinheiro.

Que fará agora o suíço da cidade velha? Bem vi que nada mais lhe causava a menor emoção na rua de pesadas fachadas medievais. Era como se cumprisse uma pena. Riscaria na folhinha os dias lentos, de vez em quando iria ver *O cangaceiro* ou ouvir alguma orquestra brasileira. Não esqueceria o português, mas seu sotaque ficaria mais carregado um pouco. Com a ajuda de Deus, um dia, resolvidos seus negócios, desembarcava de novo no cais Mauá e já tocava direto para o posto 6, sem olhar, ao menos, a Praça Paris, o que é difícil, mas possível.

O visgo dos trópicos! Nós vivemos envergonhados de não ter neve, negamos os nossos 40 graus à sombra, detestamos que aludam às nossas revoluções, à nossa burocracia, insistimos em nos referir aos olhos azuis de nossos antepassados, mal sabemos que fazer de nossos complexos. E vem de lá um louro autêntico, de um país ordeiro, onde ninguém cospe no chão, nem pisa na grama, onde lei é lei e o correio funciona. E zás, fica por aqui grudado, enleado nos sambas, suando gostosamente sem querer outra vida! "Da capo".

A voz de Aracy de Almeida era grave e sentimental. Acarinhava os ouvidos cantando histórias de Vila Isabel. Meu amigo – e já quase compatriota – não conhecera morros, nem freqüentara Noel Rosa, mas o que havia de sensualidade triste naquele disco, o que se exalava de envolvente naquela canção, prostrava-o cheio de "saudade". Ofereceu-me um "comercial dos legítimos", e disse: "até por lá".

O carrilhão de São Pedro tocou umas poucas notas de velha melodia de Rousseau; lembrei-me das teorias do "bom selvagem", do homem natural, "comendo capim", na piada irônica de Voltaire.

Agora, o engraçado seria se certa tarde, nas vizinhanças do posto 6, eu deparasse de repente com meu suíço aventureiro, vendendo bugigangas e ouvindo Jacqueline François, cheio de nostalgia da Europa. Porque quem nasceu para sonhar com os alhures não os descobre nunca a seu gosto. E não tem cura. No fundo, como Baudelaire, gosta mesmo é das nuvens que mudam sem cessar:

Les nuages là-bas, les merveilleux nuages.

22 de novembro de 1956 – Chega de pesquisa. É preciso começar a falar. Eis em resumo o que me parece desejarem os rapazes da geração ainda inédita e que vêm acompanhando, algo desiludidos, a atuação de seus predecessores. Sem dúvida, há que renovar a língua, trocar de ferramentas para construir um mundo à espera de novos operários. Mas que não se fique na busca permanente das formas e mais formas, esquecendo o conteúdo.

Esses rapazes viram a estrutura ética e social do país aos poucos desconjuntar-se, já em conseqüência do egoísmo malandro de certos dirigentes, já em virtude da incapacidade dos outros. Viram a demagogia salafrária em luta contra a curtez honesta pela posse do poder. Viram a inteligência alhear-se da briga ou quando muito contemplá-la de longe com ironia e sarcasmo. Condenam todas essas atitudes e buscam uma solução.

Como são jovens e entusiastas ainda, acreditam na poesia, mas querem-na como conseqüência necessária do ato poético da vida. Querem-na como a fizeram Saint-Exupéry e Garcia Lorca, os profetas da *Bíblia* e Walt Whitman: humana, profundamente humana, e construtiva, expressão do homem dentro de uma realidade.

Esses rapazes não se juntaram ainda em grupo, são bem diferentes uns dos outros e talvez receiem os agrupamentos que facilmente se transformam em escolas ou partidos. Porque eles viram também a inocuidade de ambos.

Como são jovens, são também agressivos e não raro injustos, o que nada tem de anormal, antes se me afigura um sintoma de boa saúde. Em que agressivos? Em uma das coisas que mais censuram os avós de 22: na adjetivação gratuita, na classificação piadística dos indivíduos, na ignorância do que fizeram os precedentes e na faculdade de generalização apressada de atitudes pessoais. Assim é que, aludindo unicamente à famosa conferência pronunciada por Mário de Andrade em 1943, em um momento em que se sentia culpado "politicamente" de sua indiferença pela política e atribuía a todos os seus companheiros e amigos idêntico pecado, ignoram os jovens que a essa mesma geração de 22 pertencem Menotti, Cassiano, Plínio Salgado, Antônio de Alcântara Machado, Tácito de Almeida, todos políticos participantes, de um lado ou de outro da batalha pelo voto secreto, que culminou na Revolução de 30. Eu mesmo fui um dos fundadores (secretário) do Partido Democrático e do *Diário Nacional* (diretor-gerente). Sem falar nos que, embora da mesma geração, só mais tarde se interessaram e apoiaram o grupo de 22, como Paulo Duarte, Paulo Nogueira Filho, etc. A geração não foi portanto indiferente ao destino do País. E a atitude de arrependimento de Mário de Andrade (aliás inscrito no Partido Democrático) significava antes a consciência de ter errado politicamente (porque mudara de idéias) do que de não haver participado.

Aludem também os jovens à geração de 30, que "sentiu, por tabela, o drama popular representando um passo a mais na violação do mistério brasileiro". Sem dúvida essa geração teve objetivos nacionalistas e tentou, com êxito, aliás, a penetração da realidade nacional. Não a haviam perdido de vista, entretanto, os homens de 22. Foi em 22 que se iniciaram as pesquisas sistematizadas de nosso folclore, de nossa língua, da nossa música. E são de 22 os abnegados que fundariam com Ciro Berlinck a Escola de Sociologia e Política, de olhos voltados para a nossa miséria intelectual, enquanto outros, como Júlio de Mesquita Filho, um pouco mais velho, criavam a Universidade de São Paulo.

A inteligência tem de servir, "recusando a herança lastimável da piada". De acordo, e fui o primeiro a denunciá-la em artigo muito discutido por alguns companheiros que da piada viveram e nela morreram. Mas antes de servir havia que rever, para destruir, salvando o que tinha direito de subsistir. Foi o que fez 22. E foi muito.

Os jovens de agora visam alvos mais gloriosos. Têm razão e nada me parece mais simpático. Mas cuidado para não cair nos erros de 22! Em verdade chegou a hora de falar, mas é necessário saber o que se vai dizer e dizê-lo, não da maneira mais engraçada ou violenta e sim do modo mais eficiente e fecundo.

E posto que a literatura deve correr paralelamente à ação, dela nascer ou a ela levar, que atentem também para os atos e o exemplo.

DE ONTEM, DE HOJE, DE SEMPRE I
1957-1959

4 de janeiro de 1957 – Morre dia, nasce dia, são iguais como nós mesmos. Continuamos a alimentar os mesmos desejos, e é apenas como se admitíssemos que um passo a mais foi dado no caminho de sua realização. Assim, prosseguimos pensando que um dia várias promessas se efetivarão, que teremos transportes, vida mais barata, sossego de espírito. Imaginamos que de repente os buracos das cidades e estradas serão automaticamente tapados, que a polícia descobrirá os autores de todos os roubos e prenderá todos os assassinos, que os políticos abandonarão a demagogia, que os júris artísticos premiarão os melhores, que a boa-fé, a simpatia e a generosidade reinarão entre os homens, que o preço do dólar no mercado livre será idêntico ao do mercado oficial e que poderemos passar um fim de semana em Maracangalha (com ou sem Anália) por pouco dinheiro. Maracangalha ou Pasárgada, onde formos amigos do Rei...

Porque o principal é ser amigo dos reis, sobretudo neste país onde tudo depende deles. Aqui, amigo de rei não entra em fila, não anda de bonde, não paga entrada no Pacaembu, tem mil e um pequenos problemas infernais do cotidiano resolvidos satisfatoriamente. Por isso mesmo, quando Ulisses chegou de sua longa viagem, o primeiro conselho que lhe dei foi de se tornar amigo de um rei. Com essa precaução passou sem obstáculos pela alfândega, arranjou depressa sua carteira 19 e bom emprego de extradiarista numa repartição. Vai progredindo com rapidez e já tem apartamento comprado sem entrada, em módicas prestações.

É verdade que certas coisas nem os reis resolvem por aqui. Mas isso é com eles, e se lhes custa por vezes o reinado, não prejudica os amigos. Outros reis tomam o lugar vago e os amigos a eles aderem, passando então a denominar-se cupinchas e a adquirir garantias mais ponderáveis ainda. Foi o que não compreendeu Manuel Bandeira, pois se conhecesse a psicologia de nossa terra, que é também sua, teria escrito:

> *Vou-me embora pra Pasárgada*
> *lá sou cupincha do Rei...*

Com todos esses defeitos é a terra mais amável do mundo. Tem caju amigo, tem pitanga e araçá. Tem céus cheios de estrelas e palmeiras, com sabiás. Dá café com açúcar, dá chocolate, dá petróleo muito nosso (embora pouco), e em nela se plantando produz tudo, como logo o percebeu Pero Vaz de Caminha. Dá preguiça boa também, e tempo para pensar e sonhar, o que muito dignifica seus habitantes, convencidos como Pascal de que o homem é um caniço, sem dúvida o mais frágil da natureza, mas um caniço pensante e que o rebaixa grandemente fazê-lo trabucar da manhã à noite como um japonês.

Novo dia, velhos desejos. O de uma reforma eleitoral capaz de tornar indiscutível e evidente a vontade da Nação; o de uma administração competente em todos os setores da atividade pública; o de uma legislação mais concisa e simples, mais eficiente e menos "interpretável" ao sabor das circunstâncias; o de uma revisão desapaixonada dos valores intelectuais; o de uma política exterior à altura do momento histórico e o de uma política interna realmente liberal e nacional; o de assistir à independência econômica efetiva do país; o de dar autenticidade ao lema bonito de nossa bandeira. E, reservando algum espaço para a expressão de nosso egoísmo, o desejo de uma aposentadoria, que, abrindo caminho a mais jovens e ainda entusiastas, nos outorgue o lazer necessário ao trabalho imediatamente desinteressado.

Dizem que cada dia que passa mais nos caleja e nos impermeabiliza às ilusões. Ao que se afirma, vamos ficando *céticos* com a idade. Não acredito muito nesse *ceticismo*; será antes ressentimento, amargura, algo que nos melancoliza e vinca de rugas o canto dos olhos e a comissura dos lábios, abafa o ruído dos risos, mas não destrói a romântica florzinha da esperança.

12 de fevereiro de 1957 – Todas as possibilidades de riqueza e todas as probabilidades de miséria. Já sabeis que me refiro à crônica. É como o poema em verso livre: se o poeta é rico, o poema, sem peias, pode oferecer-nos as jóias mais extraordinárias do mundo; mas se o poeta é medíocre, não sobra sequer a ilusão da técnica que por vezes subsiste e mascara a ausência do talento criador.

A crônica não tem uma fórmula de composição: pode construir-se como uma anedota, apresentar-se sem princípio nem fim, à maneira de uma anotação de diário sentimental. Serve-lhe qualquer pretexto: o aniversário do amigo, o livro lido, a fita da véspera, a notícia escandalosa do jornal. E até os papéis envelhecidos que falam do passado, da família, da cidade.

Ribeiro Couto diz de uma senhora que achava necessário criar uma escola de conversação. Porque hoje ninguém conversa. Fomos enchendo o cérebro de entorpecentes para não pensar ou para esquecer as tristezas da vida, e, com o esquecimento das preocupações mais angustiosas, foi-se também o interesse pelas mil coisas que, na existência, exigem comentário, troca de idéias. Na realidade gostaríamos assim mesmo de falar, mas há certo pudor em dizer para talvez não ser ouvido, não despertar atenção, passar por pedante. E a conversação vira crônica. Vamos escrevendo para algum leitor também receoso de enfrentar interlocutores mais ou menos agradáveis, e eis a conversa entabulada. Por isso mesmo, nunca houve tantos cronistas; aumentaram em razão inversa dos conversadores. E o gênero, tão livre, tão generoso poderia mesmo acolher hoje alguns dos nossos contistas, os mais leves, os mais discretos, os que não querem aborrecer e sugerem apenas suas estórias. O que as faz em geral bem mais curiosas e legíveis.

Vou pensando isso tudo enquanto folheio três ou quatro livros diferentes: os últimos contos de Otto Lara Rezende (*O lado humano*), a coletânea de artigos de Ribeiro Couto (*Barro de município*), e as memórias históricas de Jorge Americano (*São Paulo naquele tempo*).

Em Otto Lara Rezende encontro um observador muito perspicaz, atento às pequenas contradições psicológicas, aos paradoxos sentimentais e que sabe mostrar a poesia, ou a melancolia, ou o drama de cada caso, sem jamais insistir, confiando, talvez demasiado, na simpatia e na sensibilidade do leitor.

Ribeiro Couto é o conversador por excelência. Tudo o que vê e ouve, ou sente, é motivo para que se ponha logo a falar, a contar, a recordar, por associação de idéias, coisas não menos cativantes. É bem o conversador cujo assunto pouco interessa, porquanto é o modo de dizer que nos seduz. Às vezes mesmo poderá partir de um fato qualquer, perambular por cem caminhos e veredas e terminar sem narrar o caso, com um: "como eu ia dizendo..."

Quanto ao livro de Jorge Americano, vale pelos pormenores que nos dá de uma época recente, e já tão remota, da vida da cidade de São Paulo, "a que mais cresce" e que ele acompanha desde a sua (dela, cidade) adolescência um tanto provinciana até o início da maturidade algo convencida.

Gilberto Freyre muito se valeu dos jornais antigos na sua tentativa de interpretação do Brasil. Que ia buscar nos velhos periódicos da terra? Anúncios, preços de mercadorias, discursos, costumes, polêmicas, etc... Tudo em suma o que constitui as manifestações exteriores de uma sociedade, o que lhe desvenda ou mascara o caráter verdadeiro, o que nos leva a compreender certos traços do presente. É uma documentação dessa ordem que nos dá Jorge Americano. Com humor e melancolia, com concisão e meticulosidade (não há contradição em que pesem as aparências).

Muita coisa que nos diz já sabíamos por intermédio de outros testemunhos, alguns dos quais de grande autoridade histórica, mas dita assim, sem a pretensão de fazer história, como quem conta aos netos as experiências de sua mocidade e as alegrias de sua infância, essa mesma coisa, já sabida, também se ouve com um espírito diferente.

Minhas próprias recordações de São Paulo não vão tão longe, algumas porém coincidem com as de Jorge Americano e acenam uma vaga saudade lá longe nesse passado que é de hoje ainda e já nada tem com o presente: tipos tradicionais desaparecidos, refrões populares, um cheiro de mato onde se plantaram arranha-céus, paixões cívicas, etc...

Afirma Alain que quem recorda com prazer está efetivamente opondo resistência à adaptação à realidade. Volta-se para o passado quem não vê com bons olhos o presente. Há, por certo, exagero na proposição, mas muito normal que por mais de um aspecto o presente entusiasme bem menos que o passado. Não se verifica então propriamente uma recusa à adaptação e sim, apenas, um desejo de manter viva uma ou outra tradição, um ou outro traço cultural fecundo que a civilização matou.

Enfim, como ia dizendo, a crônica...

21 de fevereiro de 1957 – Gustavo Corção, contando, em *Dez anos*, seus encontros com Oswald de Andrade verifica algo aliviado que "sua filosofia antropofágica... mais seria uma doutrina de bom apetite, de larga abertura para o mundo e para os outros do que cruel teoria de entredevoração social". Vejo o problema de um ângulo um pouco diferente. Antropofagia foi antes de mais nada a doutrina da digestão e o que censuravam os antropófagos aos homens cultos do Brasil era sua cultura indigesta. Contra a erudição e a cópia dos modelos europeus, que levavam a uma literatura artificial, sem raízes em nossa terra, alheia aos nossos problemas, capaz de formar um mundo de Anatolinhos e Verlaininhos, mas incapaz de abrir os olhos nacionais para a realidade nacional, queriam os adeptos da antropofagia que a cultura fosse digerida e assimilada e viesse tão-somente auxiliar-nos pela técnica e pelo artesanato a descobrir nossa originalidade. Oswald de Andrade, é certo, tentou em dado momento fazer de antropofagia uma espécie de existencialismo "avant la lettre". Na realidade, para Oswald tudo o que fosse inconformismo cabia dentro do rótulo antropofágico. E ninguém jamais o levou muito a sério no terreno das idéias gerais.

Raul Bopp, mais fiel intérprete do manifesto com que o grupo se apresentou ao público, acentua simplesmente o caráter nacionalista do movimento, lembra o desajuste que havia entre Rui Barbosa, representante típico do saber e do brilho da elite litorânea, e o brasileiro do interior inédito, vivendo entre lendas de intensa poesia e cultivando valores de bem diverso alcance.

A antropofagia de Oswald de Andrade resume-se afinal nas poesias de *Pau-Brasil*. Tudo o mais que escreveu já atendia a outros objetivos e decorria de emoções de outra ordem. Porque Oswald foi principalmente um sentimental imaginoso. Obra, vida, malogros e êxitos, rancores e entusiasmos (nunca se diga dele que teve ódio ou admiração, porque não lhe sobrava constância para alimentar tais sentimentos) resultavam em Oswald de acidentes temperamentais. Uma palavra de ternura pelo seu último poema bastava para mudá-lo inteiramente. O inimigo tornava-se amigo, o cretino da véspera passava a gênio. E o contrário também acontecia.

Quanto ao catolicismo de Oswald, penso que o nosso romancista jamais deixou de ser profundamente religioso.

E religioso à maneira dos simples, revoltando-se, descompondo, pecando, arrependendo-se e, como dizia de uma feita Portinari a propósito da fé de um seu parente, "sacando sem receio de não ter fundos no banco de Deus". Como todo crente sincero, Oswald não podia ser um escritor matizado, equilibrado, atento a relatividades e compensações, a influências externas e complexas. Não acreditava que o homem pudesse situar-se entre o anjo e a fera. Seu catolicismo parece-me por isso mais perto do judaísmo que do cristianismo, mais ligado aos profetas do que aos apóstolos. Daí talvez o tom trágico que esse ironista, esse sarcástico, emprega em sua ficção, mesmo nos livros em que agride sacrilegamente todas as instituições e convenções sociais (*Serafim Ponte Grande*). O exagero é sintoma de ressentimento, surge então como uma falsa afirmação de niilismo. A agressão fora de propósito é a solução que encontra o tímido amargurado. Dir-se-ia que ao cometer o pecado maior, deliberadamente, numa espécie de desafio, o pecador espera fazer que se esqueçam seus demais erros, a serem perdoados de cambulhada com o perdão do maior.

A personalidade de Oswald parece ter se construído toda ela sobre os alicerces de um forte sentimento religioso a frear um narcisismo que ia até a exibição.

5 de maio de 1957 – Conheci o velho Brancusi em 1926. Foi com Tarsila e Oswald de Andrade que um dia entrei no ateliê vidrado e frio onde o escultor acariciava, como cabeças de gente, formas ovais e brilhantes deitadas sobre uma mesa de trabalho. E tinha razão, pois em verdade uma simples acentuação na curvatura daquelas peças bastara para outorgar-lhes toda uma sensualidade de mulher, toda uma ternura de criança.

Como pôde Brancusi chegar a uma tal depuração de forma sem perder sua humanidade, sem cair no geometrismo frio? A resposta talvez se encontre nas palavras concisas, mas muito matizadas, com que costumava falar de arte. O que buscava era a expressão formal mais pura, aquela em que o continente menos pesasse sobre o conteúdo, menos deturpasse o essencial. Nisso acompanhava Cézanne e como que lhe repetia a lição ao afirmar que, saindo da infância, já o artista era um homem morto. A grande síntese que tentava – e realizou mais de uma vez – consistia em captar o caráter, a emoção, sacrificando decididamente os pormenores acessórios. De um pássaro cabe isolar o vôo, uma projeção de movimento e ritmo no azul sereno do céu. Desde logo penas, olhos, pés tornam-se inúteis. O perigo da tentativa está em descambar a síntese para o esquema e soçobrar, de passagem, a sugestão. Então, em lugar de forma escultórica expressiva, tem-se uma épura e é o que tem ocorrido não raro com alguns de seus discípulos.

Mas escultura é distribuição de volumes em três dimensões, é peso em equilíbrio, e o que se consegue com a linha na sua singeleza, na sua expressividade natural, bem mais árduo se faz na pedra ou no bronze. Então cabe evitar tudo o que tente explicar a intenção da obra, pois como observa Alain: "A partir do momento em que uma estátua abre a boca, não sei mais o que ela diz". O risco de cair na literatura é sempre grande, e foi o que Brancusi soube evitar desde o início, desde o dia em que quebrou seu primeiro baixo-relevo representando a passagem do Mar Vermelho. Ao compreender, com Braque ("peindre n'est pas dépeindre") que a descrição é inimiga da arte, dava o escultor um primeiro passo – e decisivo – no caminho de sua admirável realização. E depois dele, depois de seu exemplo, todas as ousadias se permitiram. De Rodin a Brancusi vai um longo e difícil período de pesquisa, de renúncia, de redescoberta da forma em si: mas de Brancusi a Max Bill pequena é a distância. O que não está nessa linha já constitui fenômeno de reação barroca, que se impõe como revolta voluntária contra as severas leis da escultura ou como afirmação desse romantismo que se esconde por vezes, envergonhado, mas nunca desaparece do espírito humano.

Brancusi é um clássico, mas é um clássico que não perdeu de vista o perigo da academia, que fugiu do convencional, da fórmula, para ater-se ao sentido profundo do classicismo, o sentido do equilíbrio, da eurritmia, do universal.

Passando pelo cubismo, na fase de transição entre o naturalismo inicial e a forma depurada até o ascetismo de suas últimas obras, não se deixou seduzir pelo geometrismo, apenas tirou desse "serviço militar" a lição da composição sólida, o ensinamento do horror ao supérfluo.

Com seu desaparecimento perdeu a Escola de Paris um de seus artistas mais fecundos e de maior influência na história da arte moderna. Um artista que será doravante estudado como ponto de partida de toda uma época, do estilo que se vem afirmando nela.

19 de maio de 1957 – A muito custo e graças a um sobrinho de Braque, amigo de um amigo meu de São Paulo, consegui certa vez entrevistar o pintor. Estive em seu ateliê juntamente com Paulo Carneiro, da Unesco, que também o desejava conhecer. O mestre já festejara seus 70 anos e os carregava galhardamente sobre os ombros largos e um pouco curvados. Os cabelos brancos emolduravam um rosto anguloso, de marinheiro queimado de sol e maresia. Ia e vinha na peça em desordem, tirava um quadro de um canto, mostrava uma reprodução, "melhor do que o original" afirmava sarcástico, dizia uma piada, exibia uma foto amarelada de certa época em que fora grande ciclista.

Tendo um de nós indagado em dado momento se tinha discípulos, atalhou logo, secamente: "Não possuo fórmulas para vender-lhes". Visava sem dúvida outros pintores de sua geração cujas soluções facilmente se ensinam e se imitam. E era em Léger que pensava, pois se não tinha ciúmes de Picasso (são excelentes amigos) não apreciava a arte do normando por lhe parecer demais decorativa e esquemática.

Estava Braque nesse tempo publicando uma série de aforismos sobre pintura, mais tarde reunidos em volume e ilustrados por ele mesmo com uma liberdade e um lirismo de linhas que comprovavam aquela maravilhosa vitalidade de sua sólida velhice. E esse livro, eu o tive durante muito tempo à minha cabeceira, pois mais de uma lição, mais de um esclarecimento, fui haurir nas suas frases incisivas e prenhes de sugestão. Antes dele só Cézanne e Van Gogh, entre os modernos, e Delacroix entre os românticos, haviam dito coisas tão essenciais. E depois dele, só em Klee foi encontrar idêntica força poética reveladora.

A respeito da crítica, que então procurava estabelecer um paralelo, não raro forçado, entre os maiores da época, dizia Braque com sabedoria: "Não se peça ao crítico mais do que ele pode dar". A crítica não dará jamais juízos irrecorríveis; quando muito, poderá divulgar com inteligência valores que aguardam difusão junto ao público distraído ou tímido. O resto, bem sabem os artistas que é de reduzido alcance.

Mas o problema da crítica era o que menos interessava a Braque. Sua meditação versava outros aspectos da arte, alguns da maior importância. Assim a questão da arte participante, de obediência ideológica, preocupava-o pelas conseqüências desastrosas que amiúde provoca: "uma gota de água (ideologia) sobre um pão de açúcar (construção da obra), e tudo se dissolve". Há que deixar o artista exprimir-se com a espontaneidade que renega escolas e diretrizes políticas.

Acerca da cópia da natureza e do academismo, observava que "é preciso escolher: uma coisa não pode ser a um tempo verdadeira e parecida". Invejável sabedoria de quem viveu intensamente o problema da criação artística e sabe que cumpre arrancar a obra de arte de dentro da alma e não ir buscá-la na imitação do que criou a natureza para outros fins. A maçã, como no poema do poeta satírico, é feita para unicamente ser comida. Pelo pintor ou por qualquer pessoa. E o que o artista cria é para ser sentido, para germinar dentro do espectador e desabrochar irresistivelmente. O mundo dos objetos é um e o da arte, outro. Porém, o mais edificante de seus aforismos – e complementa por assim dizer o acima citado, ou, melhor, exprime a mesma coisa numa forma mais concisa ainda e sugestiva – é o que costumava refletir como se o considerasse o ponto de partida imprescindível à compreensão do fenômeno estético; "escrever não é descrever, pintar não é representar".

11 de julho de 1957 – "Chassez le naturel, il viendra au galop". O velho Boileau com toda a sua chatice dizia coisas que cumpre repetir nesta hora de grandes e absconsas teorias. Parafraseando-o, poderíamos advertir: "Expulsai o assunto, ele voltará a galope".

Eis em minha sala uma reprodução de quadro abstrato, o mais abstrato do mundo, simples superfície negra sobre a qual se pintou um triângulo igualmente negro mas de matéria diferente. A luz da manhã, filtrando através das frestas da veneziana, risca-o de listas claras e dá-lhe um aspecto novo, enche-o de alegria, fá-lo primaveril e lhe impõe um assunto: dia de sol! De imediato aquilo que antes apenas bulia com a minha inteligência, passa a interessar a minha sensibilidade, a minha imaginação. Aquilo que não me sugeria coisa alguma começa a comover-me. Por quê? Porque um sentido lhe foi atribuído e o que era estático se dinamizou, principiou a agir como "máquina de produzir emoções".

A obra de arte vale pelo que desperta no espectador, pouco importando a intenção do autor. O fato de querer fazer abstrato não significa que se possa comunicá-lo "pelo abstrato". A partir do momento em que alguém a aprecia realmente, a obra abstrata deixa de ser abstrata, pois é pelo conteúdo nela posto pelo espectador que se torna artística.

Nada prova melhor isso que afirmo do que os próprios críticos abstracionistas. Que nos dizem esses guias? Falam-nos de equilíbrios de composição, porventura? Comentam em termos precisos essa arte que despreza todo mistério? Não. Cito alguns trechos ao acaso: "B... é hoje eminentemente pintor..., tem ligações com a espeleologia, a geologia, a pré-história, a escritura direta... sua arte dá-nos o testemunho dos temas maiores, dos amores passageiros tanto quanto das nostalgias e das vontades secretas de uma época infinitamente complexa. O desenvolvimento lógico dos diversos temas é em si mesmo eloqüente. Após as telas oferecendo apenas horizontais e verticais, passa-se a partir de 1920 às pinturas murais em que as linhas curvas e inclinadas são novamente admitidas". É um dos papas do abstracionismo que escreve isso.

Eis o que diz outro: "K... atinge uma pureza que evoca uma espécie de arquitetura filosófica... sua lógica interior, sua expedição às fronteiras mais remotas do conhecimento, etc." E a propósito de outro pintor célebre: "Suas formas mais enigmáticas nunca são gratuitas ou literárias". E acerca de outro igualmente famoso: "Uma súbita revelação é que o conduz à conseqüência mais absoluta, que levará em seguida anos para realizar dialeticamente".

Poderia continuar indefinidamente, pois o que não falta nessa crítica é confusão, é obscuridade, é literatice. Vai-se da ontologia à psicanálise, do devaneio poético às palavras em liberdade, concretamente, à pintura mesmo, é que nunca se alude. Menos ainda do que a crítica acadêmica. Os próprios críticos norte-americanos, tão objetivos outrora, a ponto de parecerem primários, deram para empregar idêntica linguagem: contração mineralizada da expressão, economia dirigida do espaço, etc.

Que significa tão grande margem de interpretação de uma arte que se afirma matematicamente diáfana? Significa a impossibilidade de abolir o assunto; significa a necessidade de dar a essas formas, que não devem lembrar coisa alguma, um sentido qualquer.

Eis porque uma reação se inicia entre os mais jovens, entre os que chegam agora e começam a aparecer nas exposições recentes. Na Bienal de 1957, em Paris (Bienal da jovem Escola de Paris), somente três ou quatro abstracionistas (tachistas ou manchistas) expuseram. Os demais eram figurativistas. Os artistas parecem cansados de uma metafísica pictórica muito pouco representativa de sua época e de seus anseios, muito autoritária e exclusivista. Aspiram, romanticamente, a uma inteira liberdade de realização. Se pudessem ressuscitariam "Dadá", o movimento que encarnou "a liberdade, o riso, o desdém, o amor" (Hugnet – *A aventura Dadá*). Que foi insolente, mas desinteressado, espontâneo e inventivo, qualidades hoje em dia agonizantezinhas...

25 de julho de 1957 – De uma feita, na noite fria, ouvi entrar pela fresta da porta, que se abrira um instante, a voz de Aracy de Almeida. Mas era Paris, e as luzes coloridas dos cafés atravessavam com dificuldade os vidros embaçados do bar do meu hotel. A ilusão do samba brotava de minha própria nostalgia: saudade de sol após semanas de neve miúda. Não sei por que, pus-me então a pensar que morrer devia ser uma doçura assim de recordar, de repente, uma coisa gostosa e sentir que não voltaria nunca mais. Um alpendre ao luar, por exemplo, e a sensação de ter lavado a alma.

A gente deveria poder lavar a alma todas as noites, assim como se lava o corpo todas as manhãs. Deveria ser um gesto vulgar, da vida cotidiana e que se ensinaria às crianças, desde cedo, como se lhes ensina a escovar os dentes para que o dentista mais tarde não as atormente demasiado. No caso da alma, o dentista é o padre, ou o amigo íntimo, ou a página branca em que os mais complicados e intelectualizados registram suas perplexidades.

Outra vez, em um restaurante de São Paulo, em meio ao vozerio, de quando em quando furava o ruído de sons familiares um punhado de "ons" e "ês" bem franceses que me feriam com espinhos de lembranças confusas: a torre da igrejinha da aldeia gótica no momento da partida do trem, acenando entre beijos e abraços.

Essa mesma sensação fugaz, indefinível, impossível de fixar, eu a tive também em Dacar e em Madri, na rua do Ouro em Lisboa ou ao entrar em um "sotoportigo" de Veneza. Sempre pensei literariamente no poema que escreveria, se não me atemorizasse parecer pedante: seria de sons unicamente, com pontuação de umas poucas palavras sugestivas. Talvez conseguisse exprimir desse modo a angústia do nômade e a melancolia grave de quem amou tanta paisagem diversa e cruzou tantas solidões: a da jovem sonhando amores, a do homem só nos "pub's men" de Chicago, a do sábio desiludido da filosofia, a de quem sabe que a carne é fraca e se desmilingüe sempre um pouco mais ao fraquejar de novo.

Vinicius de Moraes escreveu algo parecido em suas *Elegias*, mas hesitou em ir até o fim, temendo sem dúvida a incompreensão do leitor. É que um poema dessa ordem tem qualquer coisa do S.O.S.: precisa ser captado, sem o que não passa de um balbucio de bêbedo ou de idiota. Essa a dificuldade. Já a apontava Bernanos, referindo-se ao estilo de Céline, o qual apelava para todos os artifícios a fim de atingir o natural da linguagem dos miseráveis, pois "para exprimir isso que a verdadeira linguagem dos miseráveis não poderia exprimir, sua alma pueril e sombria", uma transposição total e genial é necessária.

A não ser ocasionalmente em uma frase, em um verso, não sei de ninguém que tenha conseguido dizer isso que eu gostaria de fixar e que mal chego a sugerir aqui. Talvez na música se atinja a expressão melhor; e por vezes na pintura, não inteiramente abstrata, mas naquela em que o assunto não se imponha. Então, dois tons que se fundem agonizando, uma linha que não começa nem acaba, podem comover com essa intensidade incomensurável, podem provocar esse curto-circuito que imagino.

A árvore magra, desfolhada, que eu via do quarto onde o sono me afastava de todos os tédios e abria um grande vazio confortador, certa manhã deitou uma vergôntea, um broto esperançoso que a volta repentina da neve torrou na mesma tarde. Recordo, agora, aquele minuto matinal, entre dois goles na sala enfumarada: todo um malogro de jovem promessa! Que fazer depois disso tudo que a gente não é capaz de dizer? Tocar um tango argentino, como Manuel Bandeira...

22 de agosto de 1957 – Alguns artistas quiseram descobrir em meus últimos comentários à pintura moderna a condenação do abstracionismo. Outros neles viram, ao contrário, a sua defesa. Na realidade, não foi minha intenção criticar qualquer das tendências em luta, mas apenas explicar as intenções e razões de cada uma e, também, chamar a atenção do público para o perigo dos academismos que se formam em torno de fórmulas, tanto figurativistas como abstracionistas.

Sempre considerei, e nunca deixei de proclamá-lo, que a pintura vale, esteticamente, pelos seus elementos abstratos; que consiste na distribuição de formas e cores dentro de determinado espaço. A definição é velha, de resto, mas não se encontrou melhor até hoje.

Isso posto, declaro que a mim, pessoalmente, pouco me importa sejam essas formas figuras do mundo real, objetos criados pela imaginação ou simples projeções geométricas. O preconceito antifigurativo parece-me tão nefasto e tão tolo quanto o preconceito contrário, pois as figuras são em suma formas como outras quaisquer. Desde que não se liguem dentro de uma ordem lógico-temática, em nada perturbam as soluções puramente pictóricas. A prova, temo-la em Morandi: suas garrafas não se apresentam como garrafas e sim como formas longas ou curtas, estreitas ou largas distribuídas na tela em obediência a uma dada composição e a determinados acordes cromáticos. O resultado artístico em nada seria modificado se, em lugar desses objetos de sua predileção, Morandi utilizasse cubos, cilindros e cones ou círculos e quadrados. A pintura em verdade prescinde de assunto, o que não significa que o "deva" forçosamente abolir.

O outro ponto em que insisto em meus artigos e conferências é bem mais importante: o academismo. Que cumpre entender por academismo? A cópia de soluções esquematizadas, convencionais, que só exterior e superficialmente resolvem alguma coisa. Exemplifiquemos com ambas as tendências. Eis um copo de cristal. Para dar a ilusão do reflexo luminoso o pintor manchou-o com uma pincelada brilhante em dado ponto. O efeito superficial, agradando, transformou-se em convenção e, daí por diante, sempre que um pintor quer assinalar o reflexo, emprega o mesmo truque. Se entretanto olhasse com cuidado o objeto a ser pintado, veria que esse efeito não existe, pois jamais um mesmo ângulo e uma mesma luz se repetirão exatamente. E o verdadeiro pintor figurativo (não me refiro ao anedótico) coloca-se diante de seu modelo sem idéia preconcebida, como se o visse pela primeira vez.

Eis uma tela branca à disposição de um concretista. Mil e um arranjos se apresentam à sua imaginação, mas a moda – ou a preguiça – lhe sugerem o corte mais fácil e a repetição das composições já escolhidas, de Mondrian a Vasarely. Que está fazendo senão academismo, senão usar de uma receita que nada exprime de si próprio e tão-so-mente cansa o espectador, já farto de vê-la executada em todos os salões do mundo?

Indagou certa vez o crítico francês Charles Etienne, em artigo de advertência, se já não estávamos em pleno academismo com os mais recentes seguidores de Mondrian e outros pintores geométricos do passado. Sem dúvida alguma já alcançamos essa fase perigosa, e é por isso mesmo que venho expondo e analisando as reações de certos jovens no sentido de uma reafirmação figurativista. Não é, no fundo, a figura que os entusiasma: é a carência de significação do que se repete que os aborrece. Quando a pintura descamba para a fórmula, definham a invenção e a sensibilidade, constantes de que não prescinde nenhuma arte. Ocorre então a reação que pode ir ao extremo da negação apaixonada dos princípios antes propostos. Daí, no momento atual, o êxito do "tachismo" (ou manchismo) destinado, a meu ver, a durar pouco, o necessário para destruir a escola em voga.

Depois... Depois, outras reações se hão de verificar.

Nápoles, 12 de outubro de 1957 – Dia de San Genaro é feriado em Nápoles. Aguarda-se o milagre do santo como um sinal de fartura e bons acontecimentos. Hoje, diz o jornal da tarde: "O milagre ocorreu com toda regularidade, tendo durado 18 minutos". A precisão matemática talvez vise a impressionar os soldados norte-americanos que, aos magotes, se imiscuíram na população alegre e suada de um setembro quentemente ensolarado. A famosa luz mediterrânea nunca pareceu tão pura, e do alto da acrópole de Cumes tem-se a impressão de aguardar a chegada de frotas gregas ou fenícias.

No templo escavado na rocha, maravilhoso e tétrico a um tempo, melhor entendemos os versos de Virgílio (*Eneida*) e tornamos a acreditar nessa Sibila que no reinado de Nero já ninguém levava a sério. Diziam (*vide* Petrônio) que envelhecera muito e só aspirava a morrer... É o que nos conta um velho professor universitário, eruditíssimo e exaustivo, mais interessado nas suas citações do que nas oliveiras veteranas e no odor delicado do louro.

Enquanto um guarda conversa, divertido, pela rádio portátil, com alguma namorada, porquanto as coisas da rotina policial não podem despertar tão ternos sorrisos, e enquanto um bando despudorado de turistas se encharca de Coca-Cola, enfiamo-nos pelos corredores sombrios que se abrem de quando em quando para as videiras ainda carregadas e à espera das vindimas. Por entre as pedras milenárias do caminho virgem de "lambretas", "vespas", bicicletas, crescem os acantos, ora sem flores mas sempre elegantes e cônscios de seu passado arquitetônico. A terra calcinada dá bons frutos: multiplicam-se as hortas e os pomares, os pêssegos buscam desprender-se dos galhos, pesados de açúcar, as maçãs são coradas como as "ragazze" da cidade, e os caquis põem um gosto de saudade na boca da gente.

Eis porém que um ruído imenso sobe do mar e penetra no céu rosado do crepúsculo. Uma vaga inquietação se apodera dos visitantes. Será um terremoto? Será uma advertência do Vesúvio? Na véspera havíamos visto o poder de sua irritação nas ruínas de Pompéia... Os mais calmos e sabidos falam em pedreiras das vizinhanças. Na realidade são exercícios de tiro: brincam de guerra no golfo!

Cumes ficará em minha memória (com Torcello) como um dos raros lugares do mundo onde a solidão é amiga do homem. Foi por certo pensando em Cumes, mais do que no Oriente, que Baudelaire escreveu o convite à viagem:

> *Mon enfant, ma soeur,*
> *songe à la douceur*
> *d'aller là-bas vivre ensemble*
> *au pays qui te ressemble...*

Sorrirão, os eruditos, dessa minha heresia. Bem sei que têm razão, mesmo porque eles têm sempre razão. Eles e os gramáticos. Suas afirmações alicerçam-se em uma lógica fria contra a qual nada podem a fantasia e a emoção. São os chatos cavaleiros da exegese.

19 de dezembro de 1957 – Para onde vai a arte? A julgar pelo que se vê nas exposições, para o abandono total das formas figurativas. Um dos jovens que expõem atualmente no Museu de Arte Moderna chega mesmo a afirmar que a figura é elemento de uma linguagem incompreensível em nossa época.

O desprezo pelo homem é realmente um sinal dos tempos: atestam-no os campos de concentração e os morticínios atômicos. Deveriam, entretanto, os artistas revoltar-se e proclamar com energia sua fidelidade aos valores humanos. Uma arte vibrante e sarcástica é que seria natural neste momento de perspectivas sombrias. Em vez disso, o que vemos é uma fria especulação de fórmulas matemáticas a par de um requintado devaneio cromático. Parece que o artista fecha os olhos para a realidade, evita comprometer-se como dizendo: "não é comigo" ou "eles são brancos, que se entendam".

Acredito, contudo, que muitos desses artistas, que já não falam nem compreendem a linguagem figurativa, seriam capazes de se sacrificar por uma grande causa. Que os leva então a preferir o esoterismo abstracionista à expressão mais acessível e comunicável do figurativismo? A idéia de uma usura definitiva dos meios plástico-pictóricos tradicionais.

Essa impressão não é nova no mundo da arte. Sempre imaginou o artista de magra mensagem que tudo se disse e é necessário antes de mais nada descobrir uma nova linguagem. Mas a febre passa, os revolucionários voltam aos grandes temas clássicos e ao instrumento de trabalho dos mestres, percebendo afinal que a velha linguagem se renova quando quem a utiliza tem talento.

Não nego ao pintor moderno o direito de fazer experiências e até de se exprimir unicamente mediante acordes de cores, com conjuntos de formas e melodias gráficas. Assim pode sentir o mundo e manifestar suas emoções. O que me parece excessivo – e grave – é a peremptória declaração de princípios, é a negação da autenticidade de quaisquer soluções que não as de sua predileção, pois esse sectarismo implica empobrecimento humanístico.

É evidente que a ciência desvendou novos aspectos do cosmos e abriu caminhos virgens à curiosidade do artista. Nem por isso diminuiu o interesse pelos eternos problemas do homem. Este não deixou de amar e sofrer só porque conheceu a estrutura do átomo, e o fato de ter lançado um satélite artificial no espaço não fez com que se modificasse a mecânica sentimental. E se a velocidade deforma a paisagem, há também momentos estáticos em que uma árvore mantém sua forma específica. Ignorar esta para enaltecer aquela é gozar apenas uma parcela da vida. Quanto a pensar que o figurativismo é incapaz de refletir o mundo moderno na sua complexidade, é simplesmente ingênuo. A arte que melhor o exprime é a cinematografia, indiscutivelmente figurativa...

Não desejo polemizar nem quero arvorar-me em defensor intransigente do figurativismo. Penso apenas que a liberdade de criação tão arduamente conquistada com a Semana de Arte Moderna merece ainda algum respeito, mesmo porque não deu até agora todos os frutos que fora de esperar.

Todo sectarismo estético leva a um academismo. Cumpre evitá-lo, pois do contrário teremos muito breve a mais desenxabida das expressões artísticas: essa mesma que já enche salões e galerias por aí.

1958 – AQUI COMEÇAM AS RECORDAÇÕES

Há tempos um repórter andou pedindo a vários escritores que falassem de seu bairro ou arrabalde. Não é a primeira vez que se faz isso, e mais de uma página pitoresca ou tema se publicou no gênero. Porque falar do canto onde se mora é como falar da gente mesmo, vai na fala muito de confissão. E, depois, o bairro é uma pequena pátria dentro da pátria municipal, célula viva entre as demais células vivas da nação, como se diz nos discursos políticos.

Eu teria grande dificuldade em falar de meu bairro, pois não sei bem em que bairro moro: Santa Cecília ou Barra Funda. Na realidade sou um homem da fronteira: encontro-me entre as Praças Olavo Bilac e Marechal Deodoro. Não são ainda as casas baixas e os botecos da terra do "Gaetaninho", mas não se deparam tampouco os palacetes e os prédios já imponentes do bairro de "Mana Maria". Tudo com uma atmosferazinha de Europa, dada pela arborização das praças e o número considerável de armazéns, cafés, confeitarias, açougues, etc., da redondeza.

O bairro muda de feição, aliás, segundo a hora. Pela manhã a multidão compõe-se de domésticas em busca de mantimentos e empregados de toda casta à espera de condução. À tarde, há namorados nos bancos dos jardins, e depois da meia-noite, malandros nos bares de esquina e jequitiranabóias peripatéticas pelas calçadas.

A população, muito heteróclita, não apresenta tipos sensacionais. É contudo necessário lembrar uma anã velhinha, empinada, briguenta – e com razão – pois cada vez que a encontram na rua, os moleques mais taludos põem-se a cantar: "arrasta a sandália aí, morena".

Na zona fronteiriça há rosas em profusão: os mil milhões de rosas que Mário de Andrade cantava. Há fícus frondosos que os dendroclastas esqueceram. Há guardas de trânsito que atrapalham conscienciosamente o tráfego. Há bondes rangendo nas curvas e motoristas jogando "morra". Há velhos funcionários aposentados que descem de pijama e chinelos para comprar jornais. E, nos dias de futebol, "aleguás" provocadores da torcida corintiana. Há comerciantes judeus e sírios a provarem a possibilidade de uma co-existência pacífica, sorveteiros alemães, padeiros portugueses, lixeiros lituanos, restaurantes húngaros e chineses, ambulantes da baixa Itália, engraxates negros, mecânicos nordestinos, todo o cosmopolitismo da cidade que mais cresce no mundo, do maior centro industrial da América Latina, berço de bandeirantes como todos sabem.

Mas o bairro tem também paisagem. Em certas tardes, raras aliás, pode-se contemplar a "skyline" de arranha-céus destacando-se das colinas que fecham o horizonte ao longe. Manchas de verde de permeio, e de quando em vez um borrão de terra avermelhada, assinalam as zonas de loteamento, essas pragas do urbanismo. A doçura do crepúsculo invade o apartamento, e a gente pensa que São Paulo não é tão desumana assim. Merece um pouco de carinho e amor. "Volto-me abril" ante a solicitação cromática que dura tão pouco nestes trópicos e que a fumaça dos ônibus conspurca.

Minha infância, passei-a em bairro muito diferente. Era um arrabalde de pequenas chácaras. A casa comprida tinha um número de janelas que se me afigurava incalculável. Um tio meu caçava lagartos em arapucas alongadas e fazia barcos com papelão embebido de espermacete e canhões de cano de guarda-chuva. A escola era longe, mas eu ia a pé assim mesmo, reservando os passes de bonde para comprar sorvete de casquinha. Do terraço da residência avistava-se toda a baixada do Jardim América, então zona de sítios. Um quarteirão acima dava-se na avenida Paulista.

Mais tarde fui parar no centro da cidade, perto da atual praça do Patriarca, e a rua que pegava para ir ao ginásio comportava os mais insondáveis mistérios. A casa velhusca fora construída sobre um porão alto e habitável. Ali se organizavam corridas de bolas de vidro no declive do piso cimentado. Ali eu lia, escondido, livros proibidos que não chegava a compreender totalmente.

Depois houve a Europa, o espanto diante da folhagem vermelho-amarelada do outono, a alegria da primeira neve, toda uma existência ativa e sadia que acalmava um pouco o ardor de uma adolescência curiosa de tudo. Surgiram as aventuras, os versos, a participação na vida literária, as estudantadas.

Passando em revista agora os diversos bairros em que residi, saltam da memória pormenores que não sou capaz de situar com precisão. Ora vêm do fundo da infância, surrealisticamente, assumindo de repente uma importância exagerada. Vejo-me orgulhoso de minha farda de bombeiro diante de um berço de dentro do qual um garoto apático olha-me sem perceber. No quarto escuro desafio fantasmas, e súbito um estilingue põe em estilhaços o vitral da igreja. Nossa! Se vierem a saber em casa! Ora, ao contrário, são luzes a clarear ruas e calçadas do bairro que aos poucos se dilui na lembrança.

Hoje, do meu sétimo andar, gozo o espetáculo dos moleques numa pelada no pátio. É quase um pátio dos milagres, encerrado entre meia dúzia de arranha-céus. Para me vestir preciso fechar as janelas, o que me traz à memória o tempo em que eu dormia nu no aposento pegado ao dos meus pais. De uma feita assim me surpreenderam, e eu, envergonhado, enfiei a cabeça sob o travesseiro como um avestruz. Há perfumes também, que, inesperadamente, me surpreendem e evocam um momento sentimental. O bairro funde-se então no universo, no "meu" universo indevassável.

Os bairros são pontos de referência, marcos assinalando paradas e partidas na existência. Em alguns moramos muito tempo, e eles mal se fixaram em nosso espírito; em outros residimos meses apenas e deles nos impregnamos para o resto da vida. Para mim um dos que mais contaram foi o de Barbès-Rochechouart, em Paris, pelo que tinha de miserável e tenebroso, de sórdido e poético a um tempo.

Um amigo meu, bom cronista sem emprego, descreve com ternura a praça deteriorada de sua predileção. Como o compreendo! Há nesse recanto, a par da generosidade boêmia, a solidão possível, há o espetáculo do homem em toda a sua fraqueza e uma dignidade que não exige exibicionismo. E até uma moral intrínseca muito mais inflexível do que as morais mais bem pensantes.

Há ainda o bairro da gente onde se está à vontade, de pijama por assim dizer, e o bairro alheio em que a gente se conduz com certa timidez, senão com cerimônia. Pois parece que as pessoas sentem pelo faro a presença do adventício, e o mal-estar só termina com a naturalização do intruso, o que nem sempre é fácil: depende de sua maior ou menor capacidade de adaptação ao meio. E há imigrantes inassimiláveis...

8 de março de 1958 – Falando dos meus bairros, há tempos esqueci um; percebo-o agora com alguma estranheza.

Nele vivi, entretanto, muitos anos e nele se esboçou boa parte do que me iria acontecer mais tarde. No entanto, recalquei a lembrança inconscientemente. Passando agora em revista os fatos daquela época, verifico que alguns me feriram e se esqueço o bairro é sem dúvida por não desejar recordá-lo.

Do apartamento do quarto andar eu divisava todo o arvoredo das "villas" do arrabalde rico. As ruas eram estreitas e conduziam a um rio de águas geladas que não convidava ao banho, mas era propício aos namoros. Pouco adiante da casa, na praça retangular, castanheiras selvagens erguiam-se frondosas. No outono as castanhas peludas esborrachavam-se na calçada com um ruído chocho, o que sugerira a um amigo literato o neologismo de que muito se orgulhava "s'écoquer", no sentido de perder a carapaça e não no de suprimir o excesso de galos, no galinheiro, como define o dicionário, o que ele provavelmente desconhecia.

Mais além moravam os Pitoëff, Georges e Ludmila, que, fugindo da guerra, se haviam internado na Suíça, organizando um elenco mais tarde famoso até em Paris. À meia-noite, terminado o espetáculo, subia o jovem casal abraçadinho pelas ruas quietas da pacata cidade.

Com meus 16 anos irrequietos descobria todos os dias novidades. E naturalmente as das aventuras amorosas começavam a contar. Uma paixão mal-sucedida abre caminho a toda uma atividade compensadora, tirânica porque necessária ao restabelecimento do equilíbrio psicológico. E não preciso vasculhar muito a memória para descobrir a que deve ter vincado o coração adolescente.

Outro fato que então influiu na minha conduta e fez que durante longo tempo eu fugisse das brigas e até me acovardasse um pouco nas competições esportivas, foi ter eu, num exercício de esgrima, cutucado o pulmão do companheiro, amigo do peito. O rapaz sarou rapidamente, mas a terrível impressão que me causou o acidente custou a apagar-se. Como conseqüência definitiva, parece ter ficado certa incapacidade de condenar, certa propensão para encarar com simpatia os erros alheios, principalmente dos moços. E também esse horror à polêmica que me impele a deixar sem resposta as críticas ou as incompreensões mais injustas, tornando-me assim extremamente vulnerável na luta pela vida.

Nesse bairro morei nove anos. Aí escrevi os primeiros versos apaixonados, impregnados dessa tristeza tão profunda da juventude que as decepções não calejaram ainda. Cada dia é então como um longo ano, na expressão do poeta Paulo Sérgio, e cada ano passa com a rapidez de um dia. E, mal vivido ainda, já tem o jovem algo, por certo importante, a recordar, "perdido no claro-escuro do passado". São, em verdade, as recordações mais persistentes, mais tenazes, as que a gente imagina perdidas, mortas, mas estão apenas mergulhadas nas águas lodosas do subconsciente, e quando menos se espera voltam à tona violentamente, a exigir atenções e justificações sob a ameaça de distúrbios e castigos.

Os recalques serão em breve coisa superada. Psicanalisado desde o berço, o jovem de amanhã terá tudo da mediocridade sadia e estéril. Obedecerá ao condicionamento social sem mágoas nem revoltas. Não precisará esquecer o bairro da adolescência, nem escrever poemas ou pintar quadros para sublimar seus complexos. Eu não tive porém essa sorte – ou esse azar.

Se jamais escrever minhas memórias, o que não penso fazer enquanto houver uma possibilidade de vida autêntica à minha frente, não seguirei nenhuma ordem cronológica. Caminharei pelos bairros em que residi e irei reanimando as coisas e as gentes deles, procurando entender o porquê de sua influência na formação de minha personalidade. Será despretensioso e divertido, talvez edificante. E creio que o primeiro capítulo terá por título o nome desse bairro esquecido quando quis responder ao repórter bisbilhoteiro que desejava umas páginas pitorescas para seu jornal.

"Champel" chama-se o lugar. De um lado dá para a velha Genebra, com o carrilhão da catedral de St. Pierre tocando ao meio-dia uma frase musical de Jean Jacques Rousseau ("Allons danser sous les ormeaux") e de outro para o rio Arve, a cuja margem se erguia na época o Hôtel Beau-Séjour. Aí conheci Romain Rolland, que me deu conselhos, Stefan Zweig, já desiludido e amargurado, e uma morena de olhos verdes, não menos importante para mim, que gostava que "lhe dissessem o futuro pela forma e o gosto dos lábios".

Dali eu partia aos domingos, de bicicleta, no verão, para passeios coletivos às cidades vizinhas, ou de trem, no inverno, para as pistas de esqui. Ia quebrar os músculos no tênis ou no remo, a melhor maneira ainda de olvidar as inquietações que despertavam a idade e as leituras sem método. Os mistérios da noite eram porém cheios de atrativos.

Só deixei o bairro homem feito, para voltar à minha terra. O sotaque francês, não o trazia na língua, mas no modo de pensar e de me exprimir, que se tornara claro e preciso, talvez demais para o gosto literário do momento. Estávamos em 22, e eu ia assistir à revolução da Semana de Arte Moderna, prelúdio de uma ânsia generalizada de renovação que só se realizaria parcialmente, pois nenhum dos companheiros da jornada chegou jamais a ocupar um posto-chave. Uns se foram jovens (Antonio de Alcantara Machado, Tácito de Almeida), outros antes do tempo, na hora em que começavam a influir no pensamento da nova geração (Mário de Andrade); outros desanimaram, construíram sua torre de marfim ou se acomodaram à "realidade", porque ninguém é de ferro, a carne é fraca e da vida nada se leva. Durante muito tempo tive uma atormentada nostalgia do bairro de minha adolescência. Fui revê-lo finalmente, depois de 11 anos. Decepção. A mesma decepção que se tem ao encontrar, já matrona, a namorada pela qual a gente decididamente se mataria ao receber o primeiro fora.

Basta. Essas divagações bairrísticas não devem transformar-se em uma "hora da saudade".

18 de abril de 1958 – Do ponto de vista político é sem dúvida o internacionalismo um belo ideal. Do ponto de vista artístico parece-me um erro. Os grandes centros culturais têm seu clima específico, intransportável, e o que neles se produz não tem razão de ser alhures. Transplantado para o Brasil, por exemplo, o impressionismo francês vulgarizou-se. Não havia em nossa terra a lua filtrada de Paris. Trazido para cá, como modelo a ser copiado, o cubismo vira fórmula: carecemos da limpidez lógica dos franceses.

Na arte, o que cumpre cultivar e levar às suas últimas conseqüências é o que cada país tem de peculiar. Compreenderam-no os mexicanos, que não esquecem a nota indígena mesmo em suas pinturas mais avançadas. Compreendemo-lo nós mesmos, no início do nosso modernismo, quando Di Cavalcanti e Tarsila adaptavam suas cores brasileiras, seu sensualismo e seu primitivismo aos ensinamentos recebidos de Paris. A moda venceu, porém, e a ambição provinciana de estar "à la page" levou-nos a uma produção sem originalidade, sem caráter próprio. Impõe-se uma reação, não superficial, no sentido de um retorno ao academismo – morto e enterrado, graças a Deus – ou de uma exploração literária do tema regional, mas em profundidade, de libertação dos "ismos" e de procura das nossas cores e formas. Nossos avós andavam de sobrecasaca e cartola. Nas ruas do Rio de Janeiro, com 40 graus à sombra, não era apenas uma macaqueação ridícula: era um atentado à saúde. Hoje andamos em manga de camisa, e em nada nos prejudicou atentarmos para a nossa realidade climática. Pelo contrário, aí estão os moços, bronzeados e atléticos, criando um tipo físico bem brasileiro. É preciso que se pense de igual modo no que concerne às soluções artísticas. Se alguma coisa tivermos a dizer, não será em holandês ou italiano que a diremos: será mesmo em brasileiro.

Significa isso uma hostilidade às lições da Europa? Não. Há sempre um proveito a tirar-se de seus ensinamentos técnicos ou estéticos. É necessário, porém, que se assimilem para que se tornem fecundos. A simples cópia apressada dos resultados só nos pode conduzir a uma arte desfibrada, convencional, inexpressiva. Só nos pode levar a um novo academismo.

Quando afirmou que era imprescindível encarar o objeto a ser pintado como se o víssemos pela primeira vez, Cézanne mostrou um caminho rico de possibilidades. Sua lição deve ser aproveitada; mas quem, em lugar de segui-la, se ateve à cópia de seus cubos e cilindros paisagísticos, nada aprendeu, antes deixou perder-se o pouco que talvez tivesse de pessoal a dizer.

Hoje o que vemos não é o artista atento à riqueza criadora de uma teoria ou à expressividade de uma técnica. O que vemos é o bisonho principiante imitando o que um mestre qualquer tirou daquela teoria e daquela técnica. Realiza, por isso, o nosso pintor afoito, uma obra que se encontra, afinal, tão longe de dado mestre quanto o inglês "básico" do inglês de Shakespeare.

4 de maio de 1958 – Dantas Motta observou há tempos a existência em Mário de Andrade, no fim da vida pelo menos, de um conflito entre o poeta e o prosador. O conflito a meu ver foi em verdade bem maior, bem mais profundo, e existiu entre o escritor Mário de Andrade e o homem Mário. Eu disse certa vez, criticando-lhe alguns poemas ("Danças"), que me pareciam dedicados à galeria e não absolutamente necessários: "por que Mário se exibe assim tão Mário de Andrade?" O Mário autêntico estava nos "Poemas da negra" ou na "Rapsódia do Tietê".

Dirá Dantas Motta que esse conflito é comum a todos os artistas, eis que todos vivem simultaneamente em dois mundos antagônicos. Mas, em geral, a luta tem vencedor; o homem ganha e perde-se o artista ou este vence e o homem deixa de ter importância: os grandes estão quase sempre neste caso. E por que Mário, que é grande, não conseguiu dominar, por completo, a personagem criada à imagem de um ideal e viu agravar-se o conflito até às vésperas da morte? Porque lhe faltou a fé em si mesmo, capaz de levar às últimas conseqüências, essa fé que teve um Gauguin, por exemplo, e que não teve um Rimbaud.

Boa parte da correspondência de Mário visou à justificação das atitudes de Mário de Andrade. A consciência que tinha da responsabilidade assumida pelo personagem ideal, impelia-o a uma constante explicação dos menores atos deles, das críticas e dos elogios feitos publicamente, e até dos deslizes humanos mais insignificantes, mas que não se ajustavam ao modelo criado. Sei de casos, discussões, atritos, que o nosso escritor explicou concomitantemente e com as mesmas palavras a quatro ou cinco amigos diferentes, como se desejasse que ao menos uma das missivas, resistindo ao tempo, o eximisse de culpa perante a posteridade.

Lembro-me de que, jantando de uma feita sozinhos no velho restaurante Bongiovanni da Avenida São João, me censurou Mário de Andrade o tom demasiado cético de uma entrevista. – "Você não tem o direito de descrer perante os moços", dizia. Considerava que, quiséssemos ou não, tudo o que declarássemos seria interpretado, julgado, talvez imitado em função da situação conquistada no mundo intelectual. Essa concepção de um quase sacerdócio das letras forçava-o a tomadas de posição que intimamente, por temperamento, lhe desgostavam. Daí o conflito, dia a dia mais difícil de resolver, à proporção que mais imperiosas se faziam as imposições de participação do guia que se tornara, do mestre cuja palavra todos aguardavam. Alguns poemas seus, como aquele do "rapaz morto", evidenciam quanta angústia lhe inculcavam tais atitudes. E muito mais previa, por certo, ante o desenrolar dos acontecimentos logo após a guerra e o nosso Congresso dos Escritores.

Mário de Andrade era por definição pública um homem de esquerda. Não o entusiasmariam entretanto os sectarismos, e muito lhe custaria sacrificar sua orientação literária a injunções políticas e mesmo ideológicas. Agravara-se, portanto, às vésperas da morte o conflito que sempre existiu nele. Ir até o fim do caminho, que a sua moral lhe indicava, era amputar-se de amigos, destruir o modelo seguido até então. Manter-se fiel a este redundava em trair o homem. Quer parecer-me que escolheria afinal a depuração completa, e pela confissão da poesia chegaria a uma autocrítica libertadora. Os poemas de *Lira paulistana* já anunciavam a reviravolta, a revisão das atitudes, a realização integral do homem. Foi um bem esse conflito? Incentivou Mário de Andrade à realização plena do escritor? Creio que sim. Sem conflito, sem inquietações, sem sacrifícios, não há arte, ou melhor, não alcança a expressão artística uma significação essencial.

O conflito entre o homem e o artista é normal, e é fecundo quando, ao fim, o homem se encontra na mensagem do artista. Foi o que se viu acontecer com Mário de Andrade. Sua observação de que "só a poesia o conseguia confortar" é dos últimos anos de vida. Já abandonara o malabarismo de "Danças" e as brincadeiras de *Losango Cáqui*; na gaveta se achavam os originais da admirável *Lira paulistana*.

3 de junho de 1958 – A experiência, diz o povo, vem sempre tarde demais. Mas a que espécie de experiência se refere o ditado? Sem dúvida à que nos dão os erros cometidos e que, em tese, deve precaver-nos contra a sua repetição; sem dúvida à que faz de nós homens prudentes e céticos, à que nos seca a alma e vinca a pele; sem dúvida à que nos impele a envelhecer com dignidade, isto é, a abdicar antes da hora, antes que a natureza a tanto nos obrigue. Confesso que essa famigerada experiência não me seduz. Que venha o mais tarde possível!

Imagino um povo experiente: vejo um povo morto. Hostil à fantasia, calculando cuidadosamente todos os gestos e palavras, desconfiando da menor novidade, avesso a aventuras e riscos, ei-lo desde logo na rabeira da civilização, bem distanciado dos que, na sua carência de experiência, tudo ousaram e amiúde venceram.

Mas há duas experiências: a que significa prática da vida, conhecimento das conseqüências que tal ou qual ação pode acarretar, e a que comporta o sentido de prova, ensaio, tentativa. Aquela, a que aspira quem se apavora ante a possibilidade de sofrimento, é a que, graças a Deus, vem tarde demais... A outra está ao nosso alcance desde a infância, através dela é que enriquecemos a inteligência e a sensibilidade, que nos tornamos essa coisa admirável, apesar de todas as suas imperfeições: um homem.

Há que colher da vida o que se pode, e tentar transformar toda promessa em flor e fruto.

Mas afinal, não pretendo discorrer a respeito desses grandes temas de todos os tempos. Só aos gênios é dado, em verdade, fazê-lo, pois aos gênios tudo se lhes perdoa. Exatamente porque, neles o conhecimento não se sedimenta, não vira freio a brecar a faculdade criadora, não leva à satisfação mesquinha de se ater a uma solução feliz e repeti-la indefinidamente. Neles a experiência não redunda em "Experiência". Picasso aos 70 e muitos anos reinventa diariamente a pintura, realiza-se sem se repetir, sem receio de malogros, coloca-se diante de sua tela como se nunca o tivesse feito, com o fervor e a emoção da primeira tentativa.

Essa "Experiência", com maiúscula e entre aspas, que lamentam vir tarde demais, não a teve até o fim da vida o grande Cézanne, não a conheceu Van Gogh, não a cultivou Toulouse Lautrec. Mas venerou-a um Chabanel, transformando-a em fórmulas acadêmicas para seus discípulos timoratos.

Ora, dirão, estamos falando de coisas sérias e você argumenta com exemplos de artistas. A vida afinal são outros 500 cruzeiros, há que pensar na comida, na doença, no pecúlio. Há que se defender contra os malandros e comunicar aos filhos os meios de se defender. E eu responderei que todo o erro consiste em só pensar na defesa, na garantia do sossego. E a vida, digna de ser vivida, visa ao êxito, precisa orientar-se no sentido da vitória, da realização. Tem que ser uma obra de arte também, pessoal, inconfundível, autêntica. Constrói-se sobre os alicerces da curiosidade e do amor, sentimentos de conseqüências sempre incalculáveis, como diria o personagem de Anatole France, e portanto, condenados pelos endeusadores da "Experiência", incapazes de quaisquer experiências.

21 de junho de 1958 – Aquele caramanchão, num recanto de folhagens que o sol manchava de pequeninas luzes saltando e rebolando ao sabor da brisa, denominamos "nosso bairro". Os demais "habitantes" do local eram um velho arqueado e vincado de rugas, sempre a beber cerveja, e cujo olhar azul-cinzento parecia voltar-se melancólico para um passado que teimava em não morrer; uma senhora gorda, insignificante, incatalogável, um gato inteiramente branco de olho direito preto, uma cadelinha caquética e um canário perneta que a tudo prestava atenção e se irritava com os estranhos.

Ela possuía as mãos morenas e magras, um lábio inferior acentuadamente sensual em contraste com o outro, fino e voluntarioso, os olhos miúdos e, em certos momentos, um ar de bichinho acuado. O mar não ficava tão longe que não desse para ouvir o ruído surdo das ondas e sentir-lhe a presença enleadora. Flores voltavam-se para a luz, extasiadas como ela própria quando se estendia sobre a areia.

Evidentemente, nosso bairro não chegava a ser um bairro. Em verdade não passava de um restaurante. Mas, assim isolado, na periferia da periferia, com seus limites e seu caráter particular tinha tudo de um arrabalde e davanos mesmo a impressão de que cumpria andar muito, viajar de bonde e ônibus para o alcançar. Criávamos em nosso devaneio sereno, mas enriquecido pela comunhão na solitude, um bairro nosso dentro do bairro de todos. – Onde vamos hoje para fugir desta promiscuidade? Ao nosso bairro, era a resposta normal, já esperada, única admissível. E bastavam uns poucos passos através dos terrenos baldios da vizinhança.

Há, em certas cidades que conheci mais intimamente, bairros como esse, bairros que só freqüentam casais amorosos e um ou outro ancião atormentado de recordações. Em Genebra havia Beau-Séjour: meia dúzia de bangalôs, um bosque de faias e choupos encravado entre o rio e a colina. Sentados na relva, os namorados contemplavam os álamos esguios da planície, ao longe, e mal percebiam a existência dos outros namorados. Sabiam dela, mostravam-se cordiais, discretos contudo, e sós. Às vezes um barco embicava silencioso na margem; estacava ali, não descia ninguém, e de repente lá se ia com a correnteza, sem dar sinal, como chegara. Aquele recanto era o "nosso bairro" de cada um daqueles casais. Gostariam dele o resto da vida, os felizes; odiariam-no os que nele houvessem visto armar-se um drama.

Em Paris, na zona das antigas fortificações, vi amiúde um homem de boné abraçado à amiga, sonhando ambos, ao sol, entre restos de merenda, com um outro sol que não poderiam ter jamais, à beira do mar talvez, ou na montanha. Sonhando com outro "nosso bairro". Outros namorados, de menos parcos recursos, iam isolar-se e viver um momento de euforia nos confins do Bois de Boulogne, onde, afastando-se dos centros buliçosos, podiam encontrar seu bairro pessoal dentro do grande bairro coletivo.

Bairro – segundo o dicionário – é cada uma das divisões principais de uma cidade. Mas, como brasileirismo (Minas) quer dizer também pequeno povoado, arraial. É em suma o espaço em que se vive cotidianamente. Por isso mesmo, não será um "nosso bairro" qualquer refúgio em que esbarremos por acaso. Para que se torne "nosso bairro", há que o rever sempre e nele viver os gestos habituais. Há que estabelecer ligações, solidarizar-se com os demais companheiros na defesa de interesses comuns, lutar contra os intrusos, só os aceitando após repetidas provas de simpatia e honestidade de propósitos...

Em geral, quando nos referimos à divisão da cidade em que residimos, não empregamos o pronome "nosso"; cada um de nós diz "meu bairro", "lá no meu bairro". No caso em questão, a diferença está em que o possessivo singular não tem sentido: precisamos afirmá-lo "nosso", porque só nosso significa alguma coisa.

Sob o vestido colante, percebia-lhe o busto longo, de seios pequenos, assentado em pernas robustas e bem desenhadas. A voz tinha que ser grave, ligeiramente rouca, para não desafinar naquele acorde de verdes entremeados de ocres amortecidos e vermelhos escuros que, por minutos, o sol cutucava até ficarem cor de sangue.

"Graças a Deus o nosso bairro não progride", disse-lhe após o demorado silêncio de um bem-estar sem nuvens que descera sobre nós e nos acarinhava devagar. E eis que o avião roncou num diapasão cada vez mais alto, rasando os telhados, transpassando o caramanchão, furando os ouvidos, revolvendo as entranhas, restabelecendo os direitos da civilização, avivando a chama já quase extinta de todos os problemas, ameaçando destruir numa repentina explosão o "nosso bairro".

O velhinho, assustado, esvaziou depressa o copo como se temesse vê-lo entornado estupidamente antes de acabar o mundo; o gato, num pulo acrobático – o verdadeiro pulo do gato – embarafustou pela cerca sem, entretanto, largar o seu bocado; o canário soltou um pio de pavor e ódio; a mulher gorda deu de ombros. Nossas mãos apertaram-se com força. Quando o silêncio se refez, verificamos aliviados que o nosso bairro continuava intacto.

Esse nosso bairro! Não direi nunca onde se situa, se em São Paulo ou em Constantinopla. Juro, porém, que existe. Não é sonho, não é produto de minha imaginação, de nossa fantasia. Mas há muita gente incapaz de construir ou descobrir um bairro assim e se souber do nosso, logo o invadirá, vulgarizando-o, transformando-o em favela. Mãos grosseiras arrancarão as plantas, bocas sem pudor poluirão o ar, gargalhadas darão cabo do silêncio.

Tolo é quem fala de seu amor ou de sua ventura: está fazendo publicidade de produtos que não deseja vender...

24 de agosto de 1958 – O coração não envelhece. Com esses ditados de falsa sabedoria é que se consolam os homens. Na realidade é principalmente o coração que envelhece. E envelhece muito antes do corpo, por antecipação, com o receio das desgraças físicas. O medo da velhice endurece o coração, cria, em torno do sentimento, todo um sistema de defesa. Não vos será difícil verificá-lo: contemplai o sexagenário e examinai-o discretamente sem que ele o perceba. Vereis desde logo como tem o olhar duro e frio, quando não amargo e revoltado. Esse olhar não vê no broto que passa mocidade, saúde, aventura: vê um desafio e uma injustiça da natureza. Por isso mesmo mais velho se faz, como que para advertir: isso passa, e serás como eu.

Desde sempre, dos primeiros poetas aos últimos, aos Prévert de nossos dias, a tecla em que bate quem se vai enrugando e anquilozando é a mesma:

> *Si tu t'imagines*
> *fillette, fillette,*
> *que ça va, que ça*
> *va durer toujours...*

Como te enganas! Com que terrível e odiosa alegria, satisfação da mais vil inveja, diz tais coisas o velhinho atormentado e seco de coração!

Sim, este é que envelhece realmente, e com ele o espírito. O corpo não raro resiste valentemente, suporta o álcool, desperta para o amor, agüenta o exercício violento. Mas o resto está irremediavelmente embotado. Já escrevi, a propósito do bairro ideal de que se deveriam expulsar os velhos: "com os cabelos perderam também a simpatia humana..."

O coração envelhecido caracteriza-se pela prudência e a desconfiança, o que acarreta a falta de generosidade e a inveja. Mas há exceções, dirão. Se existem, escondem-se muito bem ou têm a compensar-lhes os melancólicos sentimentos, o imenso complexo de superioridade do êxito. Cercados de respeito, glorificados em vida, dão-se ao luxo, por vezes, de aparentar uma bondade que perfaz o personagem admirável. Ora, quem não sabe que "persona" é máscara? Se as mãos não tremem nem se assemelham os dedos recurvos a garras ferozes, tirai-lhes os óculos escuros: seus olhos ferem, e matariam se pudessem.

O pior, porém, é a força contagiante dessa velhice do coração. As próprias crianças estão sujeitas a pegar a doença e sei de jovens de vinte anos já inteiramente enrugados e empedernidos por dentro. Desde cedo calculam, acumulam, comprazem-se com úlceras imagináveis, que lhes permitem poupar-se, e lhes proporcionam certas vantagens. São egoístas, avarentos, azedos, céticos, inflexíveis, no entanto, na condenação das fraquezas da juventude. É de vê-los, ainda no tempo dos esportes e amores, a lutar por palmas acadêmicas, a bajular na esperança de um prêmio que não ganhariam com independência e talento. O que menos lhes apetece é a vida, a vida fecunda de todos os dias; o que mais os seduz é o diz-que-diz, a podridão alheia capaz de justificar sua própria decrepitude espiritual.

Assim como os povos de certas ilhas da Polinésia obrigam os velhos caciques a subir no coqueiro a fim de lhes testar a capacidade de resistência, dever-se-ia, em determinado momento da vida, submeter o homem "civilizado" a diversas experiências que revelariam a idade exata de seu espírito e de seu coração. Eliminar-se-ia desse modo, simplesmente pela exclusão dos postos de comando, um peão morto, ou antes, um obstáculo à evolução da sociedade. Sem ir tão longe quanto Erasmo, que pensava ser útil, um pouco de loucura à felicidade das nações, teríamos uma dose de mocidade e ousadia, de gente a semear ainda que sem a certeza de colher. O que seria, sem dúvida, melhor do que isso que atualmente se vê: homens de coração velho a colher, com ódio nos olhos e rancores nos lábios, o que outros semearam na sua inocência e no seu entusiasmo.

13 de setembro de 1958 – Há quem não se dispa do tédio em parte alguma, por isso viaja sem cessar. Se, por falta de meios, não busca terras desconhecidas de que espera milagres, carrega seu desfastio de bairro em bairro, largando este por barulhento e aquele por silencioso. Não percebe que o cenário afinal pouco importa: vale o clima interior. Se a alma anda vazia, não a enche a paisagem.

Subordina-se, em geral, ao estado de espírito o apego ao bairro. Uma certa inquietação amorosa ajeita-se mal ao bucolismo dos arrabaldes; o bulício do centro perturba um doce entendimento sentimental. Em suma, vemos o nosso bairro de olhos voltados para dentro.

O descontente peripatético queixa-se, hoje, das crianças do vizinho a cujo alarido atribui suas insônias matinais, quando, na realidade, desperta muito antes atormentado por seus próprios problemas. Ou se irrita com as buzinas dos automóveis à noite, quando só volta para casa de madrugada. Tem assim bons pretextos para mudar, dizendo aos conhecidos: "é, saí de lá, era um inferno!" Mas não vai parar no céu, vai cair noutro inferno. Agora são passarinhos cantando ou cães latindo e que começam a importuná-lo a partir do instante em que ele verifica continuar a sua vida exatamente na mesma.

Tive momentos como esses e durante muito tempo andei de cá pra lá e de lá pra cá sem conseguir gostar suficientemente do lugar em que residia. Da ruidosa avenida São João passei para a alameda Barão de Limeira, que não o era menos e logo me aborreceu. Dali fui ter a uma travessa da Brigadeiro Luís Antônio, cuja solidão pesada me encheu de angústia e me expulsou sem mais demora para a rua Sete de Abril. Esta, toda, então, de casas baixas, com algumas pensões chiques, não a interceptava a atual rua Marconi: ia direitinho até a Xavier de Toledo. A rua era principalmente noturna, começava a viver após o aperitivo no Bar do Municipal – do Teatro. Muito agitada, tornava-me a vida dispersiva. Demais, bem perto, na rua Anhangabaú morava Guilherme de Almeida, e em seu apartamento nos encontrávamos amiudadamente: Mário de Andrade, Tácito de Almeida, Antônio Carlos Couto de Barros, Sérgio Buarque de Holanda, Luís Aranha, Rubens Borba de Morais. Oswald de Andrade também apareceu umas poucas vezes. Lá, ficávamos a par da produção recíproca, lá ouvi a leitura dos primeiros contos de Mário, de versos de Guilherme, de poemas de Tácito, de crônicas de Couto de Barros. Lá se imaginou em todos os seus pormenores e quase se escreveu a *Cidade dificílima* de S. O. Gramt. Lá conheci um dos maiores boêmios da terra, Milton de Carvalho, que disputava com o anfitrião duelos de comer mal, isto é, de comer grosseiramente, mal educadamente. Foi mais ou menos por essas alturas que Marco Aurélio de Almeida criou o "culto do Leão" e andou mostrando a uma princesa russa o palácio do rei de São Paulo (Jardim da Luz)... Outras reuniões se realizavam no apartamento de Ferrignac, rua José Bonifácio, para ouvi-lo falar da Espanha e de suas últimas caricaturas. Ali pontificava Edmundo Amaral.

As visitas a Ferrignac fizeram-me crer que aquele bairro me conviria. Mudei para a Quintino Bocaiúva. A vida era mais fácil do que hoje: um emprego bastava para uma existência decente. Por outro lado não se bebia uísque, e sim Pernod, menos dispendioso e mais elegante. Andava-se de polainas, e uma bengala discreta ainda era apreciada. Já acontecera a Semana de Arte Moderna, mas não tínhamos uma idéia precisa de sua importância. Também se reuniam os literatos e artistas no escritório de Tácito de Almeida e Couto de Barros. Ali fazíamos a revista *Klaxon* e divertíamo-nos com suscitar as mais confusas e brilhantes polêmicas, convencidos de que assim irritávamos os escritores bem pensantes e os jornalistas sisudos. Ali apareceu certa vez um poeta italiano, Caligaris, que após um ano de misérias voltou para a Itália. Não era o único colaborador estrangeiro de *Klaxon*. Havia alguns belgas do grupo "Lumière", de Antuérpia, e o poeta Henri Mugnier, de Genebra, que em

1953 esteve novamente entre nós a convite do Itamarati e se fez um dos mais ardorosos propagandistas de nosso país. Os bairros boêmios não tinham segredo para ele e pode-se dizer que conhecia a fundo a vida de São Paulo. Embora não fosse um "modernista" e sim um intimista muito influenciado pelo simbolismo, tomou parte na Semana de Arte Moderna.

Dois jornais desde o início do movimento moderno se interessaram pela colaboração dos jovens: o *Correio Paulistano* e o *Jornal do Comércio*. Neste, Antônio de Alcântara Machado escrevia crônicas vivas, inteligentíssimas. Com ele, fundei mais tarde *Terra Roxa*; mas já é outra história. No *Correio*, Menotti del Picchia e Cassiano Ricardo tentavam dar à revolução literária um colorido verde e amarelo. Éramos muito bem-humorados, piadistas, bastante lidos para o meio, porém muito "jeunesse dorée".

Aos domingos íamos à casa de Paulo Prado, a reuniões mais heterogêneas. Freqüentavam-na, além dos moços, o bom e distraído Leopoldo de Freitas, René Thiollier, Yan de Almeida Prado, então romancista e interessado na pintura, Blaise Cendrars, vindo da Europa para escrever um livro sobre o Brasil e escreveu mais de um com uma fantasia extravagante e simpática, Paulo Rossi, cujas inconveniências de linguagem e cujo total alheamento à realidade social se comentavam alegremente. De uma feita, apresentado ao ministro Souza Costa indagou, displicente: "Ministro do quê?" – "Da Fazenda, Rossi" – "Sei, e da onde?" Villa Lobos, Brecheret, Graça Aranha, algo irritante na sua aspiração à liderança do modernismo, Martim Francisco, sempre de bom humor porque, observava, "não lia o *Correio Paulistano*".

Pouco freqüentei o salão de Dona Olívia Penteado, na rua Conselheiro Nébias, bairro aristocrata na época, de casarões encerrados em magníficos parques. No apogeu do café, nadando os fazendeiros em dinheiro, tudo vinha da Europa, desde os frios do jantar até os licores, as rendas e alfaias. Mas já meu pai lembrava com saudade os "bons tempos" de antanho e aguardava de um dia para outro a queda do país no abismo... Já havia quem, enfiando o polegar na cova do colete, se dirigisse aos brotos para contar coisas do passado: "Se não me falha a memória, em 1870, não, 1871..." Os velhos morrerão! tinha berrado Mário, da escadaria do Municipal. Alguns morreram, em verdade, mas a espécie prolifera como rato.

A esses bairros mais centrais ainda voltei após uma viagem à Europa. Vinha menos preocupado com literatura e boemia. Iam começar as atividades políticas, desfaziam-se grupos antigos, cada um de seus membros assumindo posição diferente.

São Paulo também mudava de aspecto, os bairros de poucos anos antes deterioravam-se rapidamente, principiava o reinado do filho de imigrante, Antônio de Alcântara Machado publicava *Brás, Bexiga e Barra Funda*.

7 de novembro de 1958 – Fazer praça das próprias desgraças sempre me pareceu uma imperdoável falta de pudor. O espetáculo nada tem de atraente para os outros, e exibir as chagas, do corpo ou do espírito, não ameniza as dores que porventura causem. Somente num caso se justifica essa agressão à sensibilidade alheia: no caso de se tirar proveito do gesto. Mas isso é para os cínicos.

Deveriam ter permanentemente em vista o exemplo dos animais. Quando a doença os prostra, desaparecem como por encanto e vão morrer na solidão. Tive um gato – Patriarca – que no momento certo desapareceu de casa. Fomos encontrá-lo morto num terreno vago. Na hora exata, sem desafios nem desesperos, entregou ao Deus dos bichos sua almazinha despida de ressentimentos. Antes gozara um instante de sol no terraço e comera umas saborosas cascas de camarão à paulista. Grande gato, e que soube envelhecer com dignidade. Nunca o ouvimos queixar-se, andou sempre bem limpo, bem lustroso, aguardando, sereno, o fim inevitável. Dir-se-ia que haurira em Montaigne sua filosofia da vida.

Mas aos poetas permitimos de bom grado que exibam suas tristezas. É que, transposta para a obra de arte, transformada em poema, a dor despersonaliza-se, faz-se expressão de toda uma categoria de indivíduos de sensibilidade análoga. Assim, quando lemos um verso desesperado de Baudelaire, não pensamos em Baudelaire, não o encaramos como decorrente de tal ou qual circunstância da vida do poeta: vemos nele o nosso próprio lamento. O lamento que ousaríamos, se não tivéssemos pudor.

Por outro lado, nunca, na obra de arte, a desgraça pessoal se exprime diretamente. Exprime-se pela imagem, pela musicalidade, e cobre-se de beleza ao desvendar-se. E tanto isso é verdade que, na medida em que uma literatura se enobrece e se torna clássica, mais ela se universaliza, passando a falar o arquétipo em lugar do herói. Temos então o homem de honra e não tal ou qual homem honrado, a amorosa e não tal ou qual mulher amorosa. Cada um de nós põe na personagem um pouco do que lhe pesa na alma e sente algum alívio, ao passo que nos repugnaria ouvir a queixa descabelada de determinado indivíduo.

Há também a solução do humor tão usada pelos contemporâneos. Em zombando das próprias desgraças, já não assume caráter exibicionista dizê-las sem pejo. Há algo estóico no humor, que a todos seduz, porque, no fundo, aspiramos mesmo é a dominar a miserável condição humana, sublimando-a na arte, na política, em mil e uma atividades. Sem a negar, porquanto a negação pura e simples é próprio dos fracos. A quem nos pergunte: "Dói?" cumpre responder "Dói". E mudar de assunto. Nunca afirmar, num gesto de fuga: "Sou imune à dor".

Montaigne aconselha a pensar sempre na doença, na desgraça e na morte. A habituar-se à convivência dessas companheiras inevitáveis, mas a não falar nunca delas senão com discrição e naturalidade. Qualquer atitude de despeito, desespero ou desafio irrita. A menos que se seja artista e capaz de "mudar em beleza a dor".

Por isso mesmo é que digo e repito sem cessar que não é no progresso que encontraremos a salvação, mas sim na arte, unicamente na arte.

22 de novembro de 1958 – Houve uma época em que eu poderia ter citado como justificativa das minhas atitudes aquelas palavras que Kafka escreve a um amigo "para mim, o possível é o impossível". É que em certos momentos psicológicos o que está ao alcance do seu Manuel da esquina – e é portanto inteiramente possível – se torna impossível. Mas também poderia ter dito o contrário: o impossível está a meu alcance. Tudo dependeria naturalmente da intenção, da perspectiva em que me colocasse.

O lugar era agreste e tranqüilo. Em meio aos pequenos sobrados e casas térreas residenciais, erguia-se um conjunto de prédios de apartamentos. Não tinham mais do que quatro andares, mas havia sensível diferença de nível entre os telhados, de maneira que, por fora, para passar de um a outro era preciso uma ginástica perigosa. O possível era-me então impossível, porque na realidade o possível era o amor, que eu não esperava, da morena esguia que habitava o prédio vizinho. Mas o impossível estava a meu alcance, pois consistia apenas em arriscar a vida para tê-la em meus braços. O impossível era uma simples aventura.

Por essa aventura fiz todas as loucuras condenáveis e vi-me, de repente, privado de recursos a fim de que não hesitasse em tudo abandonar e retornar à pátria. Não contavam, os que zelavam tanto por mim, com a minha nunca desmentida teimosia. Obstinei-me em ficar e fui parar, para poder subsistir, num bairro mal-afamado de Genebra, onde encontrara por pouquíssimo dinheiro um quarto aquecido, com um fogareiro à disposição.

Guardo desse bairro as mais comovidas recordações. No prédio moravam dançarinas, e também uma jovem chamada Valentina, que tomava conta de uma barraca de tiro-ao-alvo das vizinhanças. A vida era difícil e foi quando aprendi – mas infelizmente desaprendi com a mesma rapidez – a adular os poderosos do dia, a ser amigo do rei. No caso, o rei era o açougueiro, que me vendia fiado um bife magro, para ser assado no fogareiro e comido sem tempero. Escrevi mesmo, nesse tempo, uns versos que a muitos pareceram herméticos. Na realidade eram a expressão do momento que eu vivia. Reproduzo-os em francês porque era então poeta francês, tendo estudado em Genebra:

> *Saluons l'épicier du coin*
> *car toutes les platitudes sont légères,*
> *sont légères.*
> *Des amis m'offrent l'apéro.*
> *Ironie,*
> *Inconscience des bourses pleines*
> *qui croient qu'on dîne tous les jours.*
> *Mais je danse le soir au bar...*
> *Il y a une alcôve où tu viens*
> *et un chromo qui te fait sourire.*
> *Je n'aime pas que tu ouvres ta bourse*
> ....

E a Valentina que me dava conselhos e gostaria que eu mudasse de vida é que se destinavam os últimos versos céticos:

> *Cette âme soeur voudrait changer ma destinée*
> ....
> *Bah! je connais toutes les ficelles.*

Não, a adaptação do mocinho bem tratado àquela vida apertada e cinzenta do bairro miserável não foi tão fácil. A princípio houve um desânimo aniquilante. Duas eram as perspectivas: o lento deslizar para a boemia de baixo quila-

te, ou a ação social. Restava ainda, no desespero dos primeiros tempos, a idéia do suicídio. Mas o medo? O mesmo medo que tivera em criança no porão da casa grande. E se vencesse o medo? Era tão moço, podia escrever ainda uma grande obra, pensava. Ser um poeta...
Na praça vizinha a fonte escorria com seu lamento monótono. Fazia muito frio. O outono despira a paisagem. Tinha medo de sangue, de dor. Mas uma doença propositadamente provocada era mais aceitável. Tirei o chapéu, o sobretudo e fiquei ali sentado longo tempo até a pele doer. Pois nem sequer me resfriei. Não era destino, e em verdade andei alguns dias com tremendo receio de uma pneumonia. Foi quando entendi que a gente só se mata mesmo é num único minuto da vida.

O que na verdade aconteceu foi eu buscar um derivativo nos cenáculos onde quase sem despesas podia-se filar uma aguardente e recitar uns versos. Ouvir os dos outros era aborrecido, mas como fazer para dizer os próprios sem sacrifícios? No elogio mútuo da camarilha encontrava a ilusão de meu valor, e essa ilusão era-me tão necessária quanto a do amor. Esforçava-me porém por ser mais discreto.

No cenáculo havia de tudo. Jean Violette vaticinava. Velho bibliotecário da universidade, trabalhava o dia inteiro envolto na luz artificial da sala estreita, às voltas com montes de fichas, diante de enorme escrivaninha sobre a qual se empilhavam livros, raridades, velharias, incunábulos que ele acariciava, ao conversar, com as mãos compridas e belas. Era pequeno, de cabelos curtos e raros, "pince-nez" de níquel e gravata "lavallière". Mancava, sempre de preto, passeando um perfume quente de incenso. Parecia um pastor protestante, sacrílego e sensual. Sua linguagem pura, clara, harmoniosa, quase arquitetada, ele a martelava por vezes, num requinte precioso, com a nota desafinada de uma grosseria. Esperava, então, para continuar, que o interlocutor voltasse da surpresa. Fazia considerações suculentas e justas sobre uma paisagem ou sobre um verso, e sua voz, nesses momentos, se aquecia, carinhosa e persuasiva. Acompanhava a frase com o gesto lento, diminuindo a marcha e parado ao sentir a palavra tardar. Apoiado à bengala grossa, de cachimbo à boca, demorava-se de repente na meditação de graves acordes onomatopaicos. Definitivamente encurralado à rigidez parnasiana, escrevera algumas páginas de rara elevação e vivia ainda, dez anos depois, na auréola do primeiro triunfo.

Henri Mugnier era outro companheiro. Havia em sua fisionomia, cujos traços rudes revelavam a origem camponesa, algo mirrado entretanto, paradoxalmente franzino e triste. Fumava sem parar separando o cigarro entre o polegar e o indicador amarelados e ossudos, magros, ressecados. Seu aperto de mão metálico contrastava com a lentidão da frase, irmanava-se ao fanhoso da voz. Era o homem das confidências murmuradas aos ouvidos distraídos e que se terminavam sempre por uma afirmação valente, cômica naquele corpo débil: "Comigo é ali no duro"!

Outro, gozava de péssima reputação. Escritor obscuro, intitulava-se *filósofo da estrofe e da antiestrofe, inventor do terceiro sexo e da quarta dimensão.* No fundo, discípulo degenerado de Nietzsche e de Gobineau, trocadilhando a prosa ritmada na preocupação infantil de espantar o burguês. Eu apreciava o maluco, com suas calças de mascate e seu cachorro buldogue. Alheio à mesquinharia dos outros, o filósofo tinha comigo longas conversas sobre a sinceridade das prostitutas, "mas das prostitutas bem prostituídas, porque há prostitutas menos prostituídas". De uma feita, vendera um busto de Tolstoi, com lágrimas nos olhos, para oferecer à Dulcinéia o barco à vela que ela exigira como prêmio pelo abandono voluntário do prostíbulo. O filósofo acreditava na relatividade da moral.

O resto do grupo não merecia maior atenção. Compunham-no um dentista pernóstico, um músico efeminado, coqueluche do anfitrião e dos boêmios de unhas sujas.

Violette chupava o cachimbo, abanava a cabeça e dizia, pousando a mão no meu ombro: – "Você irá longe. Sua poesia tem cor e tem perfume. Trabalhe o verso. Leia Lecomte. E seu patrício Heredia".

E, arqueando as sobrancelhas escassas: – "Un fameux, celui-là". Só me faltava virar gênio e deixar crescer a cabeleira... mas o gênio implicava a adoção de atitudes e o cultivo cuidadoso de uma desgraça de monta. Era demais para meus dezoito anos ávidos de aventuras.

A rua dava para uma praça despida de árvores e cercada de cafés barulhentos em que se reuniam pintores e artistas. Num deles encontrei de uma feita o já famoso Hodler, célebre, mas trocando ainda suas telas por um almoço. Com o tempo tornei-me amigo do delicado desenhista que despertou em mim o amor aos livros raros.

Com isso, vou me insinuando em outro bairro: o das belas-artes.

Genebra não era então uma cidade artística. Possuía, é certo, um excelente conservatório, um bom museu, uma escola de belas-artes que freqüentava o nosso Gomide e sua irmã Regina Gras. Mas os artistas de renome logo se evadiam do meio pequeno para tentar fortuna em Paris. Os que ficavam divertiam-se nos bailes populares, deixando para os turistas e os estudantes estrangeiros as duas ou três boates existentes.

Foi nessa época que conheci Henry Spiess, o príncipe dos poetas suíços. Com meu amigo e colega Charles Reber – mais tarde amigo também de Paulo Duarte, na França – estávamos perpetrando uma série de paródias (*En singeant*) e Spiess se interessara pelo nosso trabalho. Deu-nos conselhos e censurou-nos o tom algo moleque das brincadeiras.

Genebra 8 de janeiro de 1959 – Apesar das esperanças e inquietações que desperta o "franco pesado" os jornais continuam a falar de arte e literatura. Felipe Barrès, no *Figaro* de hoje, comenta o "caso Bardot" e indaga ironicamente: qual a mensagem dessa menina bonita? Qual o seu segredo?

Na realidade o segredo de Brigitte Bardot é não ter segredo. Nem mensagem. Os homens andam fartos de teorias, de justificações: querem mesmo é voltar um pouco ao instinto, à animalidade, e Brigitte Bardot é um animalzinho delicioso, contente com a vida e sem problemas. É seu segredo o mesmo de muitas outras mulheres que todos conhecemos e nas quais não buscamos a solução de quaisquer equações mas, tão-somente, o prazer de um olhar de bichinho acuado ou o contato de uma pele sedosa e quente.

Se tais mulheres, de repente, se pusessem a entender de literatura e artes, só as poderíamos comparar às "preciosas" de Molière e nenhum encanto mais teriam para nós.

Com o bom senso dos franceses, o medo do ridículo e certa vivacidade inata, Brigitte Bardot evita quaisquer atitudes pretensiosas, exibe tranqüilamente sua linda ignorância e suas formas espetaculosas. É o que o público deseja. Se os artistas plásticos fizessem o mesmo, talvez tivéssemos neste momento de esnobismo um pouco de pintura autêntica. Mas qual deles não aspira a impingir sua mensagenzinha, com muita literatice e confusas sutilezas? Tanto explicam e comentam que não lhes sobra tempo para realizar. Daí sem dúvida o êxito de alguns que produzem mais do que falam, como Bernard Buffet, por exemplo, ou o velho Picasso.

O que falta hoje aos artistas é humildade. A culpa cabe em grande parte à crítica contemporânea menos interessada no julgamento da qualidade da obra de arte do que em revelar erudição. Ainda há dias, numa roda em que o editor Skira brilhava na defesa do abstracionismo lírico, ouvi de um crítico presente toda uma teoria acerca dos satélites e mísseis para concluir com a afirmação da necessidade de "atomizar a pintura". Ficaram todos mais ou menos na mesma, porém ninguém ousou contrariar o rei. Ora, o artista precisa ser amigo do rei.

O segredo de Brigitte Bardot é não prestar atenção à crítica. Pouco se lhe dá que digam que ela não tem talento. Ou, ao contrário, que desempenha seus papéis de maneira inteiramente nova, num estilo concretista... Pede-lhe o público que seja mulher, e ela o é; eis tudo. Não faz questão de ser amiga do rei.

Todo mundo anda visivelmente cansado desses "críticos e comentaristas" que enchem colunas com pensamentos labirínticos. Anseia-se hoje por uma volta à simplicidade, à inocência. Quer-se uma arte que diga alguma coisa e não seja uma charada, ou uma equação algébrica, ou um teorema geométrico. Que não exija do espectador ou do leitor conhecimentos aprofundados das últimas descobertas da ciência. Mas, dirão, cairemos assim na vulgaridade, ficaremos a repetir indefinidamente os lugares-comuns que já se exploraram à saciedade. Pois a arte consiste exatamente em renová-los, em dar-lhes nova força sugestiva através de uma interpretação, ou de uma expressão individual. A cabra de Picasso não repete nenhuma das cabras esculpidas anteriormente; não deixa contudo de ser cabra, nem procurou o artista fazer que o público não percebesse tratar-se de uma cabra. Nenhum dos grandes deste e de outros tempos precisou tornar-se hermético ou inventar um alfabeto particular. E os que porventura o fizeram, com os grandes retóricos da Idade Média, logo sumiram da memória dos pósteros. Em geral quando a montanha se desmanda em discursos, e se descontrola ribombando, o que vem à luz é um pobre camundongo.

31 de janeiro de 1959 – Era na Rampe de la Treille (a Rampa da Parreira) a livraria de Albert Ciana. Pequeno, rechonchudo, cara de cachorro boxer, seus olhos miúdos faiscavam à vista de um livro raro ou de uma encadernação "da época". Muito lido, erudito mesmo em história, gostava da frase redonda, da definição brilhante, do paradoxo, do trocadilho bem feito. Ambicioso de dinheiro e posição social, bebedor de cerveja e comedor algo pantagruélico de chucrute, era capaz de gestos generosos inesperados. Negociante malicioso, comprava por pouco, vendia por muito, graças a uma lábia de caixeiro viajante cruzado com moleque parisiense. Ousado na ação, intimidava-se diante da inteligência que era o que mais apreciava em alguém.

Por isso mesmo, não faltava às reuniões dominicais em casa do psicanalista Charles Baudouin, cuja reputação internacional começava a afirmar-se. Subíamos a Saconnex d'Arve por uma estrada que serpenteava através de prados e colinas, até o sopé do Salève. A vista era magnífica, com o lago ao fundo e o casario concentrado em redor da Catedral de Saint Pierre. Não pensávamos em táxi, caro demais para nossas bolsas, íamos num bonde comprido e verde que atravessava a aldeia de Carouge, onde se comia uma "fondue" saborosa regada a vinho branco bem seco e fresco. No verão sentávamos à sombra das macieiras e ouvíamos as lições do mestre, tolstoiano, metido sempre num blusão de pano grosseiro. Mas, filho de imigrante italiano, Albert Ciana era naturalmente partidário da aristocracia, jurava por Maurras e Daudet e não compreendia que um homem tão talentoso como Baudouin a esses energúmenos preferisse Romain Rolland, pacifista e internacionalista, e Stefan Zweig, sucumbido ante o desencadear de ódios imbecis.

Albert Ciana foi meu introdutor junto aos artistas plásticos. Estes formavam dois grupos e reuniam-se em dois lugares diferentes. Os mais acadêmicos freqüentavam uma cervejaria da cidade baixa, comiam, bebiam e vendiam quadros aos turistas. Os mais modernos eram fatalmente boêmios, juntavam-se num bistrô da praça de Catedral, trocavam telas por bebida, malograram em sua maioria, porém alguns chegaram a tornar-se grandes.

Nesse *Café du Consulat* conheci o escultor James Vibert, atleta atarracado que poderia ter servido de modelo para os guerreiros de Hodler, e, seu irmão, Pierre Eugène Vibert, gravador sólido e limpo que trabalhou mais tarde para as edições "Crès".

Já me referi a Henri Fehr. Muito sensível, mestre da linha sensual, conhecedor de seu ofício, pastelista brilhante, tinha à sua frente um futuro invejável. Mas casou com seu modelo, e as exigências materiais forçaram-no a comercializar o talento. Encontrei-o vinte anos mais tarde no café da Legião Estrangeira, viúvo, só, e incapaz de sair de suas fórmulas já fora de moda.

Conheci igualmente, graças a Ciana, o pintor e ilustrador Benjamim Valloton, com qualidades indiscutíveis, força expressiva, amor ao carvão, mas preso à documentação histórica, uma espécie de Wasth Rodrigues genebrino, menos sério, menos amoroso do passado, mais disposto a concessões.

Já existiam Max Bill e Paul Klee. Viviam porém na Alemanha, trabalhavam na Bauhaus, e não lhes davam importância os burgueses de Genebra. Nem esses artistas se preocupavam com sua pátria incompreensiva. Genebra era então uma cidade onde não acontecia nada, a não ser a vida fácil. Foi quando fiquei amigo de Charles Reber, jovem de cabelos cor de palha e coração esfogueado, que me dizia: "Que é que vais fazer "là-bas"? A gente precisa ser súdito de um grande país. Naturaliza-te francês". Eu não queria. Ao conforto de uma vida pacata e certa eu preferia a aventura brasileira. Meus antepassados já a tinham escolhido, havia dois séculos, e eu tinha muito que fazer ainda.

Muitos anos mais tarde, encontrando-me com João Alberto nessa mesma Genebra, ele disse-me: "Quer trabalhar mais um ano aqui, eu arranjo". Respondi-lhe: "Não, meu lugar é no Brasil". E ele ficou comovido, porque não queria esperar outra coisa de um compatriota. Eu acabara de assistir a uma entrevista dele em que se referira ao seu mais leal adversário (Júlio de Mesquita Filho) como a um "grande brasileiro". O homem era grande também. E de repente eu me senti envergonhado de ter lutado contra ele, de o ter mal-entendido. Meses depois morria João Alberto, antes de nos podermos encontrar em Cabo Frio, onde tínhamos marcado encontro.

Haveria muito que contar dessa convivência de quase um ano com o tão discutido coronel. Bondade, rapidez de decisão, energia eram suas mais belas qualidades e que se uniam a uma grande sensibilidade artística e a um talento natural de escritor. Os jovens diplomatas brasileiros respeitavam-no e o ouviam com prazer. Era um eterno apaixonado, e quando um assunto o interessava entregava-se por inteiro, devorando livros e informações, até se tornar capaz de explaná-lo minuciosamente. E tanto se exaltava então com uma questão de tarifas debatida no GATT como com a filosofia existencialista. Estudou música, de uma feita, e chegou a compor. Depois quis conhecer pintura e andou com Cícero Dias a visitar exposições e discutir abstracionismo. Quando morreu estava na fase filosófica e em verdade espantava meio mundo com dissertações acerca de suas últimas leituras. O próprio Gilberto Amado, então em Genebra, tão severo no julgamento da inteligência alheia, tão exigente de limpeza de estilo e de densidade de pensamento, apreciava o revolucionário aposentado.

18 de fevereiro de 1959 – As conferências internacionais deveriam realizar-se em avião durante uma etapa de pelo menos 12 horas de vôo. Eis o que eu pensava no avião da Air France que me conduzia do Rio a Dacar. Onze ou doze horas sobre o mar é o que basta para resolver todos os problemas internacionais e tornar os mais acirrados inimigos adeptos da coexistência pacífica.

No avião, em lugar do "galope dos alexandrinos" que tanto impressionava Spiess, o que se ouve sem cessar é o ruído ritmado dos motores. Eis-nos a cinco mil metros de altitude. Nessas alturas, após duas horas de vôo e algumas taças de champanha para fortalecer o moral, começaria a conferência. Todos teriam, naturalmente, suas posições fixadas de antemão e se mostrariam desde logo intransigentes. No auge porém da discussão, o piloto, homem de boa vontade e amante da concórdia, faria que os motores falhassem de vez em quando. Com eles palpitariam também os corações dos congressistas, e juntar-se-ia à sua angústia uma decidida afirmação de tolerância. Assinado o acordo, poderiam eles contemplar, já à vista da terra firme, as lindas ilhas com formas de lagostas e tartarugas que costumam alinhar-se ao longo das costas. E pensariam comovidos que havia alguns séculos apenas "a gente fazia esse trajeto a pé", na expressão feliz de Michel Simon.

É diante do perigo que o homem redescobre o homem. Os dirigentes dos países perdem-no de vista porque não sentem no sangue e na carne a possibilidade imediata da tragédia, da morte. Nem a sentem tampouco os diplomatas que os representam e a quem cabe tão-somente a defesa de causas e ambições mais ou menos suscetíveis de dar prestígio. Colocados à frente dos canhões, muito mais conciliantes se mostrariam todos. Redescobririam os tão desprezados valores humanos e acabariam se abraçando.

E o suicida, direis? O suicida é um homem que desesperou de repente e cometeu um ato irreversível. Se, porém, no momento psicológico ele se visse diante de um perigo verdadeiro e inesperado, sem dúvida alguma tentaria conjurá-lo, ainda que lhe volvesse à mente mais tarde o desejo de morrer, afastado pelo instinto de conservação.

Vaidade e orgulho presidem as conferências internacionais. Mas vaidade e orgulho esvaem-se ante a ameaça de uma destruição comum. O medo desnuda almas, e eis que os homens fardados ou encasacados viram crianças como os outros. É, aliás, o que ainda impede que não nos estraçalhemos de uma vez. Mas vamos brincando com o fogo. Uma palavra mais atrevida, um gesto menos prudente, e tudo voará pelos ares.

Por isso sou partidário das conferências nos céus, por cima dos oceanos. Imagine-se a ONU funcionando num edifício sujeito a um repentino desmoronamento. Quem não desejaria entender-se de imediato com seu colega, a fim de poder escapar em tempo útil da catástrofe e ir respirar um pouco de ar fresco e saudável nos jardins de sua terra?

Não alimento, porém, ilusões, os políticos são demasiado conservadores e muito pouco imaginosos.

14 de março de 1959 – Sempre considerei Di Cavalcanti um dos raros artistas sérios de nossa terra. E quando digo sério, peso bem a palavra; ponho no outro prato da balança o que penso que ela signifique: honestidade, autenticidade, lealdade para consigo mesmo, coragem de ir contra as vantagens outorgadas pela obediência às modas ou às teorias, entrega inteira de si próprio à obra realizada e, finalmente, colocação do ideal artístico acima das contingências da vida, porém sempre dentro da vida no que esta tem de essencial para o artista.

Com Di, tive longas conversas mais de uma vez, e em muitas partes do mundo: em Paris, Veneza, Rio, São Paulo. Nunca o vi renegar seu objetivo estético, quaisquer que fossem as contradições do seu cotidiano. Isso que se diz hoje na gíria futebolística, do "cobra" que se tornou "mascarado", nunca se poderá dizer de Di Cavalcanti. E serão poucos os que alinharemos a seu lado.

Uma coisa buscou esse pintor importante de nosso país: a expressão de uma sensibilidade brasileira, profundamente sentimental e sensual, e a buscou não na anedota, como os acadêmicos dos assuntos caipiras, mas nas cores e nas formas que soube ver e mostrar sem esforço literário. É preciso conhecer realmente os problemas da pintura, o que raros críticos conhecem, para sentir a que ponto suas mulatas, seus pescadores, e até as pouquíssimas paisagens que pintou são "du cru", isto é, da terra, e de boa cepa. Em outra época, mais calma e menos versátil, já o teriam reconhecido os que "zelam" pelo bom nome de nossas artes. Mas estamos num momento de proliferação e esbanjamento de doutrinas: em vez de pintar, o pintor fala e escreve, dá entrevistas e faz política. E quando acerta um ponto verde em campo vermelho descobre, maravilhado, que funciona...

Di Cavalcanti viveu e vive. É um homem, com fraquezas e fortalezas, com concessões e intransigências, com amores e ódios. Não lhe discuto as paixões, contemplo-lhe as obras e elas me bastam. Dentro da irregularidade que pode apresentar uma produção de mais de trinta anos, não vislumbrei nenhuma "falsificação", nenhum quadro feito "unicamente" por interesse comercial. Sua obra é, como ele próprio diz em carta preciosa que me endereçou de uma feita: "um corpo só". Como é a obra de todos os grandes. Às vezes eles custam a encontrar-se, mas quando amadurecem nunca mais se põem a pular de uma solução a outra, num pelotiquismo enganador... dos leigos. Por isso, no Di de 1920 já se percebe o Di de 1958. São 38 anos, e o que se vê na linha seguida é o desenvolvimento de uma mesma vontade criadora.

Fiz certa vez uma conferência para mostrar que, apesar dos temas impostos, os pintores renascentistas revelavam em seu desenho, em sua matéria, em suas cores a sua verdadeira e autêntica personalidade. Um dia farei isso com Di Cavalcanti. E mais uns dois ou três que talvez o público estranhe ver reunidos, pois serão sem dúvida de tendências diversas.

Recusando-se a chafurdar na impostura, Di Cavalcanti seguiu o conselho de D'Annunzio (desculpe-se a citação de poeta tão "ultrapassado"): "ama il tuo sogno se pur ti tormenta".

15 de março de 1959 – Para quem sempre viveu perto do mar, a ausência do mar pesa como um fardo insuportável. Os ombros, ao fim de alguns dias, curvam-se, as pernas carregam o corpo de má vontade, uma imensa lassidão apodera-se do espírito. Dizem os entendidos que é falta de iodo e que bastam umas poucas gotas diárias para corrigir os efeitos da carência. Mas eu não acredito em remédio, eu bem sei que não é apenas iodo, o que principalmente me falta é horizonte, é essa sensação de liberdade e disponibilidade que dá o verde gaio estendendo-se ao infinito.

O homem da montanha enche-se de orgulho ao contemplar a planície das pastagens, mas toda a sua fortaleza física não o exime da melancolia que lhe incutem o ar rarefeito e a paisagem árida. O homem da baixada sufoca dentro da monotonia dos campos iguais. Mas o homem do mar respira, é alegre e ousado, e seus olhos esperam a todo instante uma aventura: veleiros passam dizendo adeus, transatlânticos despedem-se com gritos roucos, ondas beijam, apaixonadamente, a praia; ele não se assustaria por certo se porventura despontasse ao longe uma frota de trirremes. Nem lhe pareceria estranha a visita de Iemanjá, a quem oferece de quando em vez um ramalhete de flores selvagens.

Foi com saudade do mar que de uma feita me instalei às margens do lago Leman no bairro mais afastado do centro. Não havia iodo, mas havia uma imitação de horizonte, ou antes um horizonte de brinquedo, e havia naviozinhos engraçados, projetos de praia, pequenas ondas de verdade e até pescadores. Nos dias de sol chegava-se a ter a vaga impressão de que seria possível uma hora de euforia. A gente do lugarejo levava porém muito a sério o seu recanto aquático. Os marujos de água doce consideravam-se marujos de fato, falavam de tempestades, de naufrágios, de pescas milagrosas. De volta do trabalho, juntavam-se no café do Père Michel, pescador aposentado de grandes barbas brancas e boina ensebada, e comentavam as peripécias da pescaria diante de respeitáveis potes de vinho branco. Nunca lhes disse que eu era íntimo do mar, não queria humilhá-los, nem tornar-me um desmancha-prazeres, nem passar por um estrangeiro desprezível. Ali estava para viver e compreender, não para me exibir. Lembrava-me sempre de uma viagem que fizera no trenzinho abarrotado da Ituana. Como me queixasse do desconforto, atalhou um rapaz: "É porque você nunca saiu de São Paulo; eu que fui à Bahia com a equipe do Corinthians"... Ouvira a história humildemente e lá no meu "porto" de pesca conduzia-me da mesma forma. Os homens simples, há que respeitá-los, nada é mais estúpido do que ferir a afirmação alheia pelo prazer vulgar de se mostrar importante. Eles são como as crianças; cumpre ouvi-los com seriedade e atenção, mesmo porque muitas lições de sensibilidade, generosidade e até sabedoria se tiram deles.

Foi quando conheci Elissée, a de nome grego e pele morena, brusca e graciosa a um tempo, arisca e agressiva, com um riso de 32 dentes capaz de enfeitiçar um santo. Aqueles homens rudes, de mãos calosas sonhavam sem dúvida com a beldade aldeã, e para provocá-la tocavam na máquina de discos que se movimentava com uma moeda de vinte cêntimos a "Ballade de la fille sans coeur". Elissée sorria, carregava um pouco mais na dose, e pronto. E uma alegria ruidosa espalhava-se pela sala enfumaçada.

Elissée tinha uma história, e não era à toa que tocavam a balada. Um dia ali se hospedara um "noble étranger", ela cedera, ele desaparecera e desde então ela esperava como a bela adormecida o seu príncipe encantado. Coisas românticas de beira-mar e que não se desprezavam à beira do lago, onde também havia alguns "marinheiros" com um amor em cada porto...

Ao inverno quando a "bise" soprava violenta e gelada, as águas agitavam-se, encrespavam-se, o lago virava oceano. Era de se ver então o orgulho daquela gente. Um velho que estivera no sul da França referia-se ao Mediterrâneo com displicência: não era mais perigoso. Sem poder pescar, sem divertimentos na aldeia ficavam todos a jogar cartas junto à lareira, com palavrões que Elissée fingia não entender. Eu também jogava, era pintor (o que compreendiam e admiravam), não lhes podia confessar que escrevia. Escrever não é profissão decente, nunca m'o perdoariam. Mas tivera que me submeter a algumas provas antes de ser aceito no meio deles. A primeira fora engolir meia garrafa de aguardente de pêra, sem dar sinal de fraqueza. A segunda, sair-me mais ou menos bem da "belotte" e, finalmente, participar de uma pescaria em dia borrascoso sem enjoar nem tremer. E tinha ainda que me exprimir na mesma linguagem primária e saborosa que usavam.

Deixei o porto um dia com melancolia. Fiz bons amigos e ainda os revi há tempos sendo recebido com grandes cotoveladas na barriga, piadas grosseiras e homéricas gargalhadas. Mas Elissée tinha partido: encontrara outro "noble étranger". Continuava presente, porém, na memória de todos. Recordavam-na meneando a cabeça: uma desmiolada afinal, embora tivesse sido tão severa e distante com "sua gente". O mal vem da cidade, pensavam, e dos estrangeiros sem raízes em parte alguma. Pois não se vá dizer que quem tem caráter e sentimento larga a sua terra para roubar a mulher dos outros, a mulher e não as mulheres, porque para meus amigos do bairro lacustre Elissée era um patrimônio coletivo, não pertencia a ninguém, mas pertencia ao bairro, como a estátua do jardim ou o cachorro do carteiro.

25 de abril de 1959 - A casa acastelada localizava-se no meio de um imenso parque, todo um quarteirão de maravilhosos fícus, com um belo carvalho à entrada, junto ao portão principal. Lá brincávamos no gramado, e eu tentava exibir minhas qualidades de acrobata, o que me valeu um braço quebrado e uma anestesia cuja lembrança nunca se dissipou. Aquele acordar vindo de longe, meio enjoado, aquela sensação de mergulhar aos poucos num mundo estranho e de reconhecer de repente algumas fisionomias...

De volta da escola, eu entrava na mansão para aproveitar a merenda. Havia no saguão uns quadros, me inspiravam respeito, "o beijo de Colombina", as miniaturas de certo pintor espanhol, e mais toda sorte de bibelôs junto às janelas de grades "art-nouveau". Aquilo era para mim um recanto misterioso, um país de maravilhas com que sonhava em casa.

Viajei. Quando voltei à avenida, ela não tinha mais o aspecto de estrada de arrabalde. Apontavam orgulhosamente seus palacetes de estilos variegados, e à tarde os granfinos faziam o corso para namorar; discretamente como se devia. A casa-castelo, que mais me parecia, já agora, uma fortaleza, continuava no mesmo lugar, mas os quadros não me entusiasmavam mais. Estávamos às vésperas da Semana de Arte Moderna.

Mário de Andrade escrevera *Paulicéia desvairada*, em que denunciava Oswald "mariscando gênios entre a multidão". Iniciava-se a batalha modernista, e outros recantos nos interessavam demasiado para que ainda pensássemos na velha avenida. Esta só nos atraiu novamente com a construção do Trianon, de onde podia o nosso poeta dizer, diante dos primeiros arranha-céus a recortarem a linha cor-de-rosa do horizonte: "eu me voltei abril".

Mas a avenida permanecia um marco no crescimento de São Paulo. Dali a cidade desceria rumo à várzea do Jardim América, ali se instalaria a gente enriquecida no café, no loteamento das cidades-jardim, nos negócios bancários. Para ali subiriam, vindos do Brás, os novos-ricos italianos e mais tarde os sírios da 25 de Março. Dali se exilariam, para Higienópolis, as famílias de 400 anos.

Entrementes, ir-se-iam edificando conjuntos residenciais, abrir-se-ia o túnel, e nas rampas de acesso à tradicional artéria se localizariam alguns arranha-céus de janelas voltadas para a "skyline" imponente do teatro. A avenida conheceria seus primeiros empórios, suas primeiras lojas. O corso tornar-se-ia impossível. Já se tornara, aliás, desnecessário.

Alguns daqueles palacetes ficariam assinalados na história elegante de São Paulo, outros seriam lembrados pela participação dos donos na vida literária da cidade. Da Vila Fortunata, por exemplo, dizia-se que era onde René Thiollier "castigava o estilo". Eu ainda residia nas vizinhanças da avenida quando principiei a ir à noite à redação do *Estado*.

Na sede da rua Boa Vista, Léo Vaz espiava por cima dos óculos a papelada que o contínuo trazia. Só a idéia de rever tudo aquilo já lhe pesava como horas e horas de trabalho efetivo. Foi somando esses minutos angustiantes que ele convenceu o diretor de um direito líquido à aposentadoria...

Devo a Léo Vaz algumas alegrias dificilmente esquecíveis. Eu lhe entregava de quando em vez um artigo que ele publicava... e pagava: primeiro incentivo na minha carreira profissional. De uma feita, chamou-me para me comunicar que dali por diante a remuneração seria maior. Exultei, por certo, e, enchendo-me de coragem, indaguei se estava gostando. Léo Vaz pigarreou, baixou a cabeça, ergueu os olhos inquietos como se eu fosse o contínuo atormentador, e respondeu: "Não é exatamente isso, é que está bem escrito".

Assim era Léo Vaz, no jornal: cético e sensível, mas buscando sempre mascarar a sensibilidade.

Para ajudá-lo na faina ingrata que o impedia de folhear gostosamente o dicionário filosófico de Voltaire, Léo Vaz ofereceu-me um dia um lugar de assessor. Explicou: já não sentia mais prazer em ler, acostumara-se a corrigir e, em vez de prestar atenção ao enredo, passava a colocar os pronomes em seus devidos lugares.

Seria essa a minha tarefa. Cumpri-a durante quinze anos, a princípio sozinho e depois com o auxílio de Mário Neme, que se divertia em exibir um purismo arrevezado, numa irritante agressividade estilística. E quando chamávamos sua atenção para dada regência, ou determinado vocábulo, respondia, gozando: "Está em Vieira".

É que a casa tinha tradições. O Aulette fazia fé. Contudo, foi-se aceitando também o Laudelino Freire, com o tempo. Tanto o Capitão como Léo Vaz, e mais tarde Paulo Duarte, que o substituiu, eram defensores decididos do português de Portugal contra a língua colorida, saborosa, mas algo bárbara que aos poucos se ia impondo. Esse amor às fontes de nosso falar já refletia, é evidente, a ternura por tudo que fosse português, desde a história até a arquitetura. O que levava às vezes nosso Capitão a cometer certas sinceridades excessivas. Uma tarde, em sua fazenda, conversávamos na varanda com o sociólogo argentino Menendes Estrada, autor da *Radiografia de la Pampa*. Comentava-se o êxito da colonização lusitana, quando Júlio de Mesquita Filho observou: "Pois é, em contraste com a colonização portuguesa, a espanhola deu nisso que está aí um punhado de republiquetas"... Era sincero, mas algo brutal, pois o argentino acabara de elogiar calorosamente o nosso respeito às coisas do passado, "sinal de cultura que não temos nós outros..."

30 de maio de 1959 – "Tanta 'aila', é o que dizia minha sobrinha de três anos, sempre que descíamos a Santos. Parodiava Mac Mahon sem o saber: "Que d'eau!". Quanta água! E pensar que sem essa massa líquida imensa o homem entristece e murcha. O grito ingênuo de emoção da criança e do general não difere muito, em sua essência, das exclamações dos poetas em idênticas circunstâncias. É que as emoções e os sentimentos mais profundos são também os mais simples, os que menos se prestam a sofisticações.

No caso do mar, o que todos exprimem é uma sensação de que participam as impressões de grandiosidade e variedade dentro da monotonia aparente. Baudelaire proclama: "Homem, hás de sempre adorar o oceano". Verlaine acha-o "mais belo do que as catedrais".

Amante fidèle
berceuse de rales,
la mer sur qui prie
la Vierge Marie.

Ou Iemanjá. E tem ainda um não acabar de violeiros e cançonetistas a louvar as belezas traiçoeiras do mar. Tem Caymi e Charles Trenet, e igualmente os que por despeito consideram o rio mais interessante, ou os lagos serenos e transparentes. Ferré, o compositor popular, numa canção sobre a Ilha de São Luís, condena as aventuras falazes nos oceanos porque

quand on est île à Notre Dame

é preciso refletir antes de as tentar. Os livros de estórias "escrevem-se em Paris".

Minha grande tristeza de paulistano é não ter mar à vista da manhã à noite. É ter de descer a serra semanalmente para contemplá-lo. Essa sobrinha a quem me refiro, na volta para São Paulo, costumava deitar um último olhar para as águas que se divisavam da derradeira curva da estrada. Dizia-lhes agitando as mãos: "Adeus, todos os mares!" Era, por felicidade, um simples até logo, um até breve.

O resto da semana sonhava-se com o mar. Podia chover todos os dias mas a menor nuvem ameaçadora deixava-nos abatidos, de mau humor, se surgisse nos céus das sextas-feiras. Em verdade não havia como admitir a indiferença de São Pedro pelas nossas aspirações... Conformávamo-nos, afinal, gozando o mar com qualquer tempo, encontrando mesmo um encanto todo especial nos dias de borrasca e ondas violentas. Então eu me lembrava do contato com o mar a bordo, em pé na proa do navio, sentindo as rajadas de água a fustigarem-me o rosto. E era bem mais emocionante à noite, enquanto ao longe, nos salões, a orquestra tocava para os insensíveis dançarem.

Mas, visto do avião, já o mar inspira apenas um vago temor. É o trágico sacrifício que nos impõe a velocidade. Não se viaja mais, vai-se de um a outro ponto, transportado, sem o perceber como, de um aeroporto a outro absolutamente semelhante. As viagens que "formavam a mocidade" eram as de antanho realizadas a pé, a cavalo, com lentidão, com tempo para ver e gostar ou estranhar. Viagens de Montaigne, Jean-Jacques Rousseau, Goethe, cheias de incidentes pitorescos. Hoje, uma pílula de Belergal fecha-nos os olhos, adormece os nervos e pronto.

Na *Viagem* de Charles Morgan, Barbet, o herói, sonha com uma partida sem objetivo preciso. É necessário que assim seja, pois desde que se escolhe uma meta não é mais o caminho que importa: é chegar. E a viagem verdadeira constitui-se principalmente de percurso. Perde-se tempo, dirão. Mas para que tempo, se não for para gastá-lo? Economizar não adianta: tempo não é dinheiro, não rende juros.

Retornemos ao mar. Num dia ensolarado trocam-se as idéias por sensações. Mas vira assunto, mais do que assunto: vida. Por ele, tudo abandona, Elissée, a de nome grego e pele morena, que às águas se entrega como a um amante. E garanto que ao vê-la tão feliz não há quem não inveje o oceano.

Deixara São Paulo num verão de manga e pitanga, de decote e sandália, caju amigo e rosa embriagada. A lembrança da Praia Grande tornava mais insuportável ainda o inverno suíço, de vento rude, ver "navalha nas mãos de um espanhol". Por isso, aproveitando a viagem de meu velho amigo Durel fui ter a Cannes, numa ânsia insopitável de azul:

De l'azur, de l'azur, de l'azur...

E sorria recordando o velho Leopoldo de Freitas que, na conversação corrente, preferia essa palavra ao adjetivo "bleu", demasiado vulgar a seu ver... A campanha de Grasse deu-me um antegosto do Mediterrâneo, com aquele colorido que nunca mais se esquece e que tanto me comovera em Cumes, perto de Nápoles, ao contemplá-lo das ruínas do tempo da Sibila, juntamente com Murilo Mendes e Saudade Cortezão. Grasse, entre flores e perfumes, fica igualmente gravada na memória e nos sentidos.

O bairro residencial de Cannes decepcionou-me. Todas essas cidades de turismos exibem a mesma vulgaridade satisfeita. Mas a casa situava-se na fronteira de um bairro pobre, e este era sem dúvida característico do meio-dia francês. Com seu sotaque carregado, sua ausência de pudor na fala, aqueles homens atarracados, de pele queimada pela maresia, alegres e barulhentos, pareciam despidos de ambições, contentes com uma existência dura que as sopas de peixe e o vinho clarete sustentavam.

O mais pitoresco era a hora do aperitivo. Tomava-se "pastis", sucedâneo do absinto, em grandes copos e com muita água; quase um refresco, mas que, repetido várias vezes, acabava estonteando. Eram pescadores, pequenos comerciantes, a que se misturavam operários e indivíduos de profissão duvidosa: talvez contrabandistas, talvez membros de alguma gangue. Na convivência diária, porém, mostravam-se todos cordiais, acolhedores, verbosos, adorando uma piada escabrosa. Freqüentei-os durante quinze dias e tive surpresas agradáveis. Um deles pintava, nas horas vagas, quadros de um realismo ingênuo, temas de pescarias com tempestades e naufrágios e dizia de Picasso que era um "farceur" de gênio. Entre os modernos preferia Utrillo, Wlaminck. O primeiro sabia beber e outro tinha um porte de atleta. Esse pintor de domingo na realidade gostava do homem mais do que da arte e não era capaz de dissociar o indivíduo da obra. Quantos críticos não agiram de igual modo! E com razão, pois o que vale mesmo é o homem.

Na roda dessa gente entrava-se por simpatia. Os sinais exteriores de riqueza careciam de importância. Podia-se chegar de automóvel e até bem vestido. Tudo estava em falar e reagir como falavam e reagiam. Mulher não entrava no bar, lugar de mulher é em casa, e só a patroa usufria o privilégio da companhia. Não era mulher, era outra coisa: a patroa. E não tinha papas na língua. E mocinho só iniciava a freqüentação depois da primeira pescaria. Então podia puxar um cigarro (cachimbo viria mais tarde) e tomar um bom trago. Os mais velhos olhavam-no com ternura, soltavam um palavrão, preparavam-lhe não raro uma peça. E o calouro, no dia seguinte, "allait aux filles".

O mar não saía das conversações. O mar, o tempo, o preço do peixe no mercado, o calado dos barcos, as peripécias da jornada marítima. De quando em quando uma história de crime misterioso, se os protagonistas eram conhecidos. Meu amigo, eles o queriam bem, porque desde a adolescência fora grande amador de pesca e bom marujo. Daí as visitas que por vezes lhe faziam, fora das horas sagradas; traziam-lhe ocasionalmente alguma peça mais rara, sentavam-se à sombra de uma oliveira e limpavam a garganta com o vinho das colinas vizinhas, história de se distrair uns instantes antes ou depois da tarefa cotidiana. Por causa dele, haviam admitido em seu círculo o brasileiro, o estrangeiro de que sempre se desconfia. De passagem, diga-se que italiano não é estrangeiro na região, nem grego, nem espanhol, se da mesma profissão. Só estranhavam que eu fosse branco e me exprimisse "comme um gars de Paris, pas de chez nous". Com a estada em Cannes minha experiência litorânea se completou. Na verdade não diferem muito entre si esses homens de beira-mar. A gente fica até acreditando nas teorias do determinismo geográfico quando vê que um caiçara sente e pensa quase da mesma maneira que um pescador europeu, embora viva em nível muito mais baixo.

Na volta, acima de Grasse, numa aldeia ao sopé da montanha de onde se avistava a casa de repouso de um escritor célebre, almoçamos num albergue cujo dono estivera no Brasil. Saudoso do sol, insistia para que nos demorássemos mais, queria arranhar seu português, confessando entre duas "Chartreuses" que a mulher falava melhor porque era russa, e esses eslavos têm muita facilidade para as línguas.

Depois seguimos para Grenoble, agachada entre o Isère e os Alpes, e entramos na Suíça sob um céu de chumbo, ameaçador de nevada e com sugestões de bagaceira necessária.

Na Praia Grande o verão continuava, sem dúvida, de manga e pitanga, de decote e sandália, caju amigo e rosa embriagada. E a simples lembrança tropical defendia o corpo contra os possíveis resfriados, o que induzia os genebrinos friorentos à elaboração de complicadas teorias acerca da capacidade de adaptação dos sul-americanos.

Nessas tardes de nostalgia eu ia para o restaurante do aeroporto ver os aviões internacionais levantarem vôo para o sul.

DE ONTEM, DE HOJE, DE SEMPRE II
RECORDAÇÕES COM DEVANEIOS

No apartamento da alameda Barão de Limeira, o pintor Paulo Rossi falava do último livro de Simone de Beauvoir, enquanto pelo rádio ouvíamos *Dom Giovanni*. De vez em quando a conversa parava, porque uma ária mais pura e límpida nos incitava ao silêncio.

Lendo, há tempos, Huxley (*The rest is silence*) deparei com um ensaio delicioso sobre essa sensação de presença de um inteiro passado nas notas de uma música conhecida; e era o que vinha sentindo no apartamento de meu amigo.

Nunca fui em verdade um amante apaixonado de música, mas algumas das sensações mais vivas que tive resultaram de um instante musical. De uma feita, no Victoria Hall, de Genebra, extasiei-me com o *Mar* de Debussy, executado por uma orquestra célebre que dirigia o maestro Ansermet.

Mais tarde, entrando com ligeiro atraso, no teatro dos Campos Elíseos, em Paris, para ver e ouvir *L'homme et son désir* de Claudel e Milhaud, meus cabelos se arrepiaram porque 80 vozes masculinas solfejavam "O meu boi morreu". Há três anos nada sabia do Brasil, e a melodia transportava-me em um minuto para um sertão misterioso que eu já conhecera em momento de vontade de tudo esquecer e que me levara a longos dias de cavalgada através das montanhas mineiras, de Campanha a Paredes, Machadinho, Ouro Fala, São Gonçalo do Sapucaí e outras cidadezinhas pacatas, de nomes sonoros.

Em São Gonçalo conhecera um engenheiro francês que depois de ter ganho milhões numa especulação de venda de terras perdera todo o dinheiro no pôquer com os mineradores. Sua história lembrava-me a peça de Jules Romain (*Donogoo-Tonka*) em que um aventureiro inventava uma mina de ouro no Mato Grosso. Não existia coisa alguma, mas em meio às desilusões, aos avatares da expedição, e o resto, uma civilização surgia, uma região colonizava-se, uma extraordinária fonte de riqueza jorrava do deserto. E toda uma filosofia decorria da narrativa: só a loucura, aliada à imaginação, é capaz de criar uma realidade. Graças à miragem dos desbravadores é que a terra se fecunda. Sem a idéia do ouro no interior, não haveria São Paulo de Piratininga, não haveria as bandeiras, nem o Brasil, nem Brasília a desafiar os timoratos caranguejos do litoral.

No bar da praça D. Gaspar, na melancolia de um crepúsculo úmido como sói acontecer em nossa terra, uma marcha italiana faz-me reviver Gênova inteira no mês cálido de maio. E dessa recordação recente remontei, num salto, até o primeiro transatlântico de minha infância, o *Arlanza*, transpondo o canal da Ponta da Praia, numa viagem que iria modificar todo o meu destino, dando-lhe um sabor de "kirsch" e Calvados, estranhamente combinável com o gosto da farinha de mandioca e da couve-mineira... Uma viagem que iria tornar-me bilíngüe, a escrever versos em francês e paródias de escritores suíços, em meio a uma neve desde logo familiar, querida e que, entretanto, não sufocaria nunca a saudade do Guarujá e do bom calor tropical.

Esse conflito de sensibilidades e de compreensões da vida, provocado por uma dualidade de educação, e que fez de mim um irrequieto viajante através de terras e almas, um viajante sem parada, sempre saudoso de alguma coisa ou de alguém, iria ser de uma importância capital na formação de minha personalidade. Não o lamento, porque as alegrias que me outorgou compensam amplamente as angústias que me deu.

De passagem por Paris, no aeroporto de Orly, despedi-me há tempos de um amigo que não via há 40 anos! A média de vida de um romano não ia tão longe! É assustador. Pois esse amigo, Gaston Baehl, trouxe cartas que eu lhe enviara na juventude e que ele guardava com o carinho dos europeus pelas coisas de antanho. Li-as com emoção. Só falava do anseio de amor e das descobertas literárias que fazia. Havia versos e citações algo pedantes de autores de minha predileção. Tê-las-ia escrito hoje? Sem dúvida, com maior discrição, apenas. Não mudei muito, ainda alimento ilusões ingênuas, esperanças malucas, ainda sou vulnerável ao amor. É isso que sinto quando uma melodia subitamente me reconduz a uma hora vivida com intensidade. Pode ser uma sonata de Beethoven... e pode ser um tango.

Esse poder evocador e também arrebatador da música, percebi-o uma tarde em Chartres. Tínhamos percorrido de automóvel, eu e Luís Martins, a estrada de Péguy. Queríamos ver despontarem paulatinamente no horizonte as torres da Catedral, queríamos viver o que literariamente conhecíamos do grande e generoso católico. Na igreja, por felicidade deserta quando chegamos, tocavam Bach. Em meio aos vitrais, com aquela música, com a pletora escultórica e expressionista dos baixos-relevos, sem o perceber nos separamos. Cruzamo-nos várias vezes junto a um altar lateral, tomados de um mesmo desejo que não ousávamos confessar um ao outro: acender uma vela e silenciar, porquanto rezar não sabíamos por certo.

Quantas recordações me traz a música! Já falei de uma estranha vitrola tocando Aracy de Almeida ao lado da Catedral de St. Pierre, à sombra de Calvino, na cidade velha de Genebra. Também poderia dizer de uma orquestra paraguaia num bar vagabundo de São Paulo, em que se tornou possível uma reconciliação entre os palavrões de um bêbado e dois uísques falsificados. Ou de uma canção brejeira que me fez dançar uma noite na praia, uma noite em que as mulheres eram lindas e desejáveis, todas elas.

E haveria muito mais que contar. Ou que nunca mais contar. Porquanto, de repente, a gente se lembra, igualmente, de todos os caminhos que não trilhou, por obstinação ou má escolha, e verifica que não há jeito de voltar, de recomeçar, programar uma vida certa. Mesmo porque quem sabe lá o que é certo, o que é errado! O mais que se sabe – e a música o lembra – é que não se respirou como devia o perfume de uma flor na noite quente de uma aventura, que não se beijou com suficiente enlevo o veludo de uma carne. E a vida passou.

Agora, no apartamento do velho Rossi, ouvindo *Dom Giovanni* e comentando os inteligentes – talvez demais – devaneios de Alain, uma sombra gostosa e triste envolve a sala: os anjos saúdam a chegada de Mozart, como diria Manuel Bandeira.

* * *

Nos tempos heróicos do modernismo, um dos nossos divertimentos prediletos era escrever sonetos a quatro mãos e enviá-los com pseudônimos a certas revistas que mantinham uma secção destinada à colaboração dos leitores. Raramente nossos versos deixaram de sair. Tácito e Guilherme de Almeida brilhavam. Mário de Andrade apreciava menos a brincadeira, conquanto não raro colaborasse. *Klaxon*, nossa revista de combate, anunciava na capa que aceitávamos encomendas de quadrinhas, epigramas e chaves de ouro de eficiência garantida. Com os anos, o prazer da mistificação passou. Só muito mais tarde, no Congresso de Escritores de Belo Horizonte, foi que tornei ao brinquedo, dessa feita com Luís Martins. Sentavam-se à nossa mesa Carlos Drummond de Andrade e Dantas Motta, tendo o primeiro se recusado a ajudar-nos porque – dizia com humor – ignorava a metrificação. Desde então, sempre que o clima do ambiente o justificou, Luís Martins e eu nos entregamos ao inocente divertimento, com resultados por vezes surpreendentes. A regra do jogo consiste em obedecer aos preceitos parnasianos, só se admitindo licenças poéticas consagradas pelos clássicos, porquanto uma nota perante sempre impressiona o público da poesia convencional.

Por que recordo agora com esses exercícios? Talvez porque, levado pelo ritmo do alexandrino, acabo de estragar um verso simples, direto, e que exprimia exatamente o cansaço de um trabalho sem justificativa, executado como a gente se embriaga. "Se pudesse o trabalho, o amor matar, um dia!" Sim, o trabalho é o melhor entorpecente quando se faz dele um fim em si. "É meu vício", confessou-me na Praia Grande um pintor de parede que fora oficial do exército iugoslavo. "Mas cumpre regá-lo com um trago de pinga de quando em quando, senão embrutece por demais", acrescentava. Dos desajustados que conheci, esse era o mais digno. Tinha alguma leitura e gostava de citações. "In vino veritas" – observava – "e a busca da verdade sempre me apaixonou" – "Mas só bebe cachaça, atalhei, será que com ela o ditado também funciona?" – "Sem dúvida, noch etwas bleibet"... E veio-me à memória um passeio a Campos do Jordão com Luís Martins, Luís Coelho, Arnaldo Pedroso Horta, Newton Freitas e João Leite. Ia-se ainda pela estrada velha, e ao chegarmos em Jacareí, paramos num café para tomar uma cerveja. Eis que surge detrás de um balcão um velhinho gorducho e de cabelos brancos, cara de sono, que de imediato, em coro, catalogamos como "filho do Di Cavalcanti". – "Não me oferecem uma pinga?", indagou. – "Não serve cerveja?" – "Homem, também pode ser, também pode ser" – disse com um vago desprezo no olhar. Um pouco de verdade existe sempre no fundo de qualquer copo. Os desajustados mansos são muitas vezes deliciosos companheiros para um papo de meia hora. Um tio meu, que passara uma temporada no hospício, dizia-me: – "Quando você ficar louco, finja mesmo de louco; quando não se finge, eles mandam a gente descascar batatas". Infelizmente não soube aplicar essa teoria da trapaça eficiente na vida prática. Morreu pobre e descascando batatas.

Em Campos do Jordão havia um papo de seu Joaquim, que não era um desajustado e sim um autêntico filósofo. Ia ele quinzenalmente a cavalo a Itajubá, de onde trazia uns frangos para vender. Eram três dias ou mais de viagem, e perguntei-lhe se não seria melhor negócio criar os bichos no seu terreno. "É, talvez se ganhe mais, mas o que eu gosto mesmo é da viagem". Certa vez encontrei-o na estrada, descia a serra a pé. Parei o carro: "Vou lá para baixo 'seu' Joaquim. E o senhor?" – "Aliás", o que significava "também".

Nesse mesmo passeio conhecemos em Monteiro Lobato, então Buquira, às quatro horas da madrugada, um caboclo que possuía um cachorro mudo e já estava com a vendinha aberta: "Por que abre tão cedo? Tem freguês a esta hora?" – "Não tem ninguém não: é mania". O tempo passa assim e de repente é capaz de surgir alguém para uma prosinha. Foi também em Buquira que duas velhinhas me pediram um dia que as levasse até São José, pois iam pegar o trem, e o ônibus estava atrasado. Fi-lo de bom grado, mas as velhinhas eram infernais; queriam que eu corresse sempre mais pela estrada esburacada e escorregadia: "Não podemos perder o trem, o senhor compreende". Setenta, oitenta no velocímetro, e elas a resmungarem. Com verdadeiro alívio, larguei-as na estação.

Aquela estrada, que percorri dezenas de vezes, era cheia de surpresas: ora uma barreira caída, ora um acidente de automóvel, ora uma chuva repentina e violenta tudo transformando em lamaçal. Certa vez deparei com um sujeito loiro, sentado à beira da estrada, ao lado de um caminhão. Fumava serenamente; parei e indaguei se precisava de alguma coisa: "Obrigado, disse-me. Já consertei a carroça. Agora sinto-me eufórico". Estranhei a erudição: "O senhor

fala difícil!" – "Desculpe, não fiz por mal, isso me acontece ocasionalmente porque sou doutor em filosofia".
Nesses anos não muito remotos, Campos ainda era um paraíso de sossego. Andava-se a pé por campos e matas, havia serelepes, periquitos, que os pinhões atraiam aos bandos e não tinha coreto na praça pobre da cidadezinha. Podia-se ir, sem correr grandes riscos, até a casa do poeta, que Jacques Perroy construía em Descansópolis, ou até a fazenda dos Koch, com seu casarão rústico. À noite acendia-se a lareira e tomava-se quentão. Ou subia-se ao Morro do Elefante recortado no alto do céu gelado de luar. O panorama, lá de cima, era calmo, apazinguante, punhados de luzes trêmulas, como pontas de cigarros e um clarão maior de distância em distância: estação, hotéis, pensões. Subitamente um assobio de moleque: o trenzinho chegando a Capivari. "Amanhã tem feira". Quero comprar do caipira, mas a fruta não presta, ele não tem papel de embrulho, nem troco e acabo indo ao japonês. Este tem tudo e sorri, sorri, sorri de novo. E seu Joaquim não gosta dessa gente não, trabalhava por demais. Se há um vício que ele não tem, é esse do iugoslavo lá da praia. Já contei, mas não há inconveniente repeti-lo, que para ele "trabalho e mulher, só por *percisão*".

Seu Joaquim não acredita no amor. Acha que é doença. "Uma doença assim como maleita, doutor. Dá uma tremedeira desgraçada, atravessa um troço na garganta, e quando a gente pensa que passou tudo, recomeça no dia seguinte. Até que mais, *às veis*". Seu Joaquim, não quer morrer, a vida é boa, tem viagem, tem conversa, um dia faz uma besteira: vai ver o mar. Quis comprar uma bicicleta, mas cavalo é melhor: "com dois pés só, basta eu".

Agora a tarde lívida e úmida penetra no quarto, convida-me a acender a lâmpada. Jogo fora o mau alexandrino, porém não sei mais o que pretendia dizer. As recordações mataram a inspiração e já é tempo de jantar. "Você pensa que manda em mim, vou comer lombo de porco; eu sei que dá urticária, mas eu não tenho mesmo remédio". Sigo pela avenida São João, não, é pela Broadway, não, é pela rua 56, todos os restaurantes são franceses, que adianta, a comida é igualzinha, porei o dedo no cardápio ao acaso, talvez ocorra uma surpresa. A casa de Paulo Duarte é na rua 93, Juanita vai à feira no Harlem, somos todos "spanish people". Ah! Quem me dera aquele restaurantezinho da Place des Ternes em Paris, onde comi com Trajano Medeiros do Paço, embaixador agora, sim senhor. O mais boêmio dos diplomatas, alto, magro, curvado, ligeiramente gago, a recitar versos em todas as línguas, ei-lo que chega de Varsóvia, sem que se espere, num fordeco velho e desce de seu sonho no Hotel Montalambert. Carlão Mesquita toma um uísque, muito jovem, muito alegre, José Augusto Alvim faz piadas, saltitante, o garção sustenta que o Flamengo é o melhor, foi um espetáculo, um balé, o Racing não deu pra saída. Só que meu uísque é irlandês, tem gosto de madeira, de apara de madeira com vinagre, vou me vingar em casa de Cícero Dias, onde encontrarei Blaise Cendrars e falaremos de Paulo Prado, do coronel Bento que ele retratou com tanto carinho: o índio que dormia nu chão, no Grande Hotel de Paris, para espanto e escândalo dos criados.

Na véspera submeteram-me ao exame médico na Unesco. "O senhor é um alto funcionário", disse-me o facultativo, "não vá fazer como o seu compatriota Artur Ramos, que levou isto a sério e morreu. Compre um carrinho e passeie. Paris é adorável." Sei por ele que antes de mim ocuparam o lugar grandes sujeitos da literatura universal. Quem mais tempo ficou foi Liu-Tang, com sua paciência chinesa. Um italiano nunca apareceu no escritório. Eu agüentei seis meses, mas tinha vergonha de dizer aos franceses que era funcionário daquilo. A resposta era fatal: "Un fromage!" Cansado de roer o queijo, voltei para o Brasil. É ainda melhor trabalhar em jornal ou fazer traduções: de Montaigne a Pascal, de Sartre a Simone de Beauvoir. Ganharás o teu pão com o suor de teu rosto, disse o Senhor. Só que o pão é pouco e transpira-se muito. Um pãozinho para cada litro de suor.

* * *

Quando moço sonhei, como todos os moços, escrever um livro conciso, lapidar, de aforismos possivelmente, e que dissesse tudo. Das minhas leituras de Baudelaire guardava a frase de *Mon coeur mis à nu*, em que o poeta pede a Deus a felicidade de escrever um grande verso. Um só, mas definitivo. É essa, sem dúvida, a suprema ambição que um artista pode nutrir ao fim de todas as tentativas de expressão. Foi o que os chineses tentaram no desenho: num só traço tudo exprimir. E é o que um poeta em cada século consegue. "Uma flor nasceu do asfalto".

Eu me exercitava então em fazer frases que, infelizmente, não passavam mesmo de frases... e era natural. Com vinte anos a gente conserta o mundo, e depois verifica que o mundo é inconsertável. E como aos vinte a única preocupação é o amor, e que nessa idade todo amor é infeliz, porque se dá demais e não se recebe quanto se deseja, o meu grande achado estava neste infame trocadilho: "quando o amor é secura, o amor se cura".

Pensava nas mulheres que dizem: "O amor, ora o amor: o que eu quero é viver", como se fosse possível separar a vida do amor. Como se tudo o que se realiza não fosse produto do amor. Como se o resto não tivesse o gosto de ressaca das coisas desgraçadas.

Naquele tempo até política era amor. Mas nunca me ajeitei com essa prostituta, nem com a outra, a do dinheiro. E fiquei à espera de alguém de verdade, da que se esvaiu de repente, mal apontou no caminho, deixando um fundo de ressentimento e humilhação. É o destino dos puros e igualmente o dos idiotas. Dá em Paphnuce, o que resistia a

Taís comendo gafanhotos no deserto, ou no palhaço do *Anjo azul*. Duas soluções pouco sedutoras.

Um dia chega em que se pensa: hoje direi tudo. Mas tudo a gente diz, se tiver coragem de enfrentar o fim de cérebro lúcido e triste, o que é dado a muito poucos privilegiados. Nesse dia "chove em Belém".

Sempre foi meu sonho: morrer sem medo. Para isso treinei como um profissional. Daí minha admiração pelos suicidas. Em Genebra, o rapaz mais bem-dotado da turma, que fingia estudar para reformar, certa manhã amanheceu morto. Nunca ninguém entendeu: ele tinha tudo! Só não tinha um amor. Trapaceava e era o mais divertido e brilhante de todos. Só compreendi o que poderia ter sido no dia em que não foi mais.

Há uma coisa absurda ou boba que se chama pudor. Só agora percebi que de pudor não se vive: morre-se, talvez com dignidade. Anos depois, outro amigo fez um gesto semelhante: admirei e invejei.

Nem tudo o que se lembra do passado é agradável. Nem sempre recordar é viver. E não sei por que, ou sei muito bem, penso em Mallarmé: a carne linda e eu bebi todas as lágrimas. Mais uma frase!

* * *

Nunca me sentira tão feliz e nunca fora tão desgraçado. Exatamente na medida em que esbanjava minha felicidade, o menor senão a destruía lamentavelmente. E por uma espécie de complexo de culpa eu buscava esses obstáculos, neles tropeçava, caía, e já levantava sangrando. É evidente que ela não compreendia. Na realidade será possível compreender um problema alheio? Todo sentimento é intransferível, e mais ainda quando se trata de coisas de amor. A reação, vai, nesses casos, da degradação ao assassínio. Ou ao suicídio, a mais digna, a menos prejudicial aos outros.

Naquela época, com 18 anos, e a cabeça cheia de poemas naturalmente românticos, não hesitava em perpetrar qualquer loucura. Mas a saúde resistia. Por mais que andasse na neve descalço, para entrar sem ruído na casa da amante ocasional, nem um resfriado pegava. E havia nisso um misto de prazer viril e de masoquismo.

Yvonne parecia-me então a mais ambicionável das criaturas. Era uma menina decidida, de olhos azuis e frios, boca sensual, palavra fácil e fustigante. Nosso namoro mais se assemelhava a um duelo, de que saí ferido mais de uma vez. Tudo fiz para tê-la, inutilmente, ou por inexperiência ou talvez por carência de desejo profundo. Vinte anos mais tarde, cientista especializada em doenças tropicais, andou ela pelo Brasil e nos encontramos por acaso certa tarde. De comovido, não cheguei a oferecer-lhe um chá; o capítulo encerrava-se definitivamente e, na mulher bonita que me sorria, não vi sequer uma mulher desejável. No entanto, por ela eu quisera morrer, com ela aprendera a chorar...

Agora, a tarde chora na janela de minha casa e essa recordação me atormenta num instante de infinito desânimo. Porque com os dias, os meses, os anos, fui me acovardando. Sem pretensão de fazer piada, direi que o custo da vida aumentou consideravelmente; dou-lhe hoje um valor absurdo, sobretudo em sabendo quão pouco ela me pode dar. E fico a pensar nos velhinhos trêmulos ao sol do inverno, arquitetando sonhos, para um futuro remoto. De um sei que afirmava, com um pé no túmulo: agora que só tenho mais uns 20 anos pela frente, preciso poupar minhas forças.

Em verdade cuidava de seus achaques: tanto tempo lhe tomavam que nada lhe sobrava para sofrer... Tudo acontecia em função dele, e se porventura chovia na hora do passeio, ele encarava o acontecimento como um gesto de inimizade pessoal do bom Deus.

Dizem que o velho vive de lembranças: é um erro. Quanto mais encanecido mais se apega o indivíduo ao presente. De lembranças alimenta-se o jovem, sempre a tentar repetir um momento feliz e a entristecer-se por não o conseguir.

Daí o pessimismo do moço, sua mortal descrença a alternar-se com entusiasmos violentos, mas passageiros.
Por Yvonne, na adolescência eu me matava. Seria capaz de matar-me agora por alguém? Por ela sofria até nos minutos de maior plenitude, hoje se sofro é de vazio e vou percebendo sem amargura que de mil vazios também se vive e que já não tenho a coragem de sofrer, nem o orgulho do possível sofrimento. Eu que citava a propósito de tudo os versos de Vigny (*A morte do lobo*):

> *puis après, comme moi souffre et*
> *meurs sans parler*

prefiro, nestas alturas, falar sem sofrer nem morrer. Sentido não têm mais as atitudes estóicas, e é com um risinho cético que ouço os devaneios dos moços. Não mais esbanjo as Yvonnes com que deparo, e se por acaso receio não satisfazê-las, contento-me com me satisfazer.

Nada mais deliciosamente imoral do que o egoísmo dos velhos. Ninguém melhor do que eles tira partido do tempo que voa, fazendo cera e jogando-se no chão para cavar algum pênalti providencial... Mocinho e com pouco cinema ainda, brigava por brigar e fazia esgrima de verdade pelo prazer de arrancar uma gota de sangue do adversário ou perdê-la, conquanto o espetáculo tivesse espectadoras. Mais tarde o sangue foi-me parecendo mais precioso do que a própria vida. Exatamente na medida em que esta se tornava por assim dizer inútil.

A tarde morre na vidraça, vai tingindo-a de cinzento. É o cão vira-lata, todo machucado na luta pelo osso cotidiano, uiva à lua que aos poucos atravessa as nuvens. O ruído das ondas rebentando e o cheiro de maresia que vem da praia incitam ao descanso na rede. Sei que no quintal tem caju e pitanga, araçá, goiaba e coco. Daqui a pouco tomarei um uísque, e o gatão Kaganovitch, como o nome indica, virá pedir-me um pedacinho de mortadela.

"Dolce far niente", com toda a covardia que se impõe e nenhuma vontade de me suicidar. O que já em si é pior do que um suicídio.

* * *

Não singrei os sete mares, mas singrei mais de sete vezes o mesmo oceano, com algumas escapadas pelo Mediterrâneo gregamente deslumbrante. Já agora é de avião que faço a travessia: uma noite de belergal e pronto. Nenhuma sensação, nenhuma emoção. O que eu gostava mesmo era dos navios. Do primeiro, o *Arlanza*, dos meus 13 anos, mal me lembro. Ficou dessa viagem tão-somente a recordação de uma menina bonita que eu contemplava gulosamente, de longe. Eu acordava às pressas para a vida, fumava escondido e arquitetava planos complicados que me dessem a possibilidade de me encostar em plena adolescência. A teoria do amor não me era desconhecida, mas a experiência tardava. Em Paris, semanas mais tarde, um amigo já homem levou-me ao Palácio de Glace: uma alucinação de gelo, luz, valsas frenéticas, correrias sobre a farinha alva do chão. Uma loura, evidentemente vaporosa, que franzia os lábios murmurando palavras de magia, deu-me um tapinha amável no rosto e sorriu. A carícia fugaz ficaria gravada para sempre em minha vida sentimental. Ainda esperei muito tempo, porém, para chegar à revelação que aguardava aflito.

Só tornei a viajar de navio nove anos depois, no *Corona*. Era, já o disse, um calhambeque a parar em todos os portos para consertos. Mas então eu já tivera amores definitivos, já me suicidara várias vezes e revivia com o mesmo entusiasmo em cada nova aventura. A bordo tornei-me amigo de François Muller, engenheiro de minas, diretor da "Chicão Gold Mines", entre Campanha e São Gonçalo do Sapucaí. A mina tinha de tudo, cobras, lagartos, ratazanas. Com esse meu amigo engenheiro, também percorri a cavalo todo o norte do Paraná. Em Tomazina, na agência do correio, o guri brincava com as cartas registradas, fazendo delas borboletas e papagaios. Eu escrevi meus versos de estréia em português, *Poemas análogos*. Análogos a quê? A nada, mas o título irritava o burguês e bastava isso para que eu o considerasse um achado. Fui entretanto o primeiro a me rebelar contra o poema-piada, o que até certo ponto me redime do pecado.

Aconteceu nessa época uma nova travessia, e outras muitas houve que fizeram de mim um íntimo do mar. Não apenas do mar ensolarado que bronzeia a pele das jovens, e a seca, e lhe dá um gosto de quitute baiano, mas também do mar tempestuoso, cinzento-chumbo, sem dúvida o que Verlaine achou "mais belo do que as catedrais". Mas o mar que mais me impressionou foi o que se estende em face do templo da Sibila em Cumes, nos arredores de Nápoles. Vi-o na companhia de Murilo Mendes e Saudade Cortezão. Era de um azul profundo e lambia devagar uma praia pequena ao sopé das colinas suaves cobertas de oliveiras e loureiros. Se surgisse de repente no horizonte uma trirreme, não o estranharia, por certo. E se deparasse com a Sibila, lembrar-me-ia, creio, do viajante que a descrevera a Petrônio: "Está velha, enrugada, cansada de viver." Sim, porque quem nada desconhece do futuro vive duas vezes a mesma existência, e é demais. Não há tatu que agüente.

    Poucos dias antes, estivera em Pompéia, estudando a lição dos "afrescos", admirando-lhe a harmonia tonal e a beleza macia dos ritmos. Já sabiam os artistas de então que pintar é um conjunto de cores, linhas, valores, distribuídos com felicidade dentro de determinado espaço, mas ingenuamente insistiam em dar um sentido humano a seus trabalhos. Hoje, somos muito mais inteligentes e eruditos e não nos perdemos nessas tolices românticas... O homem é o que menos importa em nossa civilização, é a matéria-prima mais barata e mais fácil de se obter, até com inseminação artificial se consegue. Agora, o poema de Péguy, da criança que adormece rezando e confunde o Padre Nosso com a Ave Maria, não comove ninguém. E Deus não teria a coragem de afirmar que é a mais linda coisa do mundo e que nesse ponto está de acordo com a Virgem Maria, porque, quanto ao resto, em geral diverge dela:

> *Ela é pela piedade*
> *e eu sou pela justiça...*

Eu não singrei os sete mares, mas o mar que singrei mais de sete vezes deu-me sempre punhados de venturas. Só tem uma teoria, a que desobedece sem cessar: a das marés. Porque bem sabe que na desobediência à regra (não na ignorância dela) é que se concentra a força expressiva.

Elissée, amante do mar, a de nome grego e rija carne morena, é mais um exemplo do que afirmo: na ligeira vesguice de seus negros olhos é que reside todo o seu misterioso encanto. Elissée não ilustra nenhuma teoria: ela é. A obra de arte precisa ser, antes de mais nada.

* * *

A doçura da tarde, de tão leve, pesa em meu coração. Esses minutos de plenitude com a natureza reivindicam uma partilha, não há quem os suporte sozinho. É o momento do monólogo interior que gostaríamos de transformar em diálogo. A bem-amada surge do fundo da ausência, mas não passa de miragem, é inatingível. Deus sabe por onde anda realmente, eis que não coincidem as horas de nossos hemisférios. Eu envelheço mais depressa, com cinco horas de diferença, e já vai a noite caindo enquanto ela vive uma hora de sol a pino. Aqui o outono faz do arvoredo uma fogueira, e lá os verdes começam a escurecer. Afasto com esforço de meu espírito a saudade matadeira, e desço em busca de companhia.

Uma imensa lassidão me invade. Este gosto de iodo será da bebida possivelmente falsificada, ou me virá à boca através da tão repentina e tenaz presença do mar? Ou do salgadinho que mastigo?

Oscar Pedroso d'Horta telefona-me de França. Não, não posso aceitar o convite. Meu estado de espírito faz de mim um companheiro aborrecido, mal-humorado, ressentido, nostálgico. Resolvo jantar no restaurante italiano e acabo indo para o "Rabelais", o melhor bar da Europa sempre no dizer de Vinicius de Moraes. Gretá tem discos brasileiros, aprendeu português, carrega na dose de uísque "por conta da casa", só que a casa é dela mesma. Mas esse pudor na generosidade "fait marcher le commerce".
Agora é noite fechada. Um vento frio atravessa o suéter, "o vento é uma navalha na mão de um espanhol", Mário de Andrade sempre se recusou a conhecer a Europa. Devia ter medo de gostar, com razão. A Europa é como certas mulheres que a gente reluta em amar, porque sabe que não poderá mais esquecê-las, que a vida inteira terá dor-de-cotovelo.
Mas todos esses problemas não são por certo os dos fregueses que enchem o bar. Há um tocador de violão húngaro, meio monótono, mas há também uma turma de alpinistas que cantam num coro admirável:
"Alouette, gentille alouette..." e se revezam com o bando de brasileiros (com inclusão de um argentino) a bater marchinhas na mesa com caixas de fósforos:

...uma espanhola
natural da Catalunha...

E fico a pensar numa noite na Praia Grande, no "Haiti", em que, com Luís Coelho, Paulo Mendes de Almeida e outros recordamos todos os sucessos de carnaval, desde o "Pé de Anjo"; e noutro dia, em que nessa mesma praia Newton Freitas, num número de circo e cantando "Daqui não saio, daqui ninguém me tira", conseguiu a comida que não havia.
Mas o clima em que estou vivendo é de renúncia, quase de aposentadoria. Não à maneira de um Léautaud que se

recolhe à paisagem suburbana com seus cães e gatos, mas não deixa de se utilizar do rádio para desancar adversários e desafetos, e sim uma renúncia de verdade, "oblivion"... E ressurgir de vez em quando tão-somente para assustar os que já contavam com a substituição. Sacode o velho no coqueiro e outro cacique acontecerá! Mas o velho teima em não cair.

Que graça tem a senegalesa com seu pescoço reto e longo e seus lábios por demais amaciados, tão puros, entretanto, que até desanimam! Se me desafiasse, eu toparia. Para quê? É bom parar, nenhuma delas sabe amar, mas quem o sabe ainda em época de tanta sujeitinha vaidosa e convidativa?

A noite já vai longe, bem querido. Nem lua existe para ouvir a invocação. É de trevas a vida, e de bares, só que a solução está nos mares. E quantos mares haverá nestas recordações com devaneios! Mares de Guarujá, de José Menino, do Arpoador em dia de ressaca, de Cannes com pedregulho moendo os pés e pescadores sarcásticos, da Praia Grande com tábua de pegar ondas, de Itanhaém com tintureiras, da Boa Viagem com água-de-coco.

E eis que de repente um imorredouro desejo alerta o momento pacato. Elissée, que me queres? Que a China me abra os braços, que a União Soviética me nomeie comissário do povo, nada me afastará desse sol tropical em que queimas a pele depilada com Remington último tipo. E no entanto vivo aqui na Genebra outonal, na fogueira do arvoredo numa hora indecisa em que ignoro o que estás fazendo. Coisa certa não é por certo. Dirás que ficaste birrenta, lagarta listada, que muitas diagonais perturbaram a harmonia de outrora. E eu compreenderei. Que não compreendi até agora? Mas nada compreendeste nem compreenderás porque de inteligência te empanturras, e a compreensão nada tem a ver com a maquininha lógica.

A hora é de devaneio. Perdoa. Já estou na idade de ter caráter. Tu mo disseste num dia de desabafo e malquerer. Só que não deu resultado. Eu estava, ao contrário, num dia de bem amar e logo fui encontrando um pretexto para ceder. Olhei-te. Tua boca se abria e convidava. Cedi, mas fugi. E eis-me aqui, neste momento sagrado do infindável aperitivo, sem vontade de voltar para casa onde ninguém me espera, sem vontade de ficar onde ninguém me atrai.

Mas eu quero é um fundo musical, compreendes? Esse negócio de samba de morro é para certo recanto indevassável. Aqui a gente quer ouvir sem escutar. E chega então uma delegação do ilustre Congresso Nacional com um cesto de abacaxis. E Skira, o editor milionário proclama desde logo: "Vou importar!" Alfredo Valladão e Antonio Mendes Viana já haviam desaparecido, mas o argentino continuava, engrolando: "Soi brasileño, caramba!"

Adeus, bem, adeus. Mas se porventura o avião de amanhã me largar em Congonhas, bem sabes que não perderei a mulher. E os outros que "le vallan bien". Eles brilham e perdem o essencial, só que brilho até engraxate dá. Nesta noite que já finda eu não consigo alimentar nenhuma ilusão. Sou demissionário. "Cada vez que considero que tenho de le deixá, me foge o sangue das veia e o coração dá lugá", mas há quem entenda o que vou dizendo e principalmente o que não digo. Há sempre alguém que ouve o SOS.

"It's a long way to Tipperary, to the sweetest girl I know", mas também é longe a Penha. Casa Verde, Tietê. O importante é ir, ir, ir. Talvez ficar, nunca voltar. Gretá enche-me o copo e pergunta: "Que é que tens? Tu es tout chose..." Todo coisa, infernal, vulnerabilíssimo.

* * *

"Malazarte me contou": a mesa 5 não me pertence. Tem dono, mas somente a partir das 3 da tarde. Então chega o Carlos. Depois aparece o Rubens, o Rolando, o Castelão. Ao meio-dia, porém, tenho direito à mesa 5, e surgem outros companheiros: o Quirino, o Silvestre, um exilado espanhol, por vezes um credor. É cômodo, tem telefone à disposição. De uma feita, as duas turmas se encontraram: tinha-se atrasado a da manhã. Houve um "gentleman agreement", de que resultaram vantagens mútuas e relações mais íntimas.

Um dia chegou o anjo de capote, o que aparece e desaparece sem que se saiba como vem e como se vai: aconteceu o Dantas Motta. De outra vez foi Marcito que se apresentou como uma garrafa de Calvados há muito sonhada. A mesa 5 começava a ter uma tradição, vinha gente de longe para conhecê-la. Elissée também ocorria em tardes ocasionais: dançava e pedia a cabeça de São João Batista. Há tantos Herodes neste mundo!

Entre dois drinques, o camarada Marques dá um berro lancinante que sobressalta os namorados dos cantos discretos, e chega de repente o poeta da novíssima geração, desejoso de falar de literatura, mas ninguém ouve, que chatice! Logo desiste, ante o silêncio condenatório. Afinal a mesa 5 tem sua unidade que decorre da própria heterogeneidade dos "habitués"; não se permite qualquer espécie de conversa séria: negócios, casos pessoais, política, crítica artística ou literária. O que mais se aprecia é anedota de japonês, especialidade do Rolando: "Ia o ônibus pela estrada em meio a pesadas nuvens de poeira quando estoura um pneumático. Subitamente, enquanto troca a roda, sente o motorista uma pancadinha no ombro. O japonezinho sorridente indaga: Pode dizer para onde vai o ônibus, senhor? – Para o cu do Judas... – Passa em Araçatuba?"

Carlos, lá pelas tantas, toma resoluções irrevogáveis, irretorquíveis, irremovíveis. Gosta dos superlativos em "érrimo" e de encontrar equivalências para expressões francesas e quando acerta: "Bidu!"

Tudo isso se verifica em São Paulo e, parodiando Drummond, um sujeito diz baixinho:

Todo bar é fluir

Vou narrando o que vi nos "pub's men" de Chicago, mas Rubens assegura que Chicago não existe, o que existe são os pelicanos de Miami. E no banquinho junto ao balcão, o gerente ianque de uma grande empresa (10 mil dólares de 300 cruzeiros por mês) pede o segundo Martini seco sem ter bebido o primeiro: "I can't stand the first one", explica. E o amigo dele, de nome em "of", observa com muita sabedoria e originalidade que o dinheiro é dono do mundo. Nem um nem outro tem assento à mesa 5. Não é por serem estrangeiros, os homens da mesa 5 não têm preconceitos. Desde que arranhem a língua geral, obedeçam à regra do jogo e renunciem ao brilho dos paradoxos inteligentes, podem gozar a companhia dos donos do petróleo.

Dize-me como são teus bares, ó cidade, e direi como és. Esse bar da mesa 5 não teria possibilidade de se situar alhures. Seu lugar tinha que ser mesmo onde é, na confluência das ruas do comércio de luxo, das agências de banco para que as grã-finas não precisem pisar o Viaduto do Chá com seus saltos altos, e a praça cosmopolita da biblioteca com seus desagregacionistas e seus "playboys" lambreteiros.

Até meio-dia a mesa 5 finge de mesa de restaurante. Ostenta pratos, talheres, guardanapos. Parece uma mesa burguesa, pacata, bem comportada. Só uma coisa a distingue das demais: a chapinha "reservada". Para quem? Para o Carlos, evidentemente, o decano sem a aquiescência de quem nem o próprio prefeito ousaria aproximar-se. Carlos considera as credenciais dos candidatos: Luís Coelho, grande advogado (não), boêmio inveterado (talvez), autor de contos policiais (sem dúvida). Ou Di Cavalcanti, pintor (de quadrinhos não), de mulatas ("Peut-être"), piadista emérito (pode ser):

*Que união floral existe
entre as mulheres e Di Cavalcanti?*

"Poesia é besteira, mas desta eu gosto", comenta o banqueiro da roda. Mostro-lhe o livro Poemas de Drummond. "Um dia vou ler, agora não tenho tempo".

A digestão, o impetigo, a violência.

"É do mesmo? – Não, é do anjo de capote. – O carequinha? Bom elemento, e por onde anda ele? – Em Aiuruoca. – Sei, sei, é o título do romance?" O rádio de bolso informa do resultado do último páreo em Cidade Jardim. Carlos faz os copos pularem com um soco. "Ganhou? – Perdi – Era bom palpite? – Não, gostei do nome".

No Pacaembu o jogo também terminou, e o patrão palmeirense promete uma rodada, se os "periquitos" ganharem de novo no próximo ano.

Aos domingos a mesa 5 descansa. Gente de domingo fica na calçada. Tomando um pouco do sol que os da mesa 5 vão pegar em Santos ou Santo Amaro. Só o Carlos continua firme em seu posto. Lembra-se às vezes de telefonar para um amigo, mas não se telefona assim sem mais nem menos, é preciso preparar o espírito. Resolve, afinal, pensa o número em voz alta, 36-1168, e logo traduz: macaco. Só que já perdeu muito no macaco, não telefonará tão cedo...

* * *

Naquele dia as águas do Ródano estavam mais cinzentas do que nunca, e mais cinzento do que nunca meu coração. Adolescente, fui um triste, sempre sedento de amor, passando de uma aventura a outra à procura de carne afim, da alma irmã. Cor de chumbo é que eram as águas, uns poucos graus acima de zero, e um vento miserável encarniçava-se contra o nariz e as orelhas. Suzy, docemente chata e repousante, aguardava-me no quarto. Fechava os olhos claros, fazia-se pequena e macia, era uma gata caseira, discreta nos movimentos, silenciosa, burguesa em sua ambição de amigamento sossegado. Mas eu não tinha vontade de Suzy naquela tarde já a soleira da noite. Minha melancolia arrastava-me para as águas do Ródano, e eu caminhava ao léu simplesmente com o firme propósito de não entrar em nenhum cabaré, de me curar de uma boemia sem sentido. A cura pela sugestão... estivera dias antes com Charles Baudouin e havíamos conversado longamente sobre essa terapêutica. Eu me curo, eu me curo, eu me curo. Antes de mais nada abandonar o resto... Depois o estudo. A regra. Assuntos sérios. Poesia não: o espírito perde-se na nebulosidade. Força de vontade no caso, isto é, sugestão. Auto-sugestão. Força de vontade não adianta... Sou grande, sou forte... Sou filho da morte. Besta. Assim não, vamos direitinho: eu me curo... largo desta vida... De hoje em diante não há mais farra...

Chegava à porta do cabaré. Parei automaticamente. Hesitei. Dei mais um passo... Eu me curo, eu me curo, eu me curo. De repente abri a porta de um golpe. Na sala alguém berrou: Viva ele! Pensei com convicção "largo amanhã".

Ora! A vida é assim mesmo. E Suzy? Um nojo, um vazio sem carne afim nem alma irmã. Outras haveria, muitas outras de que me separaria sempre com um sentimento insuportável de solidão. Até que de uma feita...

Mas isso é uma outra história. Exu me deu, Exu me tirou, infinita é a sabedoria de Exu...

Naquele dia as águas do Ródano estavam mais cinzentas do que nunca.

Naquele dia... quantas e quantas vezes terei dito ou pensado, desde então: naquele dia... No fundo somos todos uns suicidas; por estradas ou por atalhos vamo-nos destruindo: de trabalho matam-se uns, de bebida outros, porque viver é tarefa de Sísifo. Felizes os loucos e os burros que não o percebem. Agora vou pela praia, é noite de lua cheia, as ondas brilham e se apagam, e voltam a brilhar. Vou pela praia descalço, e a cada instante a água vem beijar-me os pés num convite insinuante: Iemanjá te quer! Se tomasse um soporífico e me deitasse aqui no raso mesmo, com a maré alta, ela me teria em seus braços. Vida teimosa!

Naquele tempo eu freqüentava os cenáculos de Genebra. Uma vez por semana ia à sede do grupo "Jean Violette". Já publicara, com boa crítica, um livro em francês.

Dou um balanço no passado, Elissée, sabes que não sobra nada, à exceção de uma experiência inteiramente inútil? É curioso, não achas? Estas recordações que escrevo para você (para ti é muito feio), escrevo-as justamente para mostrar-te que não deves desprezar o que de essencial a sorte põe ocasionalmente em tuas mãos. Não ambiciones o absoluto, que então morrerás virgem. Fica simplesmente com um pedacinho do absoluto, que existe, de vez em quando, dentro do relativo. Em não havendo possibilidade de liberdade, escolhe tua prisão. Mas já te disse isso em poema...

Naquele dia... que não era exatamente o mesmo, mas também de inverno e com neve, e com águas turvas, do Arve porém e não do Ródano, Gilberte comoveu-se com meu romantismo assustadiço. Um pedaço de céu azul apareceu por entre as nuvens escuras. Enfiei os dedos nos negros cabelos dela, os lábios abriram-se ligeiramente inquietos, durante alguns minutos não se ouviu mais o rumorejo das águas. Depois o céu readquiriu seu tom cinzento. Não era o céu de seus sonhos. Nem era ela a fonte de que necessitava para saciar a minha sede de amor. Agora: "je meurs de soif auprès de la fontaine"...

A adolescência não é positivamente o momento mais feliz da vida. As emoções são por demais violentas dos 13 aos 25 anos. Dava topada em tudo que era pedra do caminho, qualquer aborrecimento me parecia insuportável, irrealizável qualquer projeto. Mas é sem dúvida o momento de vida mais intensa, em virtude da capacidade ainda grande que se tem de querer, sonhar, sofrer, amar e odiar, e principalmente recomeçar.

Na "Brasserie du Crocodile" onde vivia, acorrentado, um crocodilo de verdade, a rapaziada debatia os temas mais transcendentes, quando não cantava em coro canções de beber.

* * *

Na manhã brumosa revejo Casablanca. Parece São Paulo em certos bairros, mas com algo misterioso; o árabe. Faz calor, acabou de chover. Os cafés esparramam-se pelas calçadas, os aperitivos coloridos enfeitam as mesinhas. Na praça espaçosa de edifícios mais antigos, um monumento ao General Liautey. Existirá ainda? Saudade de Casablanca, de um mar muito calmo, de uma paisagem de areia e verdes carregados, de um arco-íris riscando o céu. Igualzinho a esse que se projetava ontem, na tarde úmida de Santos. Agora vou caminhando pela praia, tostando-me ao sol. Bem longe no horizonte, um navio branco, rumo ao norte. Gostaria de partir também, para que plagas? Casablanca? Uma sensação de vazio que a beleza da manhã amplia e aos poucos vai tornando insuportável. Por que penso em Casablanca? Talvez o sol, talvez a areia, talvez a vegetação... Talvez a ausência de problemas naquele momento em que retornava à Europa para participar de um vago congresso de sociologia. E agora? Estou na idade em que a tendência é para o espírito e o corpo se irem acomodando docemente. Alguém me disse há tempos que, tendo sido um inquieto e um impaciente, já tudo fazia sem pressa para melhor gozar seus instantes bons. Mas eu continuo inquieto e impaciente. E cheio de problemas, daí sem dúvida a saudade de Casablanca...

Em Paris, após 11 anos de São Paulo, no restaurante que costumava freqüentar, o mesmo garçom não se espanta com minha presença e indaga, solícito: "E para beber, a mesma coisa? Há muito tempo que o senhor não aparece, esteve de férias?". Férias de 11 anos! Toda uma vida, mas não devo ter envelhecido demais fisicamente, para que me reconheça. E isso me envaidece, por certo. Que calor! Saudade de Matão, que absurdo, nunca estive em Matão, estive foi em Campos do Jordão e não gosto de recordar os dias de Campos. Mas em Campos tinha o Chico Rita, a quem eu dera um terno velho. Num domingo apareceu com a fatiota, arvorando à lapela a fita da Legião de Honra: eu esquecera de tirá-la, e ele pensava que era um enfeite do paletó, uma coisa assim para imitar uma flor... Chico Rita não come pinhão porque dá "doença braba". Não gosta tampouco de plantar, criar, prefere fazer magros biscates e adora contar suas mazelas, todas complicadíssimas e tragicômicas.

Onze anos antes eu morara na rua Lauriston, num quarto andar, com Adriano e Antônio Couto de Barros. Foi quando conheci Villa Lobos. Tínhamos um piano que se encolhia inteirinho logo que via aproximar-se o mestre. É que Villa improvisava batuques com uma alegria violenta, uma exuberância tropical de irritar os vizinhos, sempre de charuto na boca e copo ao alcance da mão. Trajano Medeiros do Paço deitava-se ao sofá e, por mais que o cercassem de cinzeiros, jogava a cinza no chão e enfiava os tocos de cigarro no bolso do colete. Cansado de tocar piano, Villa punha-se a executar peloticas com pratos e talheres e acabava em geral quebrando alguma coisa. Morava na Place St. Michel, num apartamento forrado de roxo, e vestia pijamas mirabolantes. Comprazia-se em contar absurdas histórias de índios, que muito impressionavam a criada. Um pormenor bastava-lhe para construir um romance, e nisto assemelhava-se a Blaise Cendrars com quem, em verdade, se dava muito bem.

Un petit roseau m'a suffi
pour faire chanter la forêt.

À noite íamos ao "Boeuf sur le toit", onde se reunia a vanguarda literária. Anos e anos mais tarde, lembra-se maluquinha, lá estivemos. A atmosfera mudara, mas Juliette Greco cantava gostosamente, e à saída houve um tiroteio e a morte acidental de um estudante. Separamo-nos meio estonteados com um desejo violento de prolongar a aventura impossível. Erramos? Acertamos? Nunca o saberemos, mas ficou uma lembrança sem dúvida bonita, que cumpre assinalar nestas recordações com devaneios.

Torno a pensar em Campos do Jordão, Paulo Sérgio lê um poema. É a primeira coisa séria que escreve, tão triste porém, "et pour cause", que não ouso fazer um comentário. Entretanto, será preciso fazê-lo mais dia, menos dia. "Sou um homem, não esperava outra coisa de você, velho". Mas não terá tempo, não. Alguns versos apenas ficarão: "Há mil e uma razões e nenhuma só verdadeira". E Menotti del Picchia estranhará, de repente, o espantoso amadurecimento desse menino num artigo reconfortante. "Sou um homem das cavernas", dirá o jovem num momento de humor negro...

Durante 15 anos corrigi artigos colocando todos os pronomes religiosamente em seu lugar. Léo Vaz olhava por cima dos óculos e sorria, um sorriso misto de ironia e de bondade, o que ele gosta mesmo é do pif-paf, de Anatole France, de uma literatura de "tout repos". Mas que homem compreensivo sob a máscara cética! O "Capitão" chega emburrado, tem dezenas de remédios em cima da escrivaninha, irrita-se se alguém acha que está com cara de quem vai

passando muito bem, sim senhor. Por isso já o contínuo traz um copo d'água para o bicarbonato. Na gerência, Ricardo Figueiredo desconta vales, de maus bofes. E acontece a invasão dos policiais. Estamos todos numa sala, ninguém pode sair. Mas eu me aborreço, pego o quadro de Segall na sala da diretoria e dou o fora. Sou barrado na porta: só com ordem do tenente. – "Mas seu tenente, então a Agência Havas não pode mais se locomover?" – "Deixa sair a Agência Havas". E lá vou eu muito calmamente até o largo de São Bento. Aí aperto o passo, corro, desapareço...
 É então que começo a trabalhar na Associação Comercial. É divertido. De uma feita chegaram a pedir-me um parecer sobre a moralidade do jogo do bicho. Antes escrevi tópicos para um jornal de oposição sistemática. Três por dia e mais, por vezes, o artigo de fundo. Subitamente me enchi. Entrei no escritório do Rachel Côrrea de Oliveira e declarei: prefiro morrer de fome. Não morri. Gustavo Milliet socorreu-me. Eu já estava acostumado a situações críticas, nunca me assustaram, aliás, não tenho ambições, não penso em dinheiro, a não ser quando trabalho para algum ricaço, pois levam a vida inteira para pagar...
 Vou pela praia. Preciso terminar uma tradução. Você que escreve meus artigos, não quer me ajudar um pouco, bem? Saudade de Casablanca... De uma disponibilidade que talvez não encontre nunca mais, nunca mais. O ato gratuito, a roleta russa, desacatar o burguês, princípios ineficientes, mas heróicos de uma mocidade quixotesca. Afinal, essas coisas todas são de gente subdesenvolvida. Nunca se viu um suíço brincar desse modo. Em Casablanca o brinquedo é jogar bombas nos cafés, aqui para se divertir basta atravessar a rua Augusta de lambreta com o sinal fechado, sem dar confiança. Nesta praia Rebolo quase se afogou: Luiz Coelho e Paulo Mendes de Almeida salvaram-no. Semidesfalecido, o conhecido extrema-esquerda abriu finalmen-

te os olhos e largou um palavrão: que os parite! Você pensa que água do mar é cachaça?

Oswald de Andrade não está satisfeito porque não gostei de *Marco Zero*. No banquete que lhe oferecemos no Automóvel Clube, insiste em fazer piadas comigo: péssimo crítico, com influência nefasta sobre os novíssimos, só se salva a poesia (ainda bem, é o que desejaria mesmo que se salvasse). Dá, por uma piada, qualquer amizade em troca. Mas é um grande sentimental e sentiu a vida inteira ter perdido a companhia de Paulo Prado, Yan, Alcântara Machado e Mário, por esse motivo. Com outro Mário (o Neme) teve reflexões tolas que transformaram o contista em historiador e gramático. Na mocidade, quando ainda morava na praça da República (continue a defendê-la de unhas e dentes, Quirino da Silva!) só jurava por Emílio de Menezes, depois o ídolo foi Romain Rolland, mas todo dia descobria um novo gênio, com o mesmo entusiasmo da véspera. Creio que teria apreciado estas memórias, ele que imaginava escrever as dele assim num tom de devaneio.

Bem, amanhã é sexta-feira, tem almoço na casa do Yan. Bons vinhos, boa prosa. Taunay contando mexericos da história, Roberto Moreira distintíssimo na sua malícia, Paulo Duarte sempre arquitetando uma organização perfeita das instituições culturais da terra, José de Barros Martins, Otales Marcondes, e outros. Monteiro Lobato também aparece às vezes, escondido atrás das sobrancelhas, e o Dr. Prestes Maia com seu sorriso irônico.

Praia, minha boa praia, tão presente em minha vida, de temporadas e de escapadas, de alegres tertúlias e de profundas solidões, já me esperam para o futebol dos anciões. Vou para o gol, evidentemente, enquanto o Dr. Morelli, com seus 75 anos, joga de verdade durante 20 minutos. Depois terá "Rosa embriagada" no terraço da casa do Calhau.

Engraçado, esta saudade de Casablanca que fincou pé dentro de mim!

* * *

"What a glorious day", o sol a forçar a janela de meu quarto, a expulsar-me para a estrada de árvores agitadas pelo vento, a prometerem liberdade. Vive-se a vida numa luta entre o esforço consciente de libertação e a tentação irresistível de mil e uma prisões. Se as escolhêssemos sempre, delas tiraríamos uma satisfação, mas, em que pese a Sartre, muitas e muitas circunstâncias condicionam nossa vontade e tanto nos impedem de fazer o que desejamos como nos obrigam a fazer o que não queremos. Entretanto, em condições e situações idênticas, um indivíduo escolhe de um modo e outro de outro, assumindo então a responsabilidade de seus atos e sem o direito de atribuir as conseqüências deles a um imperativo determinante. Pode haver remorso, arrependimento, desculpa não. Essas divagações ocorrem em um momento em que me sento à escrivaninha, a fim de continuar a redação de minhas memórias. Memórias! É evidente que as memórias de um intelectual, por discutível que seja, se emprenham de reflexões, de meditações que acabam eliminando um conteúdo concreto de fatos, talvez de maior interesse para o leitor. Ainda se tais devaneios tivessem um tom moralista, se ajudassem a educar alguém, mas qual! São apenas a expressão de uma sensibilidade, ou de um pensamento, que encontram nos fatos um pretexto para se expandir. Valerá a pena dar-lhes publicidade? Não será demasiado pretensioso imaginar que possam comover, como um poema ou um romance? É a dúvida que me perturba neste dia de sol a forçar a janela de meu quarto.

    Minha profissão é escrever. Escolhi-a e não me arrependo porque me parece mais limpa e honesta do que muitas outras. Mas a palavra é o material de que disponho, material traiçoeiro a exigir cuidados mil, e ao mesmo tempo pobre demais para tudo o que se almeja sugerir, comunicar. Na realidade o escritor deveria inventar palavras, como o fizeram Joyce e Guimarães Rosa, mas isso só é possível na liberdade do poema ou do romance. As memórias são uma prisão e, por maiores que sejam os privilégios, o prisioneiro sempre permanecerá encerrado em sua cela. Ainda que deixem a porta aberta, haverá um mínimo de guardas no corredor, um mínimo de fatos freando a imaginação.

Nestas memórias que vou escrevendo e que quero vivas, verificar-se-ão sempre tentativas de fuga. Não pretendo exumar cadáveres, e se por acaso nelas falar de mortos, será porque em verdade estão bem presentes em mim. Mesmo a mais triste lembrança, dessas que nenhuma alquimia consegue destruir, dessas que resistem a qualquer antibiótico, terá uma razão de ser atual. E terá que ser contada ou glosada, porque estará no vinho que bebo, no pão que como, no sabão com que me lavo.

E em meio a uma recordação de certa beleza pode acontecer-me, seduzido pelo sol de um "glorious day", retornar à atualidade imediata, citar ou justificar, e até explicar meus próprios versos. Dessa bagunça de memorialista sem memória e sem arquivo, talvez saia alguma coisa estilisticamente aproveitável. É essa esperança, creio, que me leva a tentar mais uma aventura literária. Dizem que a sabedoria vem com a idade: mentira. Nem me preocupa a sabedoria, sou poeta, graças a Deus, e enfrento esta nova tentativa com a mesma ousadia e a mesma emoção com que escrevi o meu primeiro livro. Do que valerá este último, dirá a crítica; e espero que o encare como uma promessa...

* * *

Foi então que o homenzinho grisalho entrou na Biblioteca e me interpelou:"Você não tem, meu caro, uma das coisas mais importantes do mundo em matéria de referência" – "O quê?" – "Um dicionário de egípcio antigo". Você já imaginou, Elissée, eu lidando com hieróglifos? Pois bem, desse mesmo amigo meio estranho, contaram-me que haviam colocado uma pitada de sal de fruta no vaso noturno dele. Acordou à noite aos berros, tudo fervia! Dessas mesmas situações inenarráveis eu lhe poderia contar uma, esta de amigos fieis e boêmios inveterados: Rebolo e Clóvis Graciano. Soltos num barraco isolado de Campos do Jordão, sem ter o que beber beberam Regulador Xavier a manhã inteira... inútil dizer que na hora da batida estavam... desregrados. No Morumbi, de uma feita, discutia o pintor com Juliana Giorgi, acerca dos méritos de Juarez. E, não se contendo mais, disse o extrema esquerda do Corintians que esses estrangeiros são verdadeiramente de morte: "Eu que convivi com o Juarez...". Não era porém o do México. Acontece de tudo neste país, por isso mesmo Labisse me afirmava que não gostaria de sair mais do Brasil, "o único país surrealista que conheci". Nunca soubera por que uma coisa acontecia e outra não. Nem nós nunca soubemos! É muito melhor ocorrerem coisas que a gente não espera do que não haver o que a gente sabe que não haverá em hipótese alguma. E do arquiteto suíço que viu Brasília, eu ouvi: "Milagre não se julga". Então levei-o a Santos, à Praia Grande, ao Bar Haiti, pela estrada velha, evidentemente, para que se deslumbrasse com o espetáculo de Cubatão. Catou lírios do campo e mudas de avenca a fim de lembrar-se de São Paulo às margens do Léman. E compreendeu afinal por que eu era nacionalista: "Vives em um país maravilhoso".

Neste país viveu muitos anos o Dr. Recalde, paraguaio de boa cepa que me dizia de Plínio Ayrosa: "Entende de guarani, pero nosotros lo hablamos". De uma feita chegou eufórico no meu escritório, a guerra fora declarada. "Mas vocês não tem juízo, bem que eu disse, não contam com gente, nem armas" – "Bem, gente sobra alguma, e armas, eles as possuem, pegamos". E pegaram. Também brigavam no Chaco, e os outros desciam de quatro mil metros, mascando coca.

Elissée não quis ir conosco; pendurou o beiço no umbigo, ficou invocada. Deve ter se arrependido, pois o mar estava de um azul... azul. Nenhuma sujeira na praia, e o suíço arregalava cada olho deste tamanho ante a auto-estrada de areia. Eu, com muito orgulho, bancava o cicerone, só faltava recitar-lhe Alcântara Machado: "Paulista sou a quatrocentos anos, meus antepassados ao chegarem a São Vicente..." Engraçado! Quando comecei a sentir-me brasileiro de verdade? Quando deixei de ter saudades da Europa? Parece-me que foi quando este país do futuro se tornou um país do presente. Parece-me que foi quando Jean Thomas, diretor da Unesco, aqui veio ter, e eu o levei para uma fazenda em que só dava pedra, de propósito. Já podia exibir a favela, uma vez que havia Volta Redonda. E perguntava-lhe, provocante: "É melhor do que a Índia?" No bar à beira da estrada, paramos para tomar uma cerveja. Chegava um bando alegre de caboclos. Ofereci uma pinga, mas não queriam, queriam um sanduíche. E deram um recital de sambas e marchinhas do outro mundo. Na fazenda tinha uma armadilha para lobos. Jean Thomas interessou-se pela coisa e indagou se haviam pegado muitos. "Nenhum, respondeu Luís Martins, isto é para turistas".

Realizava-se em São Paulo um congresso de bibliotecários. Paulo Carneiro brilhava. Num francês de pouco sotaque e num inglês gramatical fez comentários pertinentes. Conheci-o em Paris, secretariado por Tavares Bastos, que, como Vicente do Rego Monteiro, timbrava em não ser cá da terra. Horror ao exotismo, dos falsos parisienses, e que me deu vontade de mais afirmar ainda na minha verdade recente. Poucos dias antes jantara na casa de um dos diretores do Banco de França e dele ouvira a sentença de que a França "était fichue". Para felicidade minha à meia noite, no Trocadero, tomei um conhaque com um operário de macacão, que observou exatamente o contrário... para o primeiro, Pétain fora um mal necessário; para o outro, um "salaud".

No *Café des Deux Magots*, Blaise Cendrars contra como se safou de um naufrágio no Amazonas que nunca viu.

Ouvem-no atentos os da jovem geração existencialista, os "zazous" que "escolheram" seu destino sartrianamente. O mestre está sentado a duas mesas de distância com Simone de Beauvoir. Agora à beira-mar meu arquiteto lamenta não ter trazido um pouco de chicória para melhorar esse café que não é sequer Nescafé. Mas aprecia o vinho nacional que o Arnaldo Pedroso d'Horta teima em condenar como autêntico veneno.

Quando entrei em casa, acorreram todos os gatos: Kaganovich, como o nome indica, o Anônimo, o Pita, a Pretinha e a Branca das Neves. Sem contar a vira-lata Dondoca, sempre prenhe e uivante de nostalgia. Os suíços querem saber todos os nomes das plantas, para mim tudo é mato. E ficam escandalizados com minha ignorância. No meio do caminho não tinha uma pedra não, tinha um cacho de bananas que foi devidamente filmado, em cores, sim senhor. Bananas da Praia Grande que mandamos para a Europa (sem trocadinhos, ou com). E que gosto tem pitanga? Amassei uma folha e dei para cheirar: "Este gosto". "C'est du parfum!". Se é!

E se ela voltar um dia, a vizinha do quarto, Elissée? Bem sabes que te trairei. No carnaval ela surgiu na esquina e indagou: "Tens um lança aí?". Eu não tinha lança-perfume, nem dinheiro, nem vontade de pular. Ofereci-lhe um palhaço, não o verdadeiro que é teu, mas outro. Só que ela não quis. "En ce bordeaux où tenons notre état", que adianta um palhaço? O camarada Marques não gosta nada desses devaneios, diz que estou derrapando e sou um sujeito impossível. Também já está na idade de ter juízo, arre!

E pergunta Luís Coelho: "Como vai o cabeçudo? Envelhecendo sem nenhuma dignidade. Detesta água potável mas ainda não alcançou o trágico momento de gostar de broto". "Le démon de Midi". Minhas Evas são maduras, graças a Deus.

O perfil da suíça magrinha com cara de tico-tico desenha-se de encontro ao cinzento tênue do céu. Quando se repousar enfim Genebra, numa tarde de neve e "bise", dirá recordando as 48 horas de São Paulo: "Que dia encantador de sol" e com suas fotos coloridas nas mãos acrescentará: "É curioso, não vi cobras, nem lagartos, devem ter escondido no banheiro!". Pois não sabem todos que os há por aqui como por lá?

Eis que aparece João Leite, melancolicamente compenetrado de que agora é um homem de negócios. Não o será jamais, meu caro João, há bondade demais em teu olhar. Há lealdade muita. Um homem de negócios a gente reconhece desde logo pelas rugas, as tristezas mascaradas, a falsa segurança que exibe. És íntimo da turma, nenhum de nós tem cara disso, não. O que tu és, é mesmo poeta, João.

Bem, vamos indo? E será agora pela via Anchieta, orgulho da Nação. Porque, ao contrário do que reza o ditado, para subir todo santo ajuda, para descer é que a coisa muda... Na ida, no café do alto da Serra, o caipira que abateu, por falta de troco, um cruzeiro no preço do cigarro, observou; "O senhor tem um nervosismo engraçado!". Se tinha! Mas nada engraçado, garanto. Era chateação das boas.

São Paulo é cidade fabulosa, insiste o arquiteto. É sim. E não podemos viver em Paris de Notre Dame e da Gare Saint Lazare, nem em Roma dos garotos jogando futebol no Coliseu, nem em Veneza de meus amores, nem em Genebra de minha adolescência, quero viver nesta São Paulo sem neblinas, com a condição de nunca atravessar o Viaduto do Chá. Morou?

* * *

Quando escrevi meu primeiro artigo de crítica (foi na *Revista do Brasil*, creio), Paulo Prado advertiu-me: "Você não está pensando no leitor, comenta como se ele conhecesse o assunto, e ele ainda não leu o livro. Há que expor, primeiramente, em que consiste o que se critica".

Desisti da crítica. Escrevia era para conversar, não para julgar. Homem só, acostumado com a solidão e nela me comprazendo, poucas oportunidades me eram oferecidas de um papo acerca do que lia e me comovia. Podia, sem dúvida, freqüentar os "homens de letras", mas andavam quase todos com esses horríveis antolhos do intelectualismo, e eu gostava da vida, preferia a companhia dos malandros e malandras, e participar de sua profunda experiência humana. Não mudei em numerosos anos de uma atividade que foi afinal literária, não por vocação irresistível, mas porque nela sabia ganhar o pão de cada dia, muito suado, é certo, bem precário e o mais das vezes sem vinho. E francamente não me arrependo, embora, em velhice apontando na esquina, verifique a que ponto algum sossego material pode ser de muita utilidade.

Os críticos que gostei de ler nada tinham de críticos. Gide, Suarès, Remy de Gourmont raramente julgaram. Antes, valeram-se de suas leituras como pretextos. Quanto aos críticos de arte, bem poucos me pareceram dignos de que me atardasse em seus textos, e os objetivos – como confesso que procurei ser durante muito tempo, contra a opinião de Mário de Andrade – menos do que os outros. A crítica carece de generosidade, e não me apetece a tarefa de medir e pesar, classificar e catalogar. Já imaginou, Elissée, um namorado medindo, de régua em punho, seu queixo, sua fronte, seu nariz, suas orelhas, para dizer depois que você é linda? Vejo-a derrubando o beiço, toda invocada: estúpido! Eu sou pelo outro que largou da mulher só porque ela pôs um dia um vestido amarelo. "Detesto o amarelo", disse-me. – "Mas ela é maravilhosa!" – "Não pode ser, de amarelo é evidentemente bofe".

Adoro este país. Não porque é teu e meu. Mas porque há quem por ele se apaixone sem razão nem interesse, como o juiz alemão que há dias andou por aqui, de férias, só para não perder a carteira 19. Ou o vendedor de cigarros de Genebra, saudoso de nossa bagunça. Ou o nosso Paul Silveste, companheiro da mesa 5, fã incondicional do Canhoteiro. Gente que é capaz até de beber vinho nacional, que acha graça nas filas e se refere com simpatia à macumba, e não esquece de dar a primeira gota a Exu. Gente como Caribé, que é brasileño como nosotros, caramba! Ou como Cecil Cross, fazendeiro por aí, e o velho François Muller que sentia falta de ar em seu apartamento europeu e não sossegou enquanto não se enfiou pelos sertões de Minas Gerais. Ou o moldureiro Terzo, instalado agora na Baixa do Sapateiro. Ou o veneziano Vittorio Gobbis a fazer gravuras de São Paulo antigo.

Agora alguém me escreve, ante a relutância dos deputados em se mudarem para Brasília, perguntando "onde se deteve o espírito dos bandeirantes?" Saudades de Copacabana! Mas se entre Copacabana e Brasília houvesse três meses de veleiro e não duas horas de Caravelle, bem que eles tinham que se arranjar e procriar. Mas você bem sabe, Elissée, que não há na Novacap condições de "calme, luxe et volupté" dignas de um pai da pátria. E disseram ao maluco que há 400 anos chegou a São Vicente que para além dos pantanais, em cima daquela montanha, moravam bugres que apreciavam coxinhas de criança branca. Mas eles subiram a serra e fundaram Piratininga, talvez tão-somente porque não podiam voltar para o reino; era urgente fazer alguma coisa. Muita gente da beira-mar achou completamente cretina a idéia. Do promontório de Itaipu ainda se podia divisar uma nau qualquer de volta da bacia do Prata embarcar e ir ouvir um fado em Lisboa... Ah! o fado de Lisboa! Era como hoje um samba de caixa de fósforos na capital de Guanabara, nova estrela, mas não vedeta da bandeira nacional.

Então eu estava na boléia do táxi e disse para o motorista que eles não queriam mesmo ficar por lá. E ele me respondeu: "Mamãe eu quero mamar". Não me prendam pelo amor de Deus, não sou inocente útil, nem um sujeito subversivo. Apenas repito, e registro, como bom jornalista, o que ouço. Vox populi... Deste país meus antepassados gostaram por cálculo, eu gosto agora por inocência. Por mais estranho que pareça, após tantos anos de conspurcação, vou chegando virgem. Não era o que querias, amor?

Em Lisboa, com Rubens Borba, entramos certa vez numa boate. Estava repleta. Comentávamos o fato algo irritados, quando se aproximou o gerente: "Brasileiros? Pois não? E de onde?" – Ao que Rubens respondeu que era de Araraquara. "Mas eu também, homem, mas eu também!" e foi dando um jeito de despachar uns fregueses para oferecer um Porto aos "compatriotas".

Noutros cafés, porém, por mais que insistíssemos afirmando que entendíamos português, timbravam em nos falar em espanhol. Nossa língua era sem dúvida muito parecida, mas não era a deles, não. Onde todas as línguas se confundem realmente numa só é em Nova York: a língua do "get". Com uma só palavra diz-se tudo e ninguém estranha. Como todos falam neca, quem balbucia um pouco melhor fala paca. Isso dá uma grande segurança, a gente é de imediato dono da cidade, entra em qualquer lugar com o maior desembaraço. E como todos são metecos, ninguém o é. Essa cordialidade só se dissipa se se comete a estupidez de pedir no restaurante ou na mercearia alguma coisa que o homem médio não pede. Uma fruta fresca, por exemplo, como observa Henry Miller em *Air conditionned nightmare*. Ou se o sujeito tem a triste idéia de não acreditar na psicanálise ou no programa da *Bíblia* para milhões.

Em Chicago tive um diálogo edificante. A jovem, muito bonita e muito viva, prontificara-se a mostrar-me a cidade. Ficamos bons amigos e combinamos outro encontro para o dia seguinte. Ao despedir-nos, ela indagou:"O senhor é católico, naturalmente?" – "Não" – "Então é protestante", disse sorridente."Também não" – Ficou inquieta, silenciou um minuto, mas voltou ao assunto: "Então qual é sua religião?" Confessei que era ateu. Inútil dizer que não se apresentou ao encontro. Cumpre ter uma fé, que diabo! Pois se até pretos e amarelos têm... Contudo, gostei dos Estados Unidos. Essa mania do maior e do melhor no mundo, se comporta certa suficiência, certa carência de humildade, chocante para um espírito educado na leitura de Montaigne, Voltaire, Anatole e outros céticos amáveis, predispõe, por outro lado, a empreendimentos colossais, a uma auto-afirmação construtiva. E mesmo quem não aprecie "the american way of life" lhe respeitará a grandeza.

Como de costume, perdi-me por atalhos e veredas que não estavam em meu programa. Se me referi à advertência de Paulo Prado, foi porque tenho lido muitos artigos inteligentes, sensatos ao que se me afigura, mas escritos para quem já está a par do que se discute. Como em geral eu não estou, fico na mesma, à espera, para tomar partido, de ter em mãos os dados do problema. Sem o que, pode acontecer-me o que aconteceu a certo político que perguntava a outro pelo telefone que candidato apoiava: "Mas naturalmente o melhor" – "Mas qual?" – "O de toda gente bem" – "Mas que gente?" – "Ora, o que está do bom lado" – "Mas de que lado?" – "O lado do melhor"...

* * *

Não sou um homem que goste do acaso. Ainda que do acaso resultem horas de euforia. Eu sou do papel selado, com fiador e firma reconhecida... Ascendência burguesa, meu bem, é o diabo. Assim, a tara da honestidade portuguesa sempre me atrapalhou, mas a ela fui fiel a vida inteira. A propósito, dizia o Vita que os norte-americanos são portugueses sem bigode: ingênuos e honestos. Não jogo jogo de azar. Não sei por que te digo isto. Entre duas aulas, nos jardins da Universidade de Genebra, Charles Reber e eu líamos os humoristas então em voga. Foi assim que descobrimos *à la manière de...*, de Reboux e Muller. E tivemos a idéia de fazer o mesmo com os escritores suíços. O livro que publicamos com o título de *En singeant* teve algum êxito e obrigou-nos a estudos de estilo que foram para nós de muita utilidade. Por causa dessas paródias vim a conhecer mais intimamente a obra de Ramuz, a deliciar-me com sua linguagem áspera e pesada de camponês. Pensei mais tarde no Brasil, em fazer o mesmo com os nossos escritores, mas o meio intelectual não estava ainda maduro para essas piadas, e teria angariado mais um punhado de inimigos. Desisti. Mas já sei por que me referi ao acaso. Do acaso de nosso livrinho nasceu toda a atividade crítica que desenvolvi durante alguns anos. E que abandonei porque já se ia tornando insuportável a leitura de qualquer romance ou poesia. De imediato, punha-me a anotar repetições, sestros, erros gramaticais e nenhum prazer tirava de "ce vice impuni". Corrigia-me a mim mesmo ou adaptava-me, segundo o assunto, a tal ou qual autor. Reconquistar-me foi tarefa demorada e exigente de grandes sacrifícios. Resistir às soluções recompensadoras das modas sucessivas, para atender tão-somente ao imperativo de minha autenticidade, foi trabalho exaustivo e, por vezes, desanimador. Felizmente nunca aspirei a posições nem me preocupei com a glória. Se fiz poesia, foi porque a senti necessária em dado momento, e se pintei foi pelo prazer de lidar com tintas e pincéis. Nunca esperei usufruir quaisquer benefícios disso tudo. Se se tivesse visado, houvera enveredado por outros atalhos. Não careci de oportunidades, mas o comércio me aborrecia e a política me desgostava. Não deixei, porém, de assumir atitudes precisas e claras quando a causa me pareceu generosa.

Com isso não procuro fazer-me de herói. Muitas vezes arrependi-me; o gesto sempre custou caro, e uma prudente neutralidade me houvera sem dúvida favorecido. Mas não creio que seja apenas uma tara, essa ânsia de generosidade. Há de explicar-se por algum complexo, resultará de algum recalque, possivelmente. O fato é que a generosidade se me afigurou sempre a mais bela das qualidades, como a mesquinhez me pareceu sempre o mais odioso dos defeitos. Sei de uma jovem que comia demais e pegava homéricas indigestões só para provar a si mesma que não era mesquinha... Compreendo-a.

    Por generosidade quase quixotesca, briguei e apanhei. Briguei certa noite por causa de uma borboleta que um valentão importunava. Briguei na escola muitas e muitas vezes para defender um menino mais fraco ou mais tímido. Tirava orgulho desses pugilatos? Nenhum. Antes aborrecia-me com a falha temperamental. Não mudei com a idade, continuo a prezar a generosidade até à complacência, até à fraqueza. E essa atividade crítica que desenvolvi por acaso, de meu medo de magoar e de minha vontade de dar prazer se alimentou. Justificando-me a meus próprios olhos, fui amiúde muito mais severo do que devia com os grandes em meus juízos. Dos fracos só via as soluções felizes, dos outros os defeitos. Por isso mesmo adverti aos criticados de que não acreditassem demasiado em meus elogios, nem se atormentassem com meus reparos. Se reconsiderasse hoje os meus comentários às obras de que falo nos *Diários críticos*, modificaria minhas opiniões em numerosos casos. Quer isso dizer que a revisão me tente? Em absoluto. Penso ainda como o Gide de *Nourritures terrestres*: não me ensinaste a sabedoria, Ménalque – mas o amor.

    Pesar os prós e contras, estabelecer porcentagens de valor, é tarefa que me entedia. Prefiro, em verdade, entusiasmar-me por uma imagem, por uma frase, por uma qualidade essencial, ou irritar-me com tal ou qual insuficiência. Desgosta-me sobretudo esse passatempo insípido das analogias, das comparações, da descoberta (fácil) dos denominadores comuns. Ora, o que importa é o que provoca o amor. Não o que leva à constatação de umas tantas leis de interesse puramente acadêmico.

Quando conheci Portinari e admirei uns quadros cubistas que expunha, não faltou quem me apontasse a lição de Picasso. Reagi violentamente: o que me comovia era inteiramente nosso, embora dito na linguagem de que também usou Picasso, e Juan Gris, e Braque, e tantos outros. Em Di Cavalcanti nunca vi um pintor da Escola de Paris, conquanto pudesse encontrar pontos de contato com certos mestres parisienses. O que vi, e de que gostei, foi a nota profundamente brasileira de sua pintura. Você me imagina, Elissée, escrevendo num estilo titubeante de "sim, porém, mas, contudo"? Não dava para a crítica, não. Sou oito ou oitenta como você, na amizade, no amor e igualmente no desprezo. Péssimo crítico, portanto.

Já disse que meu velho amigo Rossi tinha a capacidade de esquecer o que lhe desagradava, o que o magoava. Eu fico roendo, a favor ou contra, e só com muita força de vontade supero os momentos de crise. Foi por esse motivo que me acostumei a ler Alain. Ninguém jamais me ajudou tanto e tão serenamente a reequilibrar-me, a recuperar-me. Por sinal que foi nele que encontrei a melhor definição do belo: "uma espécie de verdade que escapa aos que procuram a verdade". Daí a inevitável associação das duas coisas: arte e amor e – perdoem-me os críticos – a invalidade dos juízos imparciais. Carecendo de paixão, não podem penetrar a essência da arte, quando muito conseguirão, pelo raciocínio, julgar da perfeição de uma obra. Só que esta, se de arte, se caracteriza e impõe pelas desobediências às normas, pelos seus excessos.

Minha memória hoje está falhando. O passado apresenta-se vazio de fatos, o espírito não se fixa em nenhum período preciso, tudo parece desimportante fora do minuto vago que vou vivendo, apenas um minuto solto no ar, que não nasceu de coisa alguma nem se projeta em qualquer futuro. É como se me achasse na encruzilhada sem nenhum motivo para tomar pela direita ou pela esquerda. Que me decidirá? Uma flor, talvez, que se ofereça para ser colhida, uma vira-lata à cata de um carinho, um mendigo à espera de uma esmola. Não, não gosto do acaso, não sou homem do acaso, mas nessas horas de desmemória, queira-se ou não, cumpre entregar-se ao acaso. Palavra puxa palavra, subitamente a idéia surge, o fato vem à tona. Vai o pintor trabalhando com veladuras, e de repente a primeira camada de tinta fosca e sem vida brilha numa riqueza inesperada de matéria e tom. O desimportante importa. Sobre o ramo de folhagem que freme ao vento, passo uma veladura de céu cinzento, outra de mar cor-de-chumbo, outra de um veleiro que volta apressado ao porto, outra de silêncio demorado e eis que do fundo do tempo sobe à memória uma madeixa de cabelos ondulando, um rosto inclinado, uma boca em êxtase. És tu, estrela vespertina? Pouco importa! Vespertina ou matutina, posto que chego virgem, tu és mais bonita ainda, neste momento em que és capaz de prometer todas as fidelidades... És então a mulher ideal do abecedário: Amélia, boa de carne e coração, dada e difícil, esgalga e fina, global, honesta, inteligente, de jambo-rosa colorida, legal, maliciosa, ao nível do momento, oba! palpitante, nada quimerista, radiosa, sadia, *très-très* como diria Portinari, uma uva. E o *x*? Adivinhe. O *y* não é familiar e, quanto ao *z*, para bem de nossas finanças, preferes o zuarte à zibelina. Mas, pergunta-me você, essa mulher ideal será a desejável? Será a que atrai e conquista e leva ao suicídio? Bem sabes que não. Essa resulta de outra, como tu, que tens uma só qualidade excepcional e mil e um defeitos. A obra de arte.

* * *

Aquele francês velhinho ia todos os dias ao escritório de meu amigo advogado. E a conversa acabava sempre com a afirmação do hominho (eu sei que é homenzinho, mas no tempo de *Klaxon* dizíamos o hominho. E esse nós quer dizer Guilherme de Almeida, Tácito de Almeida, Conto de Barros, Antônio de Alcântara Machado, Mário de Andrade, Oswald de Andrade, Sérgio Buarque de Holanda, José de Camargo Aranha, Rubens Borba de Moraes, "il fú Calligaris" – o da água Salutaris – o verdadeiro Henri Mugnier, e outros, inclusive vosso criado) de que era partidário da castidade. Bem, um dia a mulher fugiu com um pilantra qualquer, e o hominho apareceu transtornado. O humorista do grupo, hoje fazendeiro, observou "pince sans rire": "Pois o Sr. não era partidário da castidade?" Ao que o ancião respondeu indignado: "Não estou brincando, doutor". A piada ficou célebre no grupo. Tínhamos, com efeito, várias categorias de piadas: as de grupo, as de repartição e as de grande público. Mais ou menos como hoje temos pintura concretista, tachista e figurativista. Mas juro que não se empregava ainda a palavra "obsoleto"...

Bem, isso tudo nada tem a ver com o que lhe queria contar, Elissée, ou melhor, confessar. Você sabe que não sou um invejoso, nem um ambicioso, nem um amante da publicidade. Também sabe que não sou nem comunista nem trotskista. Contudo tenho uma ambição que, se não for realizada, me dará um bruto de um ressentimento, e muita tristeza, pois para isso trabuquei, como diria Macunaíma, a vida inteira: acabar minha vida escrevendo como Gide aos 90, quando publicou *Teseu*. Ou como o duque de La Rochefoucauld de quem lhe contei a história rabelaisiana. Morrer em cima do coqueiro bem sacudido.

Essa repentina preocupação da morte me diverte. Aos 19 anos eu procurava a morte por um sim e por um não. Um fora da namorada (que eu não amava) era suficiente para que eu quisesse suicidar-me. Aos 30, eu não queria morrer e sim matar. Hoje, não é que tenha medo da morte, mas penso na bicha, e busco um entendimento com ela. Que não me pegue desprevenido, e eu prometo ter caráter. Hoje um maluco atravessou a preferencial como um camarada que bem merecia o nome, e meu reflexo funcionou. Aí pensei na morte. Se não tivesse funcionado? E isso deu-me um calafrio. Não porque tivesse medo de falecer (só Jesus Cristo morre, os outros falecem), mas porque me passou pela cabeça que o reflexo podia ter falhado... E você imagina um reflexo falhado para quem viveu sempre em função do reflexo?

Aqui entrariam mil recordações literárias, dezenas de citações que iriam da Condessa de Noailles ao velho Gide e até Proust, mas seria de um pedantismo tão grande que "je m'arrête pile". No *Freddy* da rua Conselheiro Chrispiniano (hoje sem H), Mário de Andrade me aconselhava a escrever bilingüemente. Eu não era Vinicius de Moraes e tinha medo que o Menotti del Picchia me xingasse de suíço. Ainda não sabia que era basco, como me confirmou meu amigo da *Paillote*: "usted es basco como jo". Pois não viera de Pau há 250 anos?

Então me lembrei de uma discussão entre um filho de sírio e um filho de libanês sobre que região era mais civilizada. Mário Neme estava presente e indagaram de sua opinião. Ao que o turquinho respondeu: "Não entendo disso, eu sou de Piracicaba". Em Piracicaba conheci numa noite chata de conferência (graças a Deus também larguei disso) o velho Pacheco Chaves com telas de primitivos ituanos e bom champanha gelado. Havia em sua biblioteca uma preciosidade para a história econômica de São Paulo, o diário da fazenda tradicional, desde 1700 e não sei quantos. Gostaria de publicar com anotações (pois não escrevi o *Roteiro do Café?*) mas o homem não quis saber de divulgar os segredos da mamata escravagista. O filho, o amigo João, o deputado (mas por que João?), presidente que foi do Instituto do Café, por certo publicará esse documento precioso.

Disse que conheci o velho Pacheco Chaves em Piracicaba, menti. Conheci-o por intermédio de Paulo Duarte que me contou a respeito muita reflexão inteligentíssima e requintada. E por falar em Paulo Duarte, foi também por seu intermédio que freqüentei Gabriel Penteado, outro ilustre varão da "belle époque". São Paulo era uma cidade que evidentemente não podia continuar tão gostosa, pelo menos para uma certa elite. Havia tudo e não havia nada, o que é sem dúvida o ideal. E ainda por cima era a "Londres das neblinas frias". Mais tarde, bem mais tarde, quando principiei a ler as atas da Câmara, a Correspondência dos Capitães Generais e a traduzi-las com Nuto Santana, para o Instituto Histórico, graças à clarividência de Armando Salles Oliveira, foi que entendi o que havia de tradição nesta terra e como era grande, ou fora, o nosso passado. Começavam então a mandar aqui nossos primos, sobrinhos, enteados, e também sogros, os novos mamelucos. De um não sei quem, tendo feito botas a vida inteira, se viu, de repente, obrigado a arranjar uma carteira 19. O homem chorou, sentindo que se transformara num carcamano. Hoje, felizmente não há mais carcamanos. Meu primo chama-se De Luca, meu médico chamou-se Petraglia, outro parente tem nome sírio, e já há até um nissei na família. "Tutti baiani" mercê de Alá.

Sobrou o negro. Mas negro somos todos, porém só o percebemos quando entramos na fila em Miami (EUA). Que fila escolher? E se não somos negros, somos "spanish people" o que, mais ou menos, dá na mesma. Subdesenvolvidos? Uma ova. Campeões do mundo da auto-afirmação, isto sim.

Saí de Santos, meu bem, com tempestade, e chego ao planalto numa tarde gloriosa. E diz o rapaz que me acompanha: vá-se entender este país! Só que realmente não é para se entender, nem para explicar: é para gostar, amar, montar casa e ficar. Está bem? Ou não morou? Não direi que tem mais estrelas do que lá, mas tem pitanga e araçá. Sabe lá o que é isto? E cajá-manga? E jabuticaba? E jangadeiro do Ceará? E gaúcho da fronteira agüentando o tranco das invasões? E paulista separatista louco por xinxim de galinha? Um idiota, por nome Huntington, asseverou que nunca haveria civilização sob os trópicos. Provou a tese por A mais B e se estrepou inteirinho. O filho chegou um dia em Copacabana, grelou as morenas, entregou os pontos. O pai era uma besta. E houve também um Gobineau que mandaram para o Brasil quando queria morar na Grécia num templo em ruínas, de saudades. Por causa deles apareceu um Hitler, matou milhões de judeus, falou das sub-raças de cor e arrebentou, tonitruante, num porão de Berlim. "No porão vocês me porão"...

Veja a que nos pode levar a história de um velhinho que era partidário da castidade! Eu também sou, mas dessa castidade que se traduz por inocência e autoriza todas as loucuras. Mas estou parecendo com o desmemoriado de não-sei-mais-onde-não-me-lembro-de-onde-venho-e-não-sei para onde vou. E se ela fugir com o palhaço? Até que fico contente: eu sou o palhaço!

Agora, no bar, Paulo Amaral Mello me assegura que mais palhaço do que eu é ele... Como é que hei de compreender os homens, indagava o cachorro de Monsieur Bergeret. Mas quem lê ainda Anatole France? Obsoleto...

* * *

Foi em *Crianças mortas* que tomei conhecimento da obra de Enéas Ferraz. O livro comoveu-me profundamente. Tive relações mais íntimas com o autor em Paris. Homem estranho, de uma pureza intransigente. E de uma sensibilidade arisca. Ia visitá-lo no Consulado, e mais de uma fez fomos comer juntos num restaurante grego que servia picadinho mais ou menos à nossa moda. Foi nessa época que me encontrei com José Ferraz Alvim, todo nervos, numa constante excitação, e doido por uma intrigazinha sem maldade. Com seu irmão Jorge, Meringolo e Juliette Muller resolvemos de uma feita ir a Chartres de automóvel. Ultrapassando outro carro em lugar proibido, deteve-nos o guarda e uma discussão se iniciou. Já eu conseguira acalmar o grilo, invocando a qualidade de estrangeiros e turistas, quando Juliette me interpelou irritada: "t'as pas fini avec ce ballot?", o que estragou tudo, pois aquela não era positivamente nem estrangeira nem turista... Acabamos pegando a multa. Estava também conosco, se não me engano, Antonio da Costa, o bom Da Costa, que todas as manhãs, no hotel, me perguntava, com a mão à altura do coração: "nunca tiveste uma dor aqui?" mas bastava que se falasse em passeio para que a esquecesse. E havia ainda na mesma turma o sempre atarefado Novais Teixeira que costumava repetir: "Como diz lá o outro, homem gosta de homens, o diabo são as mulheres".

Com a greve do metrô, eu ia a pé de Montparnasse à Etoile, alongando o trajeto pelas margens do Sena. Já pela manhã os amadores de pesca estavam a postos com apetrechos complicados e iscas variadas e multicores. Barcos iam e vinham e, de quando em vez, amarrado ao cais um iate de bandeira inglesa. Eu sonhava com descer o rio numa tarde de outono em que todas as castanheiras estivessem douradas. Nunca entendi porque meus patrícios iam para a Europa no verão e voltavam antes de setembro. Ora, setembro e outubro são justamente os meses mais agradáveis do norte. Os crepúsculos matizados prolongam-se indefinidamente, a temperatura sugere um dia de inverno no Rio. Mas em novembro os ventos frios começam a soprar, e a chuva miúda parece atravessar os impermeáveis. Já então Paris tem alguma coisa dos julhos de São Paulo. São Paulo! Íamos jantar na cantina da rua 13 de Maio, um bando alegre em que brilhavam Rachel Moacyr. A horas tantas a italianada do boteco principiava a reclamar: "Canta la franceza". A francesa era mesmo Rachel. Depois havia o caminho de

Santo Amaro com o restaurante alemão e a volta pela madrugada, Luís Martins muito eufórico e a Citroen rodando a toda pela 9 de julho. "Me devolve" implorava Juliana, o que queria dizer "leva-me para casa".

Agora leio um livro estranho de Maria Alice Barroso: *História de um casamento*. É um livro que me dá vontade de largar estas memórias meio confusas e voltar à crítica. Mas, dia a dia mais, detesto a crítica e, mais do que a crítica, a crítica da crítica. A mim ela já me classificou entre os impressionistas, os surrealistas, os hedonistas, o diabo. Só não viu que eu gosto apenas de conversar e não tenho pretensão de julgar ninguém. Odeio a responsabilidade da escolha, quero ser livre de apreciar um verso, ainda que de um poeta medíocre e sem a obrigação de situar-lhe a obra no tempo e no espaço. O que me comove está sempre no tempo e no espaço em que vivo.

No elevador senti um cheiro de luvas de pelica. Ali estavam, lisas e pretas, e delas saíam braços morenos e um busto, e um rosto encimado por uma cabeleira negra como a própria negritude. Não sei quem era, mas um punhado de recordações me acompanhou então até meu quarto entulhado de livros e aberto para a Serra do Mar. De imediato aspirei uma golfada de iodo e vi, através da massa cinzenta, o verde de Guarujá, e, para além, o de Recife. Como gostaria de estar em Fortaleza e de lá seguir para Brasília. Que acharia loucamente linda e detestável. Na realidade nasci para "une petite vie", como dizia Henri Mugnier. Uma vida de bairro, o padeiro me cumprimentando, o garagista dando-me conselhos, a mulherzinha da esquina acenando uma boa noite camarada, o garçom indagando "E para de beber, sempre o mesmo clarete?".

* * *

Encerro aqui estas memórias. Começaram com os bairros que conheci e acabam no bairro em que moro. Sem amargura ponho um ponto final nestas lembranças. Disse-o a Elissée: agora vou transformar-me no homem invisível. É o fim. E ela retorquiu com a pletora de vida que tem em seu seio magro: mas deste fim te alimentarás até o fim...

Nasci para uma vida mesquinha e fiz de minha vida uma vida louca. Faltou-me apenas a força de ir até as últimas conseqüências do rumo escolhido. É de que me penitencio. Não soube assassinar ninguém, embora em um poema dedicado à dançarina tenha afirmado que só se vive à custa de matanças repetidas. Se não matamos, impiedosamente, alguém nos mata. Não matei, mataram-me. Não tenho bossa de mártir, mas não o lamento assim mesmo.

Este livro iniciou-se com algumas considerações sobre a aposentadoria. Termina com notas à margem da demissão. Por mais que a repudiemos ela se impõe. Agora, como Montaigne, vou encerrar-me na torre de meu castelo, na "livraria", onde terei com que meditar. Em que terras a erguerei? Ignoro-o. Talvez na orla do Atlântico, para nas tardes lerdas e pesadas de calor andar pelas praias molhando os pés no sal das águas e o cérebro no sal da heresia. Talvez à beira do Léman sereno, onde, sem problemas cotidianos, o homem se suicida devagarzinho.

Não em todo caso neste São Paulo frenético que exige a todo instante de cada um de seus filhos que dê tudo em prol de tudo. Eis que não quero nada.

* * *

DE CÃES, DE GATOS, DE GENTE
1964

A palavra mais comum que o homenzinho tinha na boca era "esquecer". Em verdade não tinha muito que esquecer porque pouco vivera. Assim mesmo punha trincos na memória – trincos de álcool, de jogo, de desafios e afirmações – para que nenhuma recordação o perturbasse. Contudo, a lembrança por vezes pegava-o desprevenido; quando ele menos esperava, ela lá estava e era tarde demais para expulsá-la. Como surgia e se esgueirava? Era difícil saber: tomava as formas mais inesperadas e aparecia nas horas mais insólitas.

Assim foi no dia do perfume. Como acontecera aquele perfume? Contou-me que entrara sem bater, de repente, na hora em que o esquecedor profissional estava no banheiro, tomando sua ducha. Ora, um homem não se apresenta nu diante de um perfume, e até que se tivesse vestido e escovado os dentes, ele já se havia instalado.

As horas da manhã são as menos propícias à invasão das recordações que desejamos esquecer. Mas é preciso que os minutos da véspera tenham sido aproveitados em todos os seus segundos, pois de outro modo podem as lembranças intrometer-se dentro dos trágicos amanheceres que se seguem às noites falazes e são como um banho morno de nó na garganta.

Ele o sabia e por isso tinha sobretudo medo das horas da noite – as mais longas, de insônias, angústias, fantasmas. Então saía aturdido para a rua: "Nenhuma revolução para aderir!" Sim, porque quando se consegue trocar o sentimento pela ética, o ser pelo fingir ser, ainda há solução: um compasso de espera pelo menos. Era o seu erro. Trata-se é de substituir o que não é mais pelo que está sendo. Mas o homenzinho não lera Gide, nem ouvira a comadre observar que de instante em instante a vida enche o papo.

O problema do homenzinho é o problema de muita gente. A preocupação de esquecer impede-os de viver... e de esquecer. E o engraçado é que o que procuram obstinadamente esquecer são os momentos felizes que tiveram. Em vez de pensarem como Simone de Beauvoir: "Esses são meus, estão incorporados a mim e ninguém rasga", dizem: "Preciso esquecer porque não os terei mais". E, como a felicidade tem fim, preferem ficar com a tristeza que não tem...

* * *

É absolutamente certo, confirmado pelas minhas últimas desilusões: vou mudar-me para o Nordeste ou para o Rio Grande do Sul. Apesar de ser um Milliet de Saint-Adolphe da Costa e Silva, com 200 anos de São Paulo e nascido na rua da Consolação, vou emigrar desta terra em que um maracujá custa 20 cruzeiros, uma goiaba 30 e uma maçã argentina 10... Sem falar em araçá, pitanga, etc. E acontece que entrei numa das grandes mercearias do centro, que até caviar soviético tem à venda, e pedi uma lata de caju, esse caju de Pernambuco mesmo, dali da esquina, de "Caravela". Pois não tinha; e o ilustre comerciário que me servia observou galhofeiro que essas frutas de gentinha ele não possuía. Nem caju, nem banana. Mas pêras sim, e groselhas, tudo falsificado, evidentemente, mas bonito de pôr na mesa em dia de visitas.

No Nordeste, as festas são daqui, e no Sul o brasileiro resiste, na fronteira, ao assalto secular do castelhano; mas em São Paulo, entre 2 mil restaurantes, não há um só de comida típica brasileira. Então, para que insistir?

Há tempos, em uma revista francesa, queixava-se o articulista de que já se começava a comer pílulas no país da cozinha requintada. E na mesma revista havia um anúncio em que se provava alegremente que, em vez de ordenhar uma vaca ou uma cabra, era bem mais fácil usar o leite em tubo!

Conheço gente que já tem o gosto deturpado a ponto de preferir o milho verde em lata ao milho fresco. E tudo isso é tão mais cômodo, tão mais eficiente! Mas que é de morte, é.

E subitamente me lembro do que aprendi nos péssimos cursos de história que fui obrigado a seguir: os romanos, em vésperas de dominar o mundo, principiaram a apaixonar-se por tudo que havia de grego, de egípcio, de oriental. E veio a decadência. Mas nós, que ainda somos apenas uma promessa de potência, por que deveremos adorar o que não presta só porque vem de fora?

Parece-me que, ao grande esforço de alguns presidentes, para nos arrancar do abismo do subdesenvolvimento, cumpriria que correspondesse certa boa vontade para a valorização do produto genuinamente nacional. Até subvenção do governo deveria haver. E, principalmente, uma campanha de educação do povo. Então explicaríamos que a cereja de verdade é excelente, mas na árvore, e que o araçá, o caju, a pitanga, não são menos gostosos. Como não o são a banana, a laranja, o maracujá. E que manjuba de Santos ou do Rio é tão apetitosa como a anchova em lata, já enferrujada, vinda de Portugal ou da Espanha. E que o azeite de amendoim é comprado por bom preço na França, nessa França do azeite de oliva. E que vinho da Argélia, fingindo de Bordeaux, não é muito superior ao de Garibaldi.

Ora, acontece que nós vivemos a pensar que ser nacionalista é querer o petróleo e as areias monazíticas. E depois... bem, não vale a pena continuar. Há tanta gente com preconceito de raça entre nós, mestiços! Por isso mesmo é que somos ou portugueses colonialistas ou grã-finos apátridas. Mesmo porque só assim teremos crédito nos bancos. A 3% ao mês evidentemente...

* * *

A de foice sem martelo! Quem? A sempre presente, total, incomensurável, irretorquível, irreversível: a morte. Há que pensar nela e deixar a porta do apartamento fechada sem trinco para que não se incomode a vizinhança. De uma feita eu a senti bem perto, quase que ela se engana e me colhe em vez de outro com data marcada. Foi ótima a experiência: não mais a temi desde então. Agora se a encontrasse, ao chegar em casa, abriria a porta, beijar-lhe-ia a mão e lhe diria: "Après vous, Madame". Mesmo porque talvez ela me respondesse: "Valha-me Exu, já estou ficando sem memória, não era no 71, era no 95!"

Isso poderia em verdade acontecer no tempo em que ela andava de foice. Anda hoje de bomba atômica, porque já está velha, cansada, com vontade de desaparecer da face da terra e ajudando os cientistas a encontrarem o elixir da longa vida. Que lhe importa ser eterna se não vive de amor mas tão-somente de temor? Ainda bem que, de vez em quando, um adolescente (japonês ou suíço, ou escandinavo) por ela se apaixona e lhe dá prazer. Mas, com o ceticismo do século, a turma da dignidade vai ficando reduzida ao mínimo e a coitada precisa trabalhar, trabalhar, trabalhar. Nem pode mais, sozinha, dar conta do bárbaro aumento de população que nos aflige. E os que periodicamente abandonam este vale de lágrimas o fazem por miséria e desconsolo, o que não apetece demasiado à velhinha da foice, algo sádica como se sabe.

Por que penso nisso agora? Talvez porque acabei de ler uma crônica do sempre – e por vezes cansativamente – perfeito Henrique Pongetti. Ele tem medo de ladrões. Eu também. Porém mais medo que de ladrões, tenho-o da ceifadeira e não deixo porta trancada. Ela seria capaz de arrombar tudo e até de me pilhar em flagrante, o que não me agradaria em absoluto. Ao passo que, se não a ofender, provavelmente me permitirá escolher a hora melhor e a posição mais cômoda. Gostaria de pintar, então, o meu último palhaço, agonizando e sorrindo por trás do colarinho à Piolim. Ensinou-me Montaigne a conversar com ela e a dar um jeitinho. Afinal de contas ela não vai tirar o pai da forca e eu ainda preciso repatriar os meus dólares, tomar um champanha bruto bem gelado, dizer adeus a meu bem e mandar para o tintureiro a fatiota do enterro.

* * *

De todas as minhas atividades a que mais interessa a meu cachorro Barbet é sem dúvida a pintura. Fica horas olhando, acompanha e controla meus menores gestos e, embora não aprecie o cheiro da aguarrás, só sai do ateliê quando eu me retiro. Deve imaginar que o mundo assim se criou, que aquelas figuras, num riscar de fósforo talvez, adquirem vida e vêm povoar o mundo tão cheio de mistérios. Sim, pois por que e para que o homem todo-poderoso passaria horas a lambuzar um pedaço de pano, sem um objetivo sério? Barbet não é bastante sofisticado para entender a possibilidade de um ato gratuito. Afinal, tudo tem sua explicação: desde as bombinhas que o deus atira quando não quer bicho perto até a caixinha que fala com ele, quando ele manda, e pára de falar, quando ele se enche.

Barbet não gosta muito quando pinto cachorros. Rosna e por vezes late. A vida já é tão difícil, tão duro cavar o osso cotidiano e o homem a inventar mais competidores, a jogar na rua da amargura mais alguns vira-latas! Mas que fazer? Insondáveis são os desígnios do homem. Se ao menos fossem cadelas! Feliz é o Sultão, do vizinho, bem casado e sem os problemas da subsistência durante a semana. Ele, Barbet, os tem e não fosse a simpatia que inspira a todo mundo não sobreviveria por certo. A não ser comendo rato ou caçando gafanhoto como qualquer gato vagabundo. Que raça! Justifica todos os preconceitos.

Outra coisa que Barbet observa muito atentamente é eu tratar do automóvel. Também faz parte dos bichos imundos, malcheirosos e privilegiados. Bebe água, mas que é que come? E como ronca todo orgulhoso, e como berra ameaçadoramente! De uma feita Barbet pegou-o de jeito, deu-lhe uma boa dentada na perna, só que partiu um canino. Mas a coisa mais incompreensível do homem é o canudinho que ele põe na boca e queima quando se cheira. Cumpre não se aproximar. É verdade que há cães corajosos capazes de esmagar aquilo com a pata. Porém, quem garante que não vai estourar de repente?

* * *

Onde estava você, afinal, indagou alguém, na Praia Grande ou em Genebra? Em ambos os lugares. E quem é Elissée? Em geral a verdadeira, ocasionalmente um símbolo, isto é, a mulher presente ou a mulher sonhada, tão apenas. Poder-se-ia chamá-la também estrela vespertina, musa inspiradora, perfume, uma vez sentido e que se procura voltar a sentir, em vão. É como nas monotipias que estou fazendo "per non diventare folle": nunca se obtém duas vezes o mesmo efeito.

Não, não estou nem na praia nem à beira do lago. Estou num avião-cargueiro que desce em todos os aeroportos e de repente me larga em Ilhéus. Faz um calor sufocante, não há o que beber, e vou até a venda da esquina onde tem pelo menos um coco. Nunca nada me pareceu mais fresco e gostoso. No Recife, compareço à inauguração de uma biblioteca de bairro num deserto e o construtor observa orgulhosamente: "Viu como resolvi o problema do espaço?" Sim, vi. Mas que fazer agora desse espaço que não sabemos sequer se é curvo ou não? E que fazer de mim, se palhaço não posso ser? Há felizmente Lula Cardoso Aires na praia da Boa Viagem e um mar divinamente verde a mostrar o porquê do colorido de alguns de seus quadros, e dos de Cícero Dias. Solemar gostaria dessa calma ensolarada e eu também gosto, embora preferisse um sol por dentro. De uma feita desci em Barreiro e só tinha coca-cola e, de outra, num descarrilamento da Rede Sul-Mineira, encontrei apenas balas de alcaçuz. E contou-me Alcyr Porchat que em Lisboa não lhe podiam vender balas, que não as havia nem se vendiam sem licença da polícia. Custou muito ao sujeito entender que bala era confeito... Já terei contado esse caso? Perturba-me a dúvida, mais me aborrece, porém, é a história que, entre Campanha e São Gonçalo do Sapucaí, na "Chicão Gold Mines", François Muller me repete pela quinta vez. Assistindo ao *Salário do Medo* revivi a atmosfera da mina de ouro, com seus aventureiros presos à terra pelo visgo tropical. Pensei em Gauguin. Depois houve Trinidad e Haiti, bem mais impressionante. E nunca estive em Honolulu.

Se Lula me lembra Recife, o recifense Cícero Dias só me lembra Paris. Silvia, sua filha, imitava a minha maneira de fingir de criança, mas foi ela quem reconheceu minha voz dez anos depois, quando do Aeroporto de Orly telefonei na esperança de uma solução para a falta de hotéis em virtude da chegada do Santos Futebol Clube e da Feira da Aeronáutica. E assim como eu dizia "Silviá" ela me disse "Sergiô" e demos uma boa risada.

Cícero Dias é o intérprete brasileiro de Paris, inclusive das novas tendências pictóricas. É em verde e amarelo que ele faz abstracionismo. Na casa dele estive várias vezes com Cendrars, Vasarely, e outros jovens... como Picasso. Também nos encontramos de uma feita num café, com José Lins do Rego e o escultor Calders, este babando-se em vinho tinto, pois só a coquetéis estava acostumado, como todos os seus patrícios que embebedam os convivas com tais misturas coloridas e depois, no jantar, oferecem café ou água gelada. Eu acabara de ler o magnífico estudo de Sartre sobre o americano e queria ver o bicho de perto. A obra é mais interessante. De americano interessante só conheci o que Rubens Borba de Morais me apresentou e era um "public relations" admirável. Tomava batida e falava brasileiro gostosamente. Depois conheci outro em Nova York, caipira do Paraná, com um sotaque de Mário Neme. O que me chateia nos outros descendentes de sírios no resto do Brasil é que eles se exprimem em linguagem castiça do Maranhão: exemplo, Jorge Medauar, por sinal que é de Ilhéus. E tem o Jamil que sabe árabe e não ousa colocar um pronome fora de seu lugar. Não fosse o Said Ali o maior gramático português! Em não sendo basco, sendo libanês, diria "sai daí" e deixa teus patrícios sossegados. O mais brasileiro dos italianos é o Volpi, lá nascido e casado com uma preta. O mais italiano dos brasileiros é o comendador X, com quatro gerações de paulistas cem por cento.

Não sou nacionalista, mas, no estrangeiro, acossado pela incompreensão e as críticas de nosso "metequismo", viro onça. Estava na Praia Grande, estava em Genebra, estou em Paris. Trata-se de uma desintegração do tipo da mescalina. De repente estarei no ventre de minha avó, D. Carolina, uma santa que ficaria horrorizada, como D. Jovina também, se ouvisse semelhante indecência. No entanto, ambas compreenderam sempre tudo, com uma inteligência do coração mais espantosa que a inteligência do cérebro dos filósofos que, positivamente, enchem e não compreendem.

Foi quando encontrei Charles Baudouin, num barzinho mixo ao lado da Universidade de Calvino, que não se operara da próstata porque acabara de se libertar de um complexo infantil. Quando me libertarei dos meus? Mas não será da próstata, então, que me operarei: será mesmo da alma. E fico rememorando um poema de Laforgue (só você, Luís Martins, e Guilherme de Almeida o leram com amor). Por que repeti-lo? Não terá sentido para ninguém, exatamente como "uma pedra no meio do caminho" não o tem para quem quer que seja. Senão nós.

* * *

O Sena, cinzento na sombra e amarelado ao sol, sulcase todo como de má vontade para deixar que deslize o "bateau-mouche" embandeirado. Como não pensar na *Viagem* de Charles Morgan? Parece-me que nunca saí desta cidade, mas já não me seduz o passeio a pé pelo cais. Neste em que estou, no próprio hotel onde durmo, morou há um século Charles Baudelaire, e nele estiveram igualmente hospedados Wagner e Wilde. Na rua transversal morreu Augusto Comte; Balzac residiu bem perto. Mas é em Yvan Goll, falecido ao lado, no Hotel d'Orsay que estou pensando. Conheci-o em Genebra, fugindo da guerra nazista, um apátrida que escrevia em alemão. Voltei depois a encontrá-lo aqui e muito andamos por estas bandas discutindo política internacional.

Agora vejo Notre Dame cinzenta, não foi ainda atingida pela onda de limpeza que varre Paris, botando notas claras aqui e acolá. A tarde está linda e vou espairecer na calçada do "Deux Magots". Não verei mais Cendrars, porém, descansarei de quando em quando o olhar no campanário de Saint-Germain-des-Prés. Vão limpá-lo também e lindas pedras brancas ou amarelas surgirão, dando-lhe um ar de juventude, como se tivesse tomado mel de abelha real. Não, nunca saí daqui e, no entanto, não estou positivamente aqui. Estas águas do Sena não são de minha intimidade. Não comportam riscos, aventuras, são de um matizamento impressionista, com um sabor de civilização, de tudo certo, que me perturba.

É engraçado, cheguei aflito, de narinas para o ar, louco de desejo de respirar Paris, e subitamente é do Rio que tenho vontade, do Rio atravessado, dias atrás, de lotação, de Copacabana entrevista apenas, do ruído ritmado das ondas, da lagoa negra, negra, negra, dentro da noite negra. Este outono assim gordo e rubicundo é indecente. Tanta saúde é indecente, já dizia Suarès dos versos de amor de Victor Hugo. Chamo o garçom, *nunc est bibendum* e lembro-me do vizinho latinista que houvera imediatamente respondido (hoje é dia ímpar) *Numero Deus impare gaudet*. Não sabemos mais latim, aprendemos quando muito o "basic english".

E o Sena cinzento continua a deslizar, algo chateado, já viu tudo, desde o Louvre "entouré de tonnerres" até o Louvre museu de glórias. Não, não tenho mais nada que fazer aqui. Sou mesmo é do país maluco, estou com saudades do besouro que voa contra todas as leis da física. Mas é preciso ter caráter. Amanhã estarei comentando Pascal com Charles Baudouin, o Pascal da "ordem do coração", o tal que tem lá suas razões... Não as terá também a carne? Não devo comer carne de porco porque dá urticária, porém como assim mesmo para mostrar que sou independente, ninguém manda em mim, ninguém me suborna. E que é que estou fazendo, afinal? Chorando pitanga à janela de meu quarto do Quai Voltaire. Engraçado Paris!

* * *

Antes de encontrá-la em Paris, minhas relações com Tarsila eram quase cerimoniosas. Foi em seu ateliê de Clichy que me tornei mais amigo. Freqüentei-a, então, amiudadamente, acompanhando sua evolução e sua imagem liga-se hoje, muito de perto, ao bairro alegre, semiproletário, com seus bistrôs e, de quando em quando, um café mais importante.

Tarsila estava na face cubista, fase do *Retrato azul*, o meu retrato. Estudava com André Lhote. Era uma das mulheres mais bonitas de Paris, essa "caipirinha" de Monte Serrat. Lembro-me de certa noite em que, no Ballet des Champs Elysées, toda a platéia se voltou para vê-la entrar em seu camarote, com a negra cabeleira lisa descobrindo e valorizando o rosto, e os brincos extravagantes quase tocando-lhe os ombros suavemente amorenados. Ainda há tempos, visitando Léger, ouvi dele os mais entusiásticos elogios "à la belle brésilienne".

Não seria entretanto cubista sua primeira exposição em Paris. Seria "Pau-Brasil". Foi essa, sem dúvida, a fase que mais impressionou o público de lá como daqui. Para o de lá o assunto exótico tratado na linguagem do momento; para o daqui o tema brasileiro apresentado de uma maneira inédita. E não há como separar o nome de Tarsila desse movimento imaginado por Oswald e incentivado por Paulo Prado. Até a fazenda da artista fora decorada dentro da mesma tendência, cores puras sobre fundo azul e rosa, tudo alegre e gostosamente infantil e íntimo, apesar dos móveis ricos trazidos de França.

De Fiori que lá esteve comigo e com Paulo Rossi, num fim de semana, deliciou-se com o ambiente. E como não se deliciar? Essa arte era tão pura, espontânea, sincera, como a própria dona da casa. Mário de Andrade, que inventara o "hino dos hominhos", todos gambás, acrescentara uma estrofe à canção, uma estrofe para Tarsila "manacá".

Atrás da casa pintada por Van Rogger (o quadro está com Luís Lopes Coelho) havia mangueiras imensas. Fazíamos a sesta deitados nos galhos, improvisando cançonetas surrealistas com musiquinhas conhecidas.

Tarsila acompanhava nossas brincadeiras ao velho piano, recusando-se a tocar coisa mais séria. E havia a hora da jabuticaba. Vinte minutos de árvore, marcados a relógio, para evitar indigestões.

Depois da fase "Pau-Brasil", inicialmente ainda com influências cubistas na composição, Tarsila passou a executar uma pintura de inspiração análoga, porém propositadamente menos sabida, buscando, no desenho, uma simplicidade que sempre alcançava com êxito surpreendente. Incansável, curiosa de tudo, ao mesmo tempo que pintava, esculpia, desenhava, achava horas de lazer para traduzir e estudar línguas. Adorava os dicionários, divertia-se com descobrir etimologias e durante alguns anos escreveu crônicas interessantes em jornais de São Paulo.

Vendida a fazenda, ficou um vazio na vida de seus amigos e uma saudade grande das tardes morrendo gloriosas por trás das pedras multiformes da propriedade, que a erosão havia erguido, ver torreões de outras eras.

Tarsila não participou da Semana de Arte Moderna. Era naquela época impressionista. Mas a Semana influiu na sua vida artística. Foi depois de 22 que rumou para Paris, enfronhando-se nas pesquisas de soluções que dariam ao mundo a turma admirável dos Braque, Picasso, Juan Gris, etc. Apollinaire já morrera, mas sobravam outros orientadores e teóricos, como Cocteau e Max Jacob, ambos cumulando a poesia com a pintura e o desenho.

No Brasil quem fazia crítica de artes plásticas? A sério acho que realmente ninguém. Mário de Andrade confessava-se apologético. Eu, somente então, me iniciava nos segredos que forneceriam, mais tarde, o material de *Pintura quase sempre*. Quirino da Silva preocupava-se mais com a própria obra e com a organização de salões modernos. Paulo Mendes de Almeida fazia poemas. Antônio de Alcântara Machado preferia escrever sobre teatro. Éramos, contudo, combativos e, se não sabíamos muito bem justificar nossos arrebatamentos, não errávamos demasiado ao apontar e estigmatizar a mediocridade. Éramos capazes de um peneiramento grosseiro, em verdade, porém suficiente para afirmar o talento de um Di Cavalcanti, de um Segall, de uma Anita Malfatti sarcasticamente negados por Monteiro Lobato.

Os preconceitos contra as artes plásticas são, no intelectual, mais tenazes do que os preconceitos contra as inovações literárias. Daí certa simpatia pelas nossas "loucuras", de gente horrorizada com as heresias dos pintores, escultores e arquitetos. Um Brecheret assustava mais, com sua deformação discreta, do que um Oswald a brincar com pronomes e neologismos. Em época já bem posterior vi, ainda, um senhor sensível e culto que, numa exposição de Clóvis Graciano, leu com agrado a apresentação arrevezada, mas, ao dar com um quadro relativamente livre, parou e observou: "Com flores não se brinca, moço".

Um livro lê-se e depois joga-se fora. Um quadro fica na parede, impõe-nos sua presença diária. Acarinha ou fere o nosso olhar, insistentemente. Adquire valores sentimentais que perturbam o juízo estético.

Matias Arrudão confessou-me possuir uma vista da fazenda que pertencera a seu bisavô. Era medíocre como pintura, mas por nada no mundo a tiraria da sala de estar. E tem razão, humanamente. Daí também a desconfiança com que se pode encarar a possibilidade de duração de uma arte ortodoxamente abstrata. Tarsila nunca chegou a ser tentada pelo abstracionismo. Embora inteligente, mais ouvia, e ouve até hoje, a voz do coração que a do cérebro.

Por que estas recordações de Tarsila neste momento? Porque na minha parede, ao lado de uma paisagem delicadíssima de Rebolo, tendo por tema Monte Serrat, contemplo o famoso *Retrato azul* e vejo-me adolescente, algo melancólico, posando para Tarsila, sem sequer pensar que o retrato estaria um dia a meu lado, nesta São Paulo de blocos de cimento como estacas gigantescas a sustentarem o céu pesado e negro da tarde de verão.

* * *

"Se passar pela praça da República, acaba com a grama". Era Quirino falando de um desafeto. É inútil dizer que a vítima nada tinha de burro, mas para Quirino tudo é oito ou oitenta, o que desde logo lhe revela o caráter. Simpatizei-me com suas ferocidades e seus entusiasmos, mesmo porque gostava de seus retratos e de suas paisagens. Por outro lado, a convivência com ele era-me preciosa, pois, com seu amor ao ofício, me elucidava acerca de pormenores técnicos que o comum dos críticos em geral ignora. Ensinava-me a estigmatizar um "dó de peito", a distinguir certas facilidades, a apreciar a pesquisa honesta. Mas que não se tratasse de um inimigo. Seu primeiro impulso era então destruir; voltava porém ao caso e terminava sempre reconhecendo o talento de quem o tinha de verdade.

Fazia também cerâmica e escultura quando o conheci. Poucas peças se encontram por aí, em mãos de colecionadores, mas vale a pena vê-las, pela beleza e a sensualidade da matéria conseguida. E fez cerâmica de verdade, porcelana, faiança, terracota e grés, bem como figuras com barro refratário. Quanto à escultura, era sem dúvida sólida e bem grega de espírito, tendo sido nosso primeiro escultor premiado em exposição internacional realizada na Argentina. Tudo largou, entretanto, por motivo de saúde, dedicando-se afinal unicamente à pintura.

Cabeleira de poeta romântico, bigodes espessos, queixo voluntarioso, mãos cruzadas nas costas, entrava nas exposições com ares de poucos amigos, mal cumprimentava, sempre hostil, de início, às soluções abstratas. Desconfiava dos acasos e imposturas. Voltava no dia seguinte, em horas mortas, para analisar minuciosamente os trabalhos e ver confirmada ou não sua impressão primeira.

Foi em seu ateliê da rua Barão de Itapetininga que travei relações mais íntimas com Washt Rodrigues. O bom Washt da documentação histórica de São Paulo vivera com Modigliani em Paris e, para nossa mais profunda indignação, rasgara um punhado de desenhos que o pintor maldito lhe dera. "Uma borracheira, e eu não sabia que valia tanto dinheiro", o que me lembra Courteline colecionando provas da imbecilidade humana e que, ao saber o valor de seus Rousseau, observara, meneando a cabeça: "Nunca imaginei que a estupidez alcançasse preços tão absurdos!" Mas o caipira Washt Rodrigues era uma excelente criatura e muito firme no julgamento dos antigos. Também aparecia ali no ateliê o Mick Carnicelli, temperamental, fogoso na pincelada e nas palavras, capaz de trabalhar dez horas seguidas e passar 15 dias emburrado, sem mexer num pincel. E Flávio de Carvalho, inventando escândalos e desenhando estupendamente.

Encontrávamo-nos igualmente numa livraria da rua Timbiras, que uma turma heterogênea freqüentava: Afrânio Zuccolotto, Amoroso Neto, delegado e colecionador de raridades, Guilherme Pires de Albuquerque, Paulo Rossi, Lima Barreto, etc. Talvez aí se tenha pensado inicialmente no Salão de Maio que se organizou afinal sob a orientação de Quirino da Silva e outros, como nos explica pormenorizadamente Paulo Mendes de Almeida em *De Anita ao Museu*.

Encontro agora Nelson Nóbrega no elevador do prédio e penso na euforia de Quirino ao descobrir Lucia Suané, a nordestina ingênua que, na opinião de nosso pintor, devia ser médium, tal a felicidade de sua expressão, a harmonia de seu colorido. Nelson expôs raramente, entregando-se quase por completo à atividade didática. Fez o que outros artistas dessa época e de época mais recente fizeram: Flávio Motta, John Graz, Antonio Gomide. Quanto à Lúcia, nunca mais a vi e não sei se ainda pinta. Sei que tinha corpo fechado contra picadas de cobra e andava descalça pelos charcos da Praia Grande, infestados de jararacas.

E quem mais se via no ateliê? Carlos Pinto Alves, metafísico, muito inteligente e fora do mundo, à procura de uma fórmula para juntar Gide e Péguy. E Cicillo Matarazzo já sonhando com a Bienal, numa competição difícil com Paulo Duarte para inventar instituições culturais... No fim, entre 50, uma dá certo e aí estão o Departamento de Cultura, idéia de Paulo, e o Museu, idéia de Cicillo. São os homens generosos que realizam uns poucos sonhos de seus numerosos sonhos...

Quando do Salão da Feira das Indústrias, obra de Quirino, fiz uma conferência sobre parentescos entre as diversas artes. O jogo das analogias era divertido, mas Mário de Andrade criticou, severo: "Carece não provocar confusões". Eu as provocava de caso pensado e Mário me perdoava porque eu era capaz de ir para Jundiaí. Mas sabem o que era Jundiaí naquele tempo? Mais ou menos como hoje ir para Brasília. Eu era por certo um pioneiro. Desde que a via Anhangüera começou a funcionar, nunca mais fui para Jundiaí. Não tinha mais graça. A graça então não era apenas Jundiaí, era também guiar o caminhão do *Diário Nacional* onde pontificavam Paulito Nogueira e Joaquim Sampaio Vidal, mas onde não havia dinheiro em caixa para os vales da redação e Randolfo Homem de Mello andava catando assinaturas para o nosso pão de cada dia.

Foi quando comecei a fazer crônicas. Nosso cronista oficial era Antônio Carlos Couto de Barros, só que se queixava sem cessar, "hoje tem, amanhã tem e depois de amanhã também". Então nos intervalos eu, além de gerente, bancava o contador de histórias, ou "estórias", como querem os almirantes batavos de nossa língua. Pedrinho Ferraz, ranzinza como uma sogra, secretariava, mas era eficiente e nos entendíamos bem porque, para nós, sempre havia possibilidade de um valezinho.

Antônio de Alcântara Machado entrava na redação às gargalhadas, pois o cronista esportivo era manco. E por sinal um grande sujeito. Eis que estou embrulhando tudo. Dentro em pouco vou falar do fotógrafo Benedito Duarte, fotografando a morte do Molinaro, que serviu de modelo para o romance inacabado de Antônio, intitulado o *Capitão Berbini*. Bem, depois o resto está na saga de São Paulo e não vou dizer o que todos sabem.

***

Jogávamos buraco na casa de Paulo Magalhães. A turma dos pintores com Gobbis barulhento e contando os pontos de uma maneira muito pessoal. Nós o obrigávamos a recontar: "Arre! Por causa de cinco pontinhos de nada!" Mesmo assim conseguia perder. O diabo era receber dele o dinheiro. De uma feita, só tinha cheque, dizia, e eu fiz questão de receber os 18 cruzeiros em cheque mesmo. Ficou uma fera, mas pagou.

Sempre teve a paixão do jogo. Certa vez brigou com a mulher "definitivamente". Estávamos num café do Rio e alguém foi telefonar. Voltou alvissareiro: "Pessoal, botei uma moeda no aparelho e foi como papa-níqueis, veio tudo, 40 cruzeiros!" Gobbis imediatamente se levantou: "Preciso telefonar". Mas para quem? Foi para a mulher mesmo, só que retornou cabisbaixo: o papa-níqueis não devolvera nada.

Não se dirá do gigante veneziano Vittorio Gobbis que veio para o Brasil fazer América. Não devia sequer ter ilusões acerca do mercado artístico nacional quando aqui chegou com ares de D. João e uma bela lábia de camelô peninsular. O espírito de aventura, mais do que tudo, guiava o pintor. E que espécie de pintura fazia? A vontade do freguês. E com vários pseudônimos de assonância italiana ia vendendo suas paisagens, suas naturezas mortas, seus nus. Mas quando assinava de verdade, com seu nome, não vendia coisa alguma. A pintura autêntica era um pouco dura, não seduzia os amadores de então. Porém com seu jamegão não fazia concessões. Pintura sólida, agressiva e que teve sua melhor fase de 1928 a 1932. Foi o que me levou a dizer, um dia, que, capaz de qualquer trabalho mercenário, Gobbis nunca se conformara em acompanhar a moda e falsificar-se.

E como comia! Era uma correição, de não se precisar mandar lavar os pratos, de limpar geladeiras e carregar ainda as sobras no bolso: "Para as crianças". Uma noite em minha casa, tendo chegado jantado, ao terminarmos a refeição quis provar a sobremesa e, de tudo provando, foi de traz para diante até a sopa.

Alcyr Porchat, que colecionava amizades de sujeitos extravagantes, convidava-nos ocasionalmente para jantar porque se divertia a valer com o pantagruelismo do pintor, mas também porque gostava de ouvi-lo dissertar sobre arte, com inteligência, sensibilidade e certo cinismo de fachada a esconder, sem dúvida, a mágoa de não ser apreciado pelas suas qualidades reais.

E, como só se empresta aos ricos, multiplicavam-se as anedotas acrescidas de pormenores pitorescos por Paulo Mendes de Almeida. Uma delas era a do fogareiro "Primus". Gobbis, amigo de Guerchov, convidara-o para residir na garagem da casa que alugara. Certa noite foi acordado pelo companheiro, com manias de inventor: "Acho bom descerem todos, não deu certo". Tinha inventado um aperfeiçoamento no fogareiro e de repente, mal haviam saído à rua, um estrondo revelava o malogro da invenção.

Esse Guerchov era também um sujeito incomum. Paupérrimo e doente, vivia de expedientes, cópias de quadros e venda de "manchinhas". Condoído, Clóvis Graciano dera-lhe pensão graciosamente. Mas um dia Clóvis precisou viajar e avisou Guerchov: "Dê um jeito na vida este domingo, e segunda-feira venha como de costume". Guerchov fechou a carranca e respondeu, muito digno: "Assim não serve". E nunca mais voltou. Morreu solitário em Itaquera, envenenado pela comida que inventara "para durar 15 dias". Para tomar o trem pedia emprestado 3 cruzeiros e se alguém lhe dava 10, observava agressivo: "Não quero esmola, quero emprestado". Evidentemente nunca mais pensava no empréstimo.

Paulo Rossi comprava peixe no mercado para pintar, Gobbis os comia. Para pintá-los, ele os inventava. E que não inventava o veneziano? Até São Paulo antigo. Com seus 120 quilos, tinha mão de anjo, de uma leveza no traço somente igualada pela de Mário Zanini. E nenhum inimigo. Bondade, humanidade, eram traços marcantes de seu caráter. Hospitalidade e amor à família também. Uma tarde no Rio fui visitá-lo. Sua casa era um verdadeiro albergue noturno, colchões por toda parte. Gobbie seminu mostrava-me os últimos italianos que pintara, quando o filho entrou correndo, pé machucado. Gobbis não interrompeu os comentários, apenas ergueu o bambino por uma perna, de cabeça para baixo, lambuzou o ferimento com iodo, enquanto me explicava como obtivera aquele vermelho cardinalício.

"Dans l'ombre du car dîne Alice", o verso de Cocteau era do agrado de Mário de Andrade. Estávamos na época do poema-piada, eu escrevia *O cigarro e a formiga*, mas na pintura não se verificava a mesma tapeação. A famosa "escola paulista" ia-se formando aos poucos. Pintura de matéria, de paisagens, de atmosfera suburbana ou de marinhas cinzentas com motivos de Itanhaém, Ilha Bela, Ubatuba. Aldemir Martins, chegando do Nordeste e introduzido por Paulo Emílio Salles Gomes, assustava com seu colorido violento. "Isto não é pintura!" clamavam e eu achava que tinham razão, era mais desenho de fato, e grande desenhista ele se tornou, arrancando o prêmio de Veneza.

O corpo de Gobbis foi crescendo, mas as pernas não, e houve um momento em que já não podiam cumprir a obrigação de transportar a barriga. Então o pintor desapareceu da circulação durante alguns tempos. Era de vê-lo, quando por acaso o encontrávamos, com um rito amargo e olhares gulosos para as portas dos restaurantes. Não agüentou: do regime fez aperitivo...

Gobbis não costumava freqüentar os grupos de artistas, era mais um homem de rodas restritas. Ganhar a vida com pintura é duro e as horas de lazer ele preferia passá-las ao lado dos mais íntimos: Rossi, De Fiore, Quirino, além dos já citados Paulo Mendes, Arnaldo Barbosa, Paulo Magalhães.

Entro agora na exposição que realiza na rua Sete de Abril. Mostra-me um quadro vendido, está eufórico. Digo-lhe que tem muito dó de peito na paisagem. "Mas aquele não tem", responde apontando outro. Só que o outro não achou comprador. Continua vivendo seu drama: pintar vulgarmente para vender ou pintar vigorosamente e juntar mais um trabalho ao estoque invendável. Está mais gordo do que nunca, porém uma espantosa vitalidade anima as banhas que se afastam gingando. É a hora sagrada do jantar...

* * *

Era um porão alto na praça da República. Alguns quadros de Di Cavalcanti, um busto de Brecheret e o gordo anfitrião Oswald de Andrade a descobrir gênio nos amigos. Di Cavalcanti ainda era magro, mais caricaturista do que pintor e em busca de um tipo que, mais tarde, levaria ao de suas mulatas com tanta sensualidade pintadas. Quando ocasionalmente se lançava à pintura, empregava uma técnica impressionista a serviço de seu expressionismo natural. Davam-se bem os dois inquietos de 22, piadistas ambos e mordazes. E generosos também, e atentos a todas as novidades artísticas e políticas.

Os freqüentadores do porão eram tão diferentes de gostos e termperamentos que só mesmo a personalidade mais do que complexa, surrealista, de Oswald os podia reunir num mesmo local. Tomando Pernod – o uísque não estava na moda – ali se viam quase todas as noites Pedro Rodrigues de Almeida, contista brilhante "à la Maupassant", mas que nunca publicou livro, Rangel, o que tinha um inferno no peito, Silvio Floreal imaginando romances grã-finos, e outros, e mais outros, a discutirem poetas de França e a desancarem o neoparnasianismo então no ápice de sua glória efêmera. Di comparecia às vezes, porém vivia mais no Rio do que em São Paulo. Encontrava-o também no apartamento de Guilherme de Almeida, onde o grupo era mais homogêneo. Depois perdi-o de vista e só o fui rever em Paris, na *Rotonde*, ou nos cafés de Barbès-Rochechouart, bairro em que eu residia. E ocorria irmos parar na pensão de Brecheret, Avenida du Maine, ao lado do ateliê de Brancusi.

Já nessa época eu admirava nosso pintor pela sua resistência às influências do momento, muito embora das técnicas em voga se valesse, não para copiar estilos e temas mas para dar maior vigor e mais sólida composição a sua expressão própria.

No momento em que eu o conheci, Di era igualmente comensal de Paulo Prado e, de quando em quando, aparecia à rua Duque de Caxias, no apartamento de Antônio de Alcântara Machado, onde não raro encontrávamos Marques Rabelo, atarracado, gargalhante e venenoso. Já então Di se mostrava obediente ao axioma que erigiria em princípio, orientador não somente de sua atividade artística como de seu julgamento estético: pintar bem aprende-se, o importante é dizer alguma coisa. Tendo tudo para ser um escritor e guiar-se pela inteligência, que tinha muito viva e nada superficial, sempre acreditou na sensibilidade, na paixão. Podendo tirar partido de sua simpatia pessoal, preferia seguir o caminho mais difícil de sua verdade, ainda que essa verdade pudesse chocar uma elite capaz de lhe dar glória e dinheiro. E deste necessitava sem dúvida, por ser, além de pobre, boêmio.

É certo que éramos todos boêmios nesse período que foi de 22 a 30, de uma revolução a outra revolução. Boêmios, porém, de uma boemia sadia: de bolsa comum e de intimidades com os meios menos preconceituosos da cidade provinciana mas convidativa que era São Paulo. São Paulo da ascensão dos novos mamelucos. Juó Bananére, poeta, barbeiro e jornalista, escrevia *Divina encrença*, um livrinho precioso, e como obra de humorista e como documento de um momento histórico da nossa formação. Voltolino, por dois dedos de cachaça, enchia o *Pirralho* de caricaturas. Jantávamos no "Pierrot" (rua Conselheiro Crispiniano) ou no "Palhaço" (rua São João). Íamos ao Bijou Teatro e ao circo Piolim. Do célebre "clown" que Cendrars (sem entender as piadas) considerava o melhor do mundo, fez Di um retrato que é uma verdadeira obra-prima. No teatro havia Procópio e as companhias de revista com muita pornografia e bailados de dançarinas de pernas magras, mulatas banguelas, marchinhas animadas. Nas artes plásticas Anita se encolhera magoada com a incompreensão generalizada, Brecheret impunha-se aos poucos, não falando língua de gente (ver hoje Kinoshita), teimoso, com o apoio decidido de Oswald e Menotti. Zina Aita sumira, Segall naturalizava-se pictoricamente brasileiro, Gobbis ensaiava sua melhor fase, Quirino não andava ainda de mãos às costas pela Barão de Itapetininga, Gomide expusera com êxito discreto, apesar de merecer bem mais, John Graz não fazia tapeçaria, pintava. Volpi ousava as primeiras marinhas de Itanhaém, as primeiras ruas de Mogi das Cruzes. Rossi escandalizava a turmas dos pintores com seu cinismo. Eu ia de Bugati para Jundiaí. Rebolo era jogador de futebol. Clovis Graciano iniciava-se com Valdemar da Costa.

    Arrisco-me constantemente a embrulhar a cronologia dos acontecimentos e quase ia falando de Paulo Ribeiro de Magalhães com suas sessões de monotipia à alameda Lorena. Parece-me entretanto que isso é de alguns anos mais tarde. A época foi tão movimentada que o recuo no tempo leva a confusões, lamentáveis num historiador, mas de nenhuma importância para um cronista sem pretensões. Afinal, o fato de o Brasil ter sido descoberto a 21 de abril, na véspera, no dia seguinte ou semana e meia depois, não modica demasiado o alcance do evento.

Que Di tenha estado aqui ou ali, brigado com Fulano ou Beltrano, não interessa senão como pormenor pitoresco. O que cumpre dizer é o que ele significou e o que significa: uma afirmação bem brasileira e de alta categoria na história de nossa pintura. Não é e nunca foi um homem ríspido, difícil, o que facilmente se induziria de suas convicções inabaláveis e de certas atitudes contundentes. É ele exatamente o tipo do homem cordial que Sérgio Buarque de Holanda imaginou, com muito de *Macunaíma* na displicência e autenticidade das contradições do cotidiano.

Não me lembro de ter ele arrebatado grandes prêmios em exposições coletivas, o que em verdade desmoraliza um pouco as láureas amiúde outorgadas algo apressadamente e ao acaso das combinações de bastidores. Raramente, entretanto, seus trabalhos deixaram de encontrar amadores esclarecidos, pois não são desses que se compram, porque o exige a moda.

O retrato do pintor poderia ser sintetizado em poucas palavras: um extrovertido, incapaz de ressentimento, irreverente, com muitos pequenos defeitos e a característica essencial de uma indiscutível probidade artística. Hoje em dia traem-se os artistas a si mesmos com tamanha desenvoltura, que a qualidade merece ser realçada. A propósito, conversando com críticos internacionais em Veneza, em 1958, ouvi definir-se a pintura de Di Cavalcanti como "de muito caráter". Por que não foi premiado então? Ah! quem dirá dos pecados de um júri de Bienal! Como quer que seja, competindo com os maiores do momento, ainda obteve uma boa dezena de votos.

Não queria que estes instantâneos de uma vida vivida entre artistas vestissem uma roupagem crítica. Entretanto, sendo ela apologética, não se me afigura tão grave o mal. Em se confirmando minha opinião, serei considerado um apreciador muito lúcido. No caso contrário, irei fazer companhia a mais de um crítico ilustre que errou, condicionado pelas circunstâncias sociais e sentimentais.

Chuvisca em São Paulo, "minha Londres das neblinas frias". De cabelos brancos, dentuço e gordo, Di Cavalcanti no bar da esquina, fala-me com entusiasmo do painel que vem executando para Brasília e da tapeçaria que expõe no Museu. Não envelheceu, o diabo do homenzinho: o andar gingando já o tinha quando entrava no portão de Oswald de Andrade.

* * *

"Eu vejo a terra assim", foi o que Brecheret respondeu quando lhe perguntaram porque chamara Terra a uma pesada estátua de mulher. Pequeno, entroncado, uma cabeça de imperador romano, falando uma língua que mal se entendia, mistura de português, italiano e francês, de uma bondade que se escondia por trás da carranca, assim era o Brecheret que conheci em Paris por volta de 1926 num café de Montparnasse. Graças a Paulo Prado e ao senador Freitas Valle, arranjara uma bolsa e seu estúdio era ao lado do de Brancusi, num beco da Avenue du Maine. Creio que foi de uma visita minha que lhe veio a idéia da estilização tão característica de seus cavalos. Eu vira no mostruário de belchior um jogo de xadrez antigo e sugerira ao nosso escultor que fizesse o modelo de um, para reprodução em série e negócio. Brecheret não foi além do cavalo. Não era homem de se meter em indústria, embora soubesse muito bem gerir suas finanças, em verdade, muitas vezes com os conselhos do velho Alcântara Machado cutucado pelo filho Antônio. Homem simples, metódico, sem vícios, não chegava a gastar a mesada. Falo do bom tempo em que se podia ficar horas sentado no *Rotonde* com um simples "café crème" que não era preciso tomar sequer, que não passava de uma espécie de direito à mesa.

Em 1922, quando da Semana de Arte Moderna, sua presença em São Paulo foi positivamente catalisadora, pois nada conhecíamos do modernismo escultórico e suas peças, ainda muito influenciadas por Mestrovic, eram revelações maravilhosas. Dele fez então Oswald de Andrade o herói de um romance. Menotti escreveu várias crônicas a seu respeito e todos nós quisemos possuir alguma coisa do gênio. Do jargão que empregava para se exprimir, tem-se uma noção pela história que me contou de uma feita. "O cão ele avançava, per Bacco, et moi je roucoulais".

Brecheret tinha a reflexão lenta, custava a entender e a assimilar. Por isso a influência de Brancusi só se evidenciou muitos anos depois de já estar instalado em São Paulo definitivamente. Foi quando começou a catar pedras à beira-mar e aproveitá-las mediante algumas incisões para transformá-las em lindas e sintéticas cabeças. Evoluiu então no sentido de um quase abstracionismo, partindo entretanto de temas tirados das lendas indígenas. A moda era verde-amarela...

É curioso analisar os gestos dos escultores. De Fiore os tinha secos e cortantes, ou extremamente matizados, como sua escultura, todo de síntese e no entanto impressionista. Brecheret era volumétrico, acentuava as massas e resolvia em curvas.

Anedotas de Brecheret, não as havia a não ser referentes à sua indigência lingüística. Rebolo, Volpi, Takaoka não tinham ainda aparecido e a bagunça expressiva, nada antipática, ainda não era de rigor. Havia por certo Paulo Rossi, mas já era o português do Brás a que nos havíamos habituado com as crônicas de Juó Bananére, "poeta, barbieri e giurnalista". O clã modernista era bastante unido, o suficiente para descobrir gênio em quem não fazia como todo mundo e os críticos honestos da velha geração, que buscavam entender e peneirar o movimento, pareciam-nos odiosos. Gostávamos mesmo era de Graça Aranha, a serviço interessado dos jovens até o momento em que Mário de Andrade rompeu com ele. Só depois de algumas experiências foi que começamos a respeitar Amadeu Amaral e João Ribeiro, severamente selecionadores. E bem mais tarde Léo Vaz. De Monteiro Lobato, agradavam-nos as caricaturas, o Jeca-Tatuzismo, mas tínhamos horror aos contos sérios, de português de Portugal à cata de expressões locais. Da correspondência dele com Godofredo Rangel observou Menotti que a *Barca de Gleyre* "podia bem ter naufragado" sem que o naufrágio algum prejuízo houvesse ocorrido...

Em meio a essa ventania, dois sujeitos passavam impávidos: Brecheret e Antônio Gomide, o injustiçado Gomide, primeiro cubista brasileiro à espera de uma valorização que só tarda porque o momento é mesmo de esculhambação. Entre parênteses, ou melhor, abram aspas, como diz o candidato Jânio Quadros, de "ponderável esnobismo (porque é caro)", fechem as aspas, e não sobra tempo para se dar atenção mais demorada a quem trouxe de fato alguma coisa ao país "d'ici bas". Mas Brecheret teve a sorte de uma "claque" que precisava, por assim dizer, dele. E com Gomide, houve também Rego Monteiro, estilizando com gosto, e Segall, seduzido pelo exotismo tropical, e Anita Malfatti recém-chegada da Alemanha expressionista.

Foi quando encontrei Kinoshita, que não falava néris, mas me afirmou que em francês ou inglês falava paca. E iniciou-se um diálogo de surdos, que Deus me ajude! Ninguém falava, finalmente, coisa alguma.

Acompanhei a evolução de Brecheret. No fim da vida voltava aos gregos, o que me faz pensar, agora, num amigo muito caro que, depois de um ano de Itália, França e Bahia, só acredita em etruscos, escreve excelentes artigos político-literários e não desenha nem pinta mais. Gosto das gentes oito ou oitenta, como o Arnaldo Pedroso d'Horta e o Julinho Mesquita. Revolto-me e os mando para o inferno porque aspiro a ser imparcial, mas, logo depois, "eu considero que tenho de lê deixá" e fico pensando como seria o mundo se não houvesse eles! Até que deveria dizer, se não fosse basco, "se não houvessem eles". Silveira Bueno dava uma lição de gramática e eu me aborreceria bastante. Não tenho o direito de errar. Erra só Mário de Andrade, Guimarães Rosa e Vinicius de Moraes. Errar só os grandes, que, da transgressão às regras, fazem regras.

Em nosso momento de 22, Brecheret transgredia todas as regras e os "beat" de então por isso mesmo o adoravam. Vê-se agora como eram miúdas e comportadas as transgressões, mas isso tudo é muito relativo.

Com exceção de dois ou três, nossa geração não foi uma geração politizada. Nem Brecheret nem Guilherme de Almeida se preocupavam com o martírio do povo chinês. Eu, pelo menos, tinha lido *Au dessus de la mêlée* e secretariara uma revista subversiva na Suíça, *Le Carmel*, com Charles Baudoin e Stephan Zweig. Depois... o mundo deu muita volta.

Cai a tarde, querida, nesta São Paulo que não é mais das neblinas frias mas que continua a ser cidade de meus amores, de meu amor. Só mesmo aqui Brecheret podia ter imaginado uma Eva tirando bicho-do-pé em pleno Anhangabaú e só mesmo aqui eu posso divagar sem que ninguém estranhe, sem que ninguém banque o camarada Marques a berrar "basta!". Agora eu torci o pé, tive uma distensão muscular, isso a que o Arapuã poria na boca de um político qualquer como uma distinção muscular. Vou-me arrastando pela calçada e os lindos brotos que passam olham-me com comiseração: "Tão jovem e já sem solução!"

Aleijado sim, porque alijado e com uma vontade louca de pegar alguém na esquina, na esquina de meu pecado, para que o Antonio D'Elia escreva que dançarina é com *cê* e não com *ésse,* o que me chateia consideravelmente, ou que o Domingos Carvalho da Silva me censure a tal de esquina que não é termo poético. E dizer que passamos boa parte da vida expulsando o poético da poesia! Que vivemos em busca de uma liberdade que, alcançada, deu aos acadêmicos de hoje a possibilidade de o serem em nome da revolução.

Brecheret foi o modernismo equilibrado. Foi a revolução do tipo Carvalho Pinto. Sua importância é grande, o que fez está aí, mas bem poucos sabem, ou compreendem, o que isso significa.

Que faria ele hoje? Resolveria o problema do espaço ou continuaria a ver "a terra assim"? Eu tenho a impressão de que como Noel Rosa, Dorival Caymmi e outros nordestinos do Rio de Janeiro ou de Cachoeiro do Itapemirim, continuaria a ser autêntico e, como observa o Conde Carlo A. Tamagni, paulista de 40 anos, "dunque" um "vero e proprio" bandeirante.

* * *

O clube era embaixo do Viaduto Santa Ifigênia, em anos ainda sem arranha-céus. Flávio de Carvalho pontificava, inventando manifestações escandalosas de arte moderna. Até polícia intervinha no negócio e o lugar não se recomendava à sociedade muito pacata e muito burguesa da São Paulo de então. Freqüentei pouco o local, mas lá se viam, amiúde, Di Cavalcanti, Antônio Gomide, Paulo Mendes de Almeida, Arnaldo Barbosa e outros. Houve depois todos os Salões, com Quirino da Silva e a colaboração sempre barulhenta de nosso grande desenhista. Só vim, porém, a ter maior intimidade com o artista quando começou a receber em seu ateliê da rua Barão de Itapetininga.

Culto e irrequieto, Flávio não podia contentar-se com a atividade de pintor. Multiplicava-se, participando de concursos internacionais de arquitetura, escrevendo livros, administrando fazendas, criando fábricas.

Como arquiteto, planejara e mandara construir uma série de casas de formas estranhas e que proclamava inteiramente funcionais. Mas Paulo Ribeiro Magalhães, caçoando, observava: "Frias no inverno e quentes no verão".

De Flávio há pouco que contar: não por carecerem de pitoresco seus feitos e gestos, mas porque tudo já foi contado, por ele próprio ou pelos amigos. Suas aventuras são públicas e notórias, desde a idéia estapafúrdia de não se descobrir diante de uma procissão, relatada no livro *Experiência n.º 2*, até a invenção da moda masculina para climas quentes.

O que também se tornou lendário a seu respeito foi o pão-durismo. Afirmam as más línguas que para não perder alguns centavos, possivelmente roubados em cada tijolo, fechou sua olaria. A reputação é tão injusta quanto a de Carvalho Pinto, homem também lúcido demais para ser esbanjador, porém capaz de se mostrar generoso quando necessário.

Presidente do "Clubinho", sua iniciativa (de Flávio) de mandar fazer uma porta de ferro, a fim de barrar os penetras, prestou-se a mil e uma gozações. Zombaram da "funcionalidade" da solução, como de tantas outras que encontrou e explicava meio em tom de troça, mas decorriam de intenções razoabilíssimas. O fato é, no caso, que ninguém a mandou tirar e está prestando ótimos serviços.

Uma coisa não se negará nunca a Flávio de Carvalho: a originalidade. Uma originalidade que brota de sua permanente e insaciável curiosidade. Flávio não hesita em tentar a execução de tudo que inventa, nem deixa de topar qualquer aventura suscetível de lhe proporcionar uma compreensão mais profunda do homem ou um simples prazer. Assim como se entusiasmou pela maneira mais cômoda de morar, ou pelo regime dietético "da longa vida", vibra apaixonadamente na esteira de uma nova técnica pictórica ou se entrega à análise de uma teoria sociológica ou antropológica arrancada de deduções inteligentes, embora discutibilíssimas. Trata-se de um homem de espírito enciclopédico, de um intelectual do Renascimento, que se teria realizado em qualquer dos ramos de sua atividade, mas preferiu borboletear pelo domínio vasto e complexo do humano, simplesmente.

Ficará na história das artes do Brasil ou tão-somente no anedotário dela? Creio que, de um jeito ou de outro, ficará. Certos retratos seus, de uma penetração psicológica extraordinária, não irão nunca para o porão dos museus. No porão nunca os porão... Estou pensando em seu Mário de Andrade, da Biblioteca Municipal, em seu Ungaretti, em seu Lins do Rego. Há mais, porém, há seus desenhos de mulheres que, mesmo sem as conhecer, temos a impressão de ter encontrado.

Sua versatilidade levou-o a um exibicionismo, para muitos chocante, para outros divertido, através do qual como que compensa sua incapacidade bem gidiana de escolher. Escolher é renunciar ao que se deixou de lado e Flávio não quer, como Gide, nada perder do mundo... nem os ossos. Renunciaria entretanto a tudo em prol de uma verdade de que se convencesse filosoficamente. Por isso virou, de repente, vegetariano. O homem do bom bife inglês e uísque passou a comer capim e a beber limonada. Não me espantará absolutamente se no fim da vida fizer a peregrinação ao Ganges para lá mandar cremar a carne cansada e alcançar o Nirvana. Mas não o fará jamais sem estardalhaço, com notícias nos jornais e conferências tumultuárias.

Quando o conheci, acabava de inventar uma veneziana baratíssima para ser vendida a gente das favelas. Justificava sua iniciativa com a possibilidade de ganhar milhões. Mas, embora seja de pobre que se tira dinheiro, porque o rico não o gasta, aplica-o, Flávio deu com os burros na água. Esquecera-se de que favelado não tem sequer janela para colocar veneziana. No fundo era o engenho do invento que e entusiasmava. Ato gratuito? Sem dúvida, e que busca explicação em grandes objetivos, porque, no íntimo, Flávio de Carvalho é um reformador moralista. Um quase pastor protestante. E quem não compreender todas as contradições que se enroscam e enrolam dentro dele não o compreenderá jamais.

Vou pela rua Barão de Itapetininga e vejo-o perseguido por moleques a gritarem "Peru, peru". Foi o Quirino da Silva que inventou a brincadeira. E Flávio irritado, mas ao mesmo tempo contente.

Não desejava e não desejo que estas crônicas assumam ares de crítica, nem mesmo de contribuições para a reconstituição de um passado. Com Flávio, entretanto, vão os meus comentários caminhando para uma apreciação do homem e do artista de um ponto de vista nada pitoresco. O homem é por demais complexo, o artista por demais importante, e não sobra espaço para grandes piadas.

O meio artístico de São Paulo foi durante algum tempo dominado pela personalidade de Flávio de Carvalho. Tinha seu lugar marcado nesta galeria, não se enquadra porém dentro da moldura que eu escolhera. Lamento-o, cheguei a achar que o devia deixar de lado; não considerei justo, porém, ignorá-lo, apesar de sair fora dos moldes a mim mesmo propostos. Ei-lo de volta da Califórnia aonde foi participar de um congresso de filosofia. Se suas teses convenceram ou não, não sei. Mas tenho certeza de que interessaram todo mundo e suscitaram discussões acaloradas. Nada do que ele faz é indiferente.

Faz-se a poesia com palavras? Sem dúvida. Com notas faz-se a música e com cores a pintura, e com barro ou mármore, ou madeira, a escultura. Entretanto, nada disso, solto no espaço e por bonito que pareça, fala de amor, de tristeza ou de alegria, assinala um impulso vital, revela uma revolta.

O arado não é o trigo e sim o meio de sulcar o solo para que se semeie o grão de que se há de tirar o pão.

* * *

É outono, amiga, é outono. Ou já será inverno? Boletim meteorológico: tempo bom, temperatura em elevação, névoa seca pela manhã, russo subversivo à noite. Ariadna, minha irmã, não morrerás na orla onde foste deixada, renascerás com a carícia das ondas, viverás para outras alegrias e eu de ciúmes morrerei. Tens encantos demais ainda, para você o outono não anuncia o inverno, é ainda um pedacinho de verão. Não tiveste, em verdade, muito tempo para aprender a sofrer, para você um beijo pode ainda fazer esquecer outro beijo, um amplexo outro amplexo substitui, você não está no fim do calendário. (Desculpa a perpétua embrulhada do tu e do você.)

Para mim o inverno bate à porta. Não adianta eu não querer abrir, ele entra pelo buraco da fechadura e vem enfiar-se em minha cama.

É outono, amiga, que me dizem, mas eu bem sei que o dizem para me agradar e que o inverno está em minha cama. Pouco importa. O que você me deu, levo-o comigo, ninguém será capaz de arredá-lo de mim.

Mas ela ri, ela que você suplanta agora, tarde querida, porque lhe disseram um dia que era bela. Fraquezas, insuperáveis fraquezas! Mas você, querida, que já ouviu louvores de poetas e a todos teve em seu "grand lit carré", você bem sabe que o que importa é a verdade e não um decassílabo qualquer. Por isso mesmo você me aceita e me quer. Só que sua rival, a noite, também me espera, bruxa tentadora, a prometer mais do que uma felicidade passageira: o esquecimento, o nada, o nirvana dos sábios. E você continuará sua ronda dos dias melancólicos, a seduzir poetas, linda, linda, cor de pérola e tão mórbida, convencendo os tristes ao sono e ao sonho, e os alegres a dançarem à espera do luar.

    Tão bonita, se você não fosse o bem de toda gente, só fosse apenas o Benho meu, pediria tua mão para que me trouxesse de novo à inocência.

    Agora desconfio de você. Você é bem capaz de me dizer que me ama e no entanto se desmilingüir com o primeiro violeiro da esquina!

    Tarde que cai em meus olhos, que deita comigo, juro que lhe serei fiel, que largarei todos os vícios, que com você me diluirei no horizonte do definitivo.

    Já a bruxa ergue a foice para decapitar o sol! Morramos juntos, querida.

BIOGRAFIA

Poeta e estudioso da realidade brasileira, crítico de literatura e de artes plásticas, tradutor, Sérgio Milliet escreveu regularmente para publicações brasileiras e, a partir dos anos 1940, especialmente no jornal paulista *O Estado de S. Paulo*. Vejamos como podemos caracterizar este mediador entre o Brasil e a França (e vice-versa) e esse divulgador da produção literária e artística de sua época. Considerado por Mário de Andrade como um "reserva do primeiro time", Milliet sempre esteve disposto a apoiar e a dar prosseguimento ao projeto de elevar o nível da cultura brasileira, fazendo isso por meio de várias atividades que o ocuparam durante toda a vida. Esteve sempre comprometido com uma evolução para o futuro, tarefa da elite intelectual de sua época. Para Antonio Candido, o contemporâneo mais moço, Milliet "sem nunca ter sido um mestre (o que seria contra o seu temperamento), foi com certeza um modelo que antecipava a atuação de grupos como aquele ao qual eu pertencia, o primeiro formado pela Faculdade de Filosofia da Universidade de São Paulo".

Sérgio Milliet da Costa e Silva nasceu em São Paulo em 1898. De formação européia, estudou na Suíça por cerca de nove anos e aí permaneceu durante a Primeira Guerra Mundial. Freqüentou os meios pacifistas sob a orientação de Romain Rolland e Charles Baudouin e, nesse período, participou da publicação da revista *Le Carmel*. Integrando o grupo de poetas reunidos em torno de Jean Violette, seus primeiros trabalhos publicados foram poemas em francês, assinados Serge Milliet.

De volta ao Brasil no começo dos anos 1920, trazia na bagagem a publicação, em francês, de três livros de poesia, o que já o caracterizava, junto com Rubens Borba de Moraes, como um dos "sabidíssimos" chegados recentemente da Europa, segundo Mário de Andrade. Em 1922, participou da Semana de Arte Moderna e alguns de seus poemas foram declamados pelo amigo franco-suíço Henri Mugnier, que o acompanhava. Ainda nesse ano enviou à revista belga *Lumière*, textos relatando a recém-realizada Semana e a situação da jovem literatura brasileira. Sua colaboração para a revista modernista *Klaxon* inclui poemas seus em francês e de seus companheiros belgas, suíços e franceses. A idéia de que precisávamos nos fazer conhecer no resto mundo está aí presente.

De retorno à França, em 1923 e 1924, colaborou na revista brasileira *Ariel* com sua crônica "Carta de Paris" e, em 1925, com a *Revista do Brasil* com a "Crônica parisiense". Ainda em 1923, foi publicada na Bélgica a coletânea de poemas *L'oeil de boeuf*. Em 1924, colabora no n. 2 da revista *Estética*. Para a série "Mês modernista", do jornal *A Noite* do Rio, contribuiu, em dezembro de 1925, com "Dois poemas brasileiros":"Thomazina" e "A Seriema", bem como com um fragmento traduzido de "Olho de boi", além de "Prefácio para um livro 'futurista'", em janeiro de 1926. Publica ainda, na França, resenhas e traduções de poemas e contos de autores brasileiros na *Revue de l'Amérique Latine*. Constata-se, portanto, o intercâmbio França/Brasil, documentado também pela correspondência com Mário de Andrade e Yan de Almeida Prado.

Ainda em 1926, decidiu voltar definitivamente para o Brasil e já estava apto a redigir seus trabalhos em português. Empolgado com a possibilidade de influir no destino cultural brasileiro para colocar o país num estágio de modernidade semelhante ao das demais nações, juntou-se aos outros paulistas para a formação, em 1927, do Partido Democrático do qual tornou-se secretário. Com a criação do jornal do partido, o *Diário Nacional*, iniciou então sua participação regular no jornalismo. Com o fechamento do jornal com a revolução de 1930, diz então Milliet em auto-retrato de 1943:"E, como todo jornalista que se preza, entrei também para a administração pública: biblioteca da Faculdade de Direito [1931-32], secretaria da Universidade [1932-34], Departamento de Cultura [1935]". Na verdade, essas atividades estavam também dentro desse projeto de modernização do país, dentro do projeto de formação de uma elite brasileira mais sintonizada com os problemas do Brasil.

Falta porém mencionar sua participação na Escola Livre de Sociologia e Política, fundada em 1933. Milliet empenhou-se então em estudos sociológicos e tornou-se secretário da Escola. Nesse meio tempo, colaborou em revistas e jornais de São Paulo, especialmente *A Platéia*, *O Tempo*, *Terra Roxa*.

Quanto ao Departamento de Cultura do Município de São Paulo, o projeto de sua implantação foi estudado por um grupo que se reunia sob o comando de Paulo Duarte e finalmente Mário de Andrade foi quem assumiu a chefia. Milliet foi nomeado chefe da Divisão de Documentação Histórica e Social do Departamento de Cultura em 1935 e reformulou a *Revista do Arquivo Municipal*. Em 1937, representa o Departamento de Cultura no Congresso de População de Paris, apresentando uma comunicação. Data de 1938 a publicação de seu *Roteiro do café*.

Simultaneamente, tornou-se professor da Escola Livre de Sociologia e Política de 1937 a 1944. Ainda conforme seu depoimento de 1943, diz Milliet: "De tudo o que fiz, foi o ensino que me deu maior alegria. Sou um professor claro, nada dogmático, companheiro de seus alunos. Acusam-me de cético".

O Estado Novo de Getúlio Vargas desintegrou pouco a pouco a equipe do Departamento de Cultura: Mário de Andrade, ao ser despedido, foi para o Rio, assim como Rubens Borba de Moraes, o diretor da Biblioteca Municipal. Milliet, por sua vez, tendo dificuldades para manter-se independentemente do cargo público, passou, a partir de 1943, a ser o diretor da Biblioteca Municipal até a aposentadoria em 1959. Realizou aí uma grande tarefa de administrador competente, criando o serviço de microfilmagem, o *Boletim Bibliográfico*, além de uma Seção de Artes que leva seu nome. Promoveu também nesse período uma grande movimentação cultural com palestras e mesas-redondas que atraíam um público jovem. Vale também ressaltar sua atuação como incentivador, no âmbito das atividades da Associação Brasileira de Escritores e da sua seção paulista, das Casas de Cultura no interior do Estado. Em 1947, menciona-se além das de Jaú, Limeira, Atibaia, a inauguração da de Araraquara.

Em 1939, colaborou para o *Diário de Notícias* do Rio de Janeiro, a *Revista do Brasil* e, a partir dos anos 1940, para o suplemento "Letras e Artes" do jornal *A Manhã*. Colaborou também para a revista *Clima* e o jornal *Planalto*, ocupando-se da seção "Vida Literária".

Ingressou no jornal *O Estado de S. Paulo* como redator-secretário em 1940 e aí publicou regularmente sua coluna de crítica de literatura e de artes plásticas, artigos que serão coligidos nos dez volumes do *Diário Crítico* e nos três volumes posteriores. Nesses textos comentava as obras recém-publicadas, tanto brasileiras quanto estrangeiras, na sua maioria francesas. Algumas delas ocupam, no jornal *O Estado de S. Paulo*, a rubrica "Últimos livros". Aí serve de incentivador dos autores mais jovens, sempre encontrando algum detalhe a ser valorizado, sempre afirmando que não se trata de um julgamento, mas um comentário sobre aquilo que mais o impressionou. Vale lembrar que periodicamente, na rubrica "Correspondência", responde a cartas de leitores, identificando-os e apresentando seu ponto de vista e seus conselhos, além de fornecer indicações bibliográficas precisas para leituras complementares sobre o assunto em questão. A partir de 1959, sem a obrigação de resenhar os livros recentes, o tom é mais solto e intervém a memória nesses textos que agora estão mais próximos da definição clássica de crônica. Vale lembrar também que, entre 1945 e 1946, escreveu ainda para a *Folha da Manhã*.

Sérgio Milliet manifesta sempre uma certa nostalgia do nível cultural das discussões européias e, como veremos a seguir, em várias circunstâncias viajou para o exterior, de lá enviou suas impressões para a imprensa local.

Em fevereiro e março de 1943, foi aos Estados Unidos e, tendo visitado Laugston Hughes, impressionou-se pela poesia e a música negra norte-americanas e, na volta, fez palestras sobre o que viu, bem como traduziu poemas desse autor. Data desse ano a publicação do ensaio sobre *A pintura norte-americana*.

Em 1944 foi eleito presidente da ABDE (Associação Brasileira de Escritores), cujo Primeiro Congresso, em janeiro de 1945, que tomou posição aberta contra o Estado Novo, foi presidido por ele e Aníbal Machado. Com a abertura política posterior a 1945, rearticulou-se o Partido Socialista, Milliet participou das discussões do programa e dos estatutos e candidatou-se a vereador por esse partido.

A partir de 1946 é Sérgio Milliet um dos primeiros articuladores para a criação de um Museu de Arte Moderna em São Paulo, o que vem a ocorrer em 1948, com abertura para o público em 1949.

Em 1949, foi condecorado Cavaleiro da Legião de Honra da França e, em maio desse mesmo ano, viajou de navio para a Europa, por dois meses, a convite do governo francês e continuou a informar seu leitores sobre o que se passava por lá. Como exemplo, as conferências de Garry Davis, cidadão do mundo, visando ao apoio europeu para a criação do Parlamento Mundial, em 1950, independente da ONU. Em Paris, em junho, participou do Congresso de Crítica de Arte, evento promovido pela Unesco. É então criada a Associação Brasileira de Críticos de Arte, da qual será o primeiro presidente.

Logo depois de sua volta, em 10 de julho, faleceu, aos 19 anos, seu filho único, Paulo Sérgio, fato que o marcou profundamente.

Passou março e abril de 1951 em Paris e Genebra em contatos para a realização da Primeira Bienal de São Paulo em 20 de outubro desse ano. Atuou ainda como membro da Comissão de Artes Plásticas junto à Bienal de São Paulo, de 1951 a 1958. De 1952 a 1957, foi o diretor artístico do Museu de Arte Moderna de São Paulo.

Em junho de 1952, viajou para a Itália, visitando a Bienal de Veneza, e começando aí os contatos para a Bienal do IV Centenário de São Paulo (II Bienal), da qual será o diretor. Exercerá a mesma função da III e na IV Bienais, conseguindo, para isso, uma licença da Biblioteca Municipal.

Em 1954, Milliet obteve licença de dois anos da Biblioteca para organizar na Universidade de Lausanne, na Suíça, a cadeira de Estudos Brasileiros. Passou de janeiro a novembro na Europa, dividido entre Paris, Berna, Genebra, mas voltou ao Brasil e reassumiu seu cargo em 1955.

Em 1956, viajou para a Itália como crítico e curador da representação brasileira na Bienal de Veneza.

Em 1957, volta à Itália em função de sua atuação perante a IV Bienal de São Paulo. Em 1958, volta à Europa e vai à Itália acompanhando a representação brasileira na Bienal de Veneza. Em janeiro de 1959, vai mais uma vez à Europa para visitar Haia, Bruxelas e Genebra, em atividades ligadas à Unesco. Em depoimento sobre o amigo Sérgio Milliet, Luís Martins atribui essa inquietação e instabilidade ao trauma que representou para ele a morte do filho. Conta que essa insatisfação é que o faz cansar-se de São Paulo, ter saudades da Europa, viajar e, lá chegando, já exprimir a falta que sente do sol da Praia Grande...

Foi em 1959 que decidiu aposentar-se, continuando ainda a escrever para *O Estado de S. Paulo*, atendo-se agora muito mais às suas memórias e aos autores que lhe pareciam realmente significativos. São os textos que compõem os dois volumes de *De ontem, de hoje, de sempre* (1960-1962) e *De cães, de gatos, de gente* (1964). Dedica-se também à tradução.

Milliet falece repentinamente em 9 de novembro de 1966.

Regina Maria Salgado Campos é professora doutora do Departamento de Letras Modernas da USP. Vice-coordenadora do Núcleo de Pesquisa Brasil-França (Nupebraf) do IEA-USP. Autora de inúmeros artigos e do livro *Ceticismo e responsabilidade: Gide e Montaigne na obra crítica de Sérgio Milliet.* São Paulo: Annablume/Capes, Col. Parcous, 1996.

BIBLIOGRAFIA

MILLIET, Serge. *Par le sentier – poèmes*. Intr. Charles Baudouin, pref. Henri Mugnier. Genebra: Du Carmel, 1917.

MILLIET, Serge, REBER, Charles. *En singeant – pastiches littéraires*. Genebra: Atar, 1918.

MILLIET, Serge. *Le départ sous la pluie – poèmes*. Genebra: São Paulo: Édition du groupe littéraire "Jean Violette": Tipografia Piratininga, 1919.

_____. *Oeil de boeuf, précédé d'autres poésies*. Antuérpia: Lumière, 1923.

MILLIET, Sérgio. *Poemas análogos*. São Paulo: Niccolini e Nogueira, 1927.

_____. *Terminus seco e outros cocktails*. São Paulo: Irmãos Ferraz, 1932.

Roberto (narrativa). São Paulo: Niccolini, 1935.

Marcha a ré. Rio de Janeiro: José Olympio, 1936.

Poemas. Ilustr. Waldemar da Costa. São Paulo: Revista dos Tribunais, 1937.

Ensaios. São Paulo: Brusco, 1938.

Roteiro do café – Análise histórico-demográfica da expansão cafeeira no Estado de São Paulo. São Paulo: s. ed., 1938. (Col. Estudos Paulistas, 1).

Roteiro do café e outros ensaios – Contribuição para o estudo da história econômica e social do Brasil. 2. ed. São Paulo: Departamento de Cultura, 1939.

_____. 3. ed. São Paulo: Departamento de Cultura, 1941.
_____. Edição definitiva. São Paulo: Bipa Editora, 1946.
Desenvolvimento da pequena propriedade no Estado de São Paulo. São Paulo: s. ed., 1939.
Pintores e pinturas. São Paulo: Martins, 1940.
O sal da heresia (Novos ensaios de literatura e arte). São Paulo: Departamento de Cultura, 1941. (Col. Caderno Azul).
Duas cartas no meu destino (novela). Ilustr. Tarsila. Curitiba: Edit. Guaíra, 1941. (Col. Caderno Azul).
Fora de forma (arte e literatura). São Paulo: Anchieta, 1942.
Marginalidade da pintura moderna. São Paulo: Departamento Municipal de Cultura, 1942.
A pintura norte-americana – Bosquejo da evolução da pintura nos EEUU. São Paulo: Martins, 1943.
Oh valsa latejante... 1922-1943 – Poemas. Ilustr. Walter Levy. São Paulo: Gaveta, 1943.
Pintura quase sempre. Porto Alegre: Globo, 1944. (Col. Autores Brasileiros, 8).
Diário crítico – v. 1. (1940-1943). São Paulo: Brasiliense, 1944.
_____ – v. 2 (1944). São Paulo: Brasiliense, 1945.
_____ – v. 3 (1945). São Paulo: Martins, 1946.
_____ – v. 4 (1946). São Paulo: Martins, 1947.
_____ – v. 5 (1947). São Paulo: Martins, 1949.
_____ – v. 6 (1948-1949). São Paulo: Departamento de Cultura, Divisão do Arquivo Histórico, Gráfica da Prefeitura, 1950.
_____ – v. 7 (julho de 1949 a dezembro de 1950). São Paulo: Martins, 1953.
_____ – v. 8 (1951-1952). São Paulo: Martins, 1955.
_____ – v. 9 (1953-1954). São Paulo: Martins, 1957.
_____ – v. 10 (1955-1956). São Paulo: Martins, 1959.
_____ – 2. ed. v. 1-10 (edição fac-similar, com um grave problema: há uma inversão dos v. 3 e 4 em relação à edição original) São Paulo: Martins: Edusp, 1981-1982.
Poesia. Rio de Janeiro: Globo, 1946.
Poema do trigésimo dia. Ilustr. Flexor. São Paulo: Ind. Gráfica Brasileira, 1950.
Panorama da Moderna Poesia Brasileira. Rio de Janeiro: Ministério da Educação e Saúde, Serviço de Documentação, 1952.

Quinze poemas. São Paulo: Martins, 1953.
Três conferências. Rio de Janeiro: Ministério da Educação e Cultura, Serviço de Documentação, 1955. (Col. Os Cadernos de Cultura, 78).
Considerações inatuais. Rio de Janeiro: Ministério da Educação e Cultura, Serviço de Documentação, 1957. (Col. Os Cadernos de Cultura, 107).
Cartas à dançarina. Ilustr. Fernando Odrizola e Dulce. São Paulo: Massao Ohno, 1959.
_____. 2. ed. São Paulo: Brasil Ed., 1963.
De ontem, de hoje, de sempre – Amigos, amiga... São Paulo: Martins, 1960.
De ontem, de hoje, de sempre – Recordações com devaneios. São Paulo: Martins, 1962.
40 anos de poesias – Antologia. São Paulo: Brasil Ed., 1964.
De cães, de gatos, de gente. São Paulo: Martins, 1964.
Quatro ensaios. São Paulo: Martins, 1966.

TRADUÇÕES

ABBEVILLE, Claude d'. *História da missão dos padres capuchinhos na ilha do Maranhão e terras circunvizinhas.* São Paulo: Martins, 1945.
BEAUVOIR, Simone de. *Memórias de uma moça bem-comportada.* São Paulo: Difusão Européia do Livro, 1959.
_____. *Todos os homens são mortais.* São Paulo: Difusão Européia do Livro, 1959.
_____. *O segundo sexo.* São Paulo: Difusão Européia do Livro, 1960.
_____. *Na força da idade.* São Paulo: Difusão Européia do Livro, 1961.
_____. *Sob o signo da história.* São Paulo: Difusão Européia do Livro, 1965.
CAMUS, Albert. *Bodas em Tipasa (Noces* e *L'été).* São Paulo: Difusão Européia do Livro, 1964.
CHENEY, Sheldon Warren. *História da arte.* São Paulo: Martins, 1949.
DEBRET, Jean Baptiste. *Viagem pitoresca e histórica ao Brasil.* São Paulo: Martins, 1940. 3 v.

GIDE, André. *Os frutos da terra*. São Paulo: Difusão Européia do Livro, 1961.
HARDING, Berta. *A coroa fantasma*. São Paulo: s. ed., 1939.
LECLERC, Max. *Cartas do Brasil*. São Paulo: Nacional, 1942.
LÉRY, Jean de. *Viagem à terra do Brasil*. São Paulo: Martins, 1941.
MONTAIGNE, Michel de. *Ensaios*. Porto Alegre: Globo, 1961, 3 v.
_____. *O pensamento vivo de Montaigne*. São Paulo: Martins, 1965.
MORGAN, Charles. *A viagem*. Porto Alegre: Globo, 1948.
NIETZSCHE, Friedrich. *O pensamento vivo de Nietzsche*. São Paulo: Martins, 1944.
PASCAL, Blaise. *O pensamento vivo de Pascal*. São Paulo: Martins, 1941.
_____. *Pensamentos*. São Paulo: Difusão Européia do Livro, 1957.
RUGENDAS, Johann Moritz. *Viagem pitoresca através do Brasil*. São Paulo: Martins, 1940.
SAGAN, Françoise. *Você gosta de Brahms?* São Paulo: Difusão Européia do Livro, 1959.
_____. *Nuvens que passam*. São Paulo: Difusão Européia do Livro, 1961.
_____. *A chamada*. São Paulo: Difusão Européia do Livro, 1966.
SARTRE, Jean-Paul. *A idade da razão*. São Paulo: Ipê, 1949. (Os Caminhos da Liberdade, 1).
_____. *Sursis*. São Paulo: Difusão Européia do Livro, 1958. (Os Caminhos da Liberdade, 2).
_____. *Com a morte na alma*. São Paulo: Difusão Européia do Livro, 1964. (Os Caminhos da Liberdade, 3).
UGOLOTTI, B. M. *Enciclopédia da civilização e da arte*. São Paulo: Martins, 1961.

COMPILAÇÕES (INTRODUÇÃO, SELEÇÃO E NOTAS)

Obras-primas do conto norte-americano. São Paulo: Martins, 1950.
Obras-primas do conto humorístico. São Paulo: Martins, 1954.
Obras-primas da poesia universal. São Paulo: Martins, 1954.
Obras-primas da fábula universal. São Paulo: Martins, 1957.
Obras-primas do conto alemão. São Paulo: Martins, 1959.

ÍNDICE

Prefácio 7

Diário Crítico I (1940-1943) 13
30 de janeiro de 1942
1º de dezembro de 1942
4 de setembro de 1943

Diário Crítico II (1944) 31
15 de janeiro de 1944
20 de fevereiro de 1944
6 de outubro de 1944
12 de dezembro de 1944

Diário Crítico III (1945) 47
30 de março de 1945
5 de maio de 1945
11 de julho de 1945

Diário Crítico IV (1946) 59
10 de janeiro de 1946
21 de julho de 1946

Diário Crítico V (1947) 71
8 de março de 1947
9 de setembro de 1947
10 de outubro de 1947

Diário Crítico VI (1948-1949) 81
   30 de março de 1948
   23 de outubro de 1948
   9 de abril de 1949

Diário Crítico VII (1949-1950) 97
   5 de outubro de 1949
   15 de outubro de 1949
   5 de novembro de 1950
   30 de novembro de 1950

Diário Crítico VIII (1951-1952) 117
   2 de junho de 1951
   9 de agosto de 1951
   23 de outubro de 1951
   5 de novembro de 1951
   13 de março de 1952

Diário Crítico IX (1953-1954) 137
   7 de julho de 1953
   20 de agosto de 1953
   3 de dezembro de 1953
   26 de janeiro de 1954
   9 de outubro de 1954

Diário Crítico X (1955-1956) 151
   2 de junho de 1955
   29 de março de 1956
   22 de abril de 1956
   2 de agosto de 1956
   22 de novembro de 1956

De Ontem, de Hoje, de Sempre I (1957-1959) 163
   4 de janeiro de 1957
   12 de fevereiro de 1957
   21 de fevereiro de 1957
   5 de maio de 1957

19 de maio de 1957
11 de julho de 1957
25 de julho de 1957
22 de agosto de 1957
12 de outubro de 1957
19 de dezembro de 1957
8 de março de 1958
18 de abril de 1958
4 de maio de 1958
3 de junho de 1958
21 de junho de 1958
24 de agosto de 1958
13 de setembro de 1958
7 de novembro de 1958
22 de novembro de 1958
8 de janeiro de 1959
31 de janeiro de 1959
18 de fevereiro de 1959
14 de março de 1959
15 de março de 1959
25 de abril de 1959
30 de maio de 1959

De Ontem, de Hoje, de Sempre II – Recordações em
   Devaneios (Sem Data) 231

De Cães, de Gatos, de Gente (1964) 283

Biografia de Sérgio Milliet 319

Bibliografia 327

COLEÇÃO MELHORES CRÔNICAS

MACHADO DE ASSIS
Seleção e prefácio de Salete de Almeida Cara

JOSÉ DE ALENCAR
Seleção e prefácio de João Roberto Faria

MANUEL BANDEIRA
Seleção e prefácio de Eduardo Coelho

AFFONSO ROMANO DE SANT'ANNA
Seleção e prefácio de Letícia Malard

JOSÉ CASTELLO
Seleção e prefácio de Leyla Perrone-Moisés

MARQUES REBELO
Seleção e prefácio de Renato Cordeiro Gomes

CECÍLIA MEIRELES
Seleção e prefácio de Leodegário Azevedo Filho

LÊDO IVO
Seleção e prefácio de Gilberto Mendonça Teles

IGNÁCIO DE LOYOLA BRANDÃO
Seleção e prefácio de Cecilia Almeida Salles

MOACYR SCLIAR
Seleção e prefácio de Luís Augusto Fischer

ZUENIR VENTURA
Seleção e prefácio de José Carlos de Azeredo

RACHEL DE QUEIROZ
Seleção e prefácio de Heloisa Buarque de Hollanda

FERREIRA GULLAR
Seleção e prefácio de Augusto Sérgio Bastos

LIMA BARRETO
Seleção e prefácio de Beatriz Resende

OLAVO BILAC
Seleção e prefácio de Ubiratan Machado

ROBERTO DRUMMOND
Seleção e prefácio de Carlos Herculano Lopes

*ODYLO COSTA FILHO**
Seleção e prefácio de Cecília Costa

*RAUL POMPÉIA**
Seleção e prefácio de Maria Luiza Ramos

*JOÃO DO RIO**
Seleção e prefácio de Fred Góes e Luís Edmundo Bouças Coutinho

*SÉRGIO MILLIET**
Seleção e prefácio de Regina Campos

*FRANÇA JÚNIOR**
Seleção e prefácio de Fernando Resende

*MARCOS REY**
Seleção e prefácio de Sílvia Borelli

*ARTUR AZEVEDO**
Seleção e prefácio de Antonio Martins Araújo

*COELHO NETO**
Seleção e prefácio de Leonardo Affonso Miranda Pereira

*RODOLDO KONDER**

*PRELO**

Impressão e Acabamento:
Gráfica e Editora Alaúde ltda.
R. Santo Irineu, 170 – SP – Fone: (11) 5575-4378